# 袁家村笔记

董信义 著

云南美术出版社

图书在版编目（CIP）数据

袁家村笔记 / 董信义著 . -- 昆明：云南美术出版
社，2024.2
ISBN 978-7-5489-5596-2

Ⅰ . ①袁… Ⅱ . ①董… Ⅲ . ①散文集—中国—当代
Ⅳ . ① I267

中国国家版本馆 CIP 数据核字 (2024) 第 018633 号

责任编辑：方　帆
责任校对：金　伟　赵异宝
装帧设计：书点文化

# 袁家村笔记

董信义　著

出版发行：云南美术出版社（昆明市环城西路 609 号）
印　　装：四川科德彩色数码科技有限公司
开　　本：880mm×1230mm　1/32
印　　张：10
版　　次：2024 年 2 月第 1 版
印　　次：2024 年 2 月第 1 次印刷
书　　号：ISBN 978-7-5489-5596-2
定　　价：89.00 元

# 序一

## 董信义的艺术散文

阎　纲

　　董信义的头衔不少，小说家、诗人、评论家、散文家、社会活动家。他说，浮云尽散。我说，实至名归。

　　他的理论不如他的评论，他的评论不如他的诗歌，他的诗歌不如他的散文，他的豪放不如他的性灵，他的性灵不如他的抒情，他的抒情不如他对生活情趣的发掘和激赏。

　　信义早已成就自己为"独立的诗人"，既要言志，又要达情，有意境，有情境，善于铺陈。这使得他的散文常带散文诗的味道，这是一大突破，尽管他对好诗的琢磨却越来越少了，但散文的味道却格外令人怀想。

　　收录2021年"中国人民银行文联艺术家作家董信义"里的散文，我相信那是信义精选的代表作，共十篇。

　　开篇是《春醉咸阳》，很短，精致，引诗句诗意入诗，自由放达，随心所欲，露才扬己，很像汉赋，很美。

　　《有朋自远方来》写人物，我也在其内。难怪主人把他的"怀竹山居"深埋在桃花园里，日日夜夜吞吐大自然的灵气，并以大自然的感同身受赞美老夫埋骨九嵕与此山阿之同在。

《小家碧玉张懿文》盛赞两位女性：省散文学会副会长国燕，焕军的女儿（一个站在大学英语讲堂上的小女子）张懿文。母亲看闺女满眼是光彩，闺女看母亲眼里全是神韵。三十好几了还不结婚，自己掏钱报考考古学习班，跑遍唐十八陵。一个才情的女子，一个诗意的女子。

《诗意逸香结奇缘》作客爱情诗人野蒿的家，接待野蒿网络诗社的女弟子。江南女子敞开浪漫的心胸，山东大汉吞吐阳刚之气，信义也随之朗诵《娘的影子》，煞是一席精神大餐。正好，平娃丰盛的午餐上席了，落落大方，热情接待！哈哈，野蒿给我的任务是防范平娃"吃醋"，不意我却失职乐而忘忧。满园的翠竹让山东汉子着迷，江南女子却盯住《仕女图》不放，思绪怕是飞向唐十八陵。

《奇人董保焕的世界》。他说：一切艺术，唯有来自民间才有不屈的生命。又说：法国启蒙运动是一个过程，充满着烈火、冷冰、洪水、猛兽和裂变。他是复制文物的专家，绝世之才，多次蒙冤却没有抱怨。信义叹曰："这个世界太精彩，令人着迷。"

《唐俑神话历史的天空》写道，看了男立俑，再看女立俑。色彩绚丽，娇媚百态，敷铅粉，抹胭脂，贴花钿，描斜红，涂唇脂，并以胖为美，也是儒家文化在大唐灵光一现。只有在大唐，儒释道和佛教文化相结合，开明包容的盛世大唐才能找到安闲的心，自然的心，也使这些唐俑具象着历史的时空，蔚蓝、高远、宁静。

《蛐蛐与鸟的叫声》，几只鸟落到苹果枝头，顾盼生情，聆听蛐蛐和鸣，窃窃私语，念想自己世界鸣叫的欢乐。他们来自天籁，更是为人的生存准备一场盛会。

《天下有个泾河大峡谷》——山凌空世象之外，人在绝处的自然怀抱，远山的影像诗样的澎湃，龙山文化的猜疑把整个泾河流域的文明向前推了一大步。

《丹青流韵怀竹翠》。四名丹青高手来"怀竹山居"泼墨作画。个人劳作的神色和心态被竹林主人捕捉得绘声绘色，甚至连今日非同寻常的出奇也勾勒得惟妙惟肖。人在竹林写字，实乃释放豪气。不然就是给人悠然、自然、淡然的归真感。

《尚古村有一种声音》，和鸟儿对话想起飞翔，想起诗人闻名，便叩门，品茗。爷爷奶奶栽下的石榴树百年来弯腰微笑。木石之间，一株藤蔓爬了上来，带着天地的气息。文末作者叹曰："活着要有气象，有品格，有魅力。而魅力来自骨气、底气、志气。"

董信义艺术敏感力强，用形象说话，随处可见意象叠加，这十篇是董信义散文公认的代表作，从中即可窥见其艺术散文之一斑，恰如一滴血可见一个人的气色和体态。

我猜想，董信义忙于奔波之余，停下来休息时所向往的，也许是独卧山居，面对竹林，听鸟儿叫，看鸟儿飞，思接千载，视通万里，不尽的遐想，营造自我的内心世界，抒发自我的人性本真，潜入虚静的大自然。

人生况味尽在其中。

2022 年 6 月 7 日夜于永康大院

# 序二

# 坐看云起
## ——董信义散文集序

陈长吟

　　清晨、鸟鸣、风过、香来，董信义披衣而起，烧开一壶水，在长着茂竹的院子里坐下。石桌上，茶慢慢泡好，笔记本电脑也打开了，他凝神一思，便敲打键盘，开始写他的《袁家村笔记》。

　　我去过九峻山下的上古村，也在村里董信义的"怀竹山居"喝过茶，于是能想象出他在竹下写作的那个画面。院子里的环境太好了，修竹绿荫遮蔽，周围寂静无嘈。自古文人乡居梦，在今天这个寸土寸金的社会条件下，能拥有一个乡下宅第十分不易，但董信义实现了，令人羡慕。

　　临近中午，一篇文章草成。董信义合上电脑，伸伸懒腰，走进厨房弄口饭吃，然后小憩一会儿。下午，他背抄着手，走向袁家村，去问道交友，进店入坊，寻找接下来的写作素材。

　　在乡下，老农的日常便是刨地、撒种、锄草、收割等。信义的方式则是走访、交谈、观察、记录、写成作品。其实，作家犹如农民，只要勤奋耕耘，总有收获。只要掌握好生产技术，总会出精品。

眼前的这本集子，是作家董信义的新收获，读起来意境幽远，韵味绵长。看似随笔拈来，仔细品味，却有风雨彩虹，人间至性至情。一切来得自然，来得从容。没有矫饰，没有运笔的痕迹。似乎文章天成，源于心之至善至美。

欣赏董信义的散文，脑海里跳一个词：坐看云起。

坐看云起是一幅恬静舒适的画面，是一个从容淡泊的姿态，是一种回归田园的心境。散文创作，其实需要坐看云起的状态。

董信义写的袁家村镇、怀竹山居，还有黄土塬坡的生活和人物，用笔舒缓亲切，朴素自然。他有时是个参与者、进行者，有时又是一个旁观者、叙述者。因为他写的这些素材，就在身边，可以随手摘取。好像自己做菜，从园子里拔了叶叶秆秆来，淘净切碎，入锅煎炒，一边放油，一边加盐；一边尝味，一边调火；做出的菜就香醇可口了。

在生活中，我喜欢农家乐那种泥土食材、家常味道。对文学的审美，也有这种倾向。

但是，坐看云起，一般人还做不到。

因为，坐看云起，要有环境、有时间；有基础、有底气；有定力、有哲思。

董信义做到了。

2022 年 6 月 19 日于西安迎春巷

# 目　录

## 怀竹山居笔记 /149

## 黄土塬笔记 / 221

## 读书笔记 / 247

# 袁家村笔记

# 奠基者

我已经不清楚和老书记打过多少照面了。每次看到他，我就产生一种别样的感觉，岁月如歌，人世似火炉，谁都得经过一番摔打锤炼。

老书记已经近耄耋之年了，但士气依在，斗志依在。他坚持走群众路线，在任何时候，他都不会忘记共产党的恩情。记得20世纪70年代，他带领袁家村人，心中装着"穷则思变，人定胜天"的理念，和贫穷与落后战斗。

石灰窑冒出了青蓝色的烟来，砖瓦厂烧出了第一窑砖瓦，运输队的马鞭声响彻关中古道。洪水来了，老书记挺立在前，暴风雪来了，老书记给贫农们送去温暖。随着风雨、随着雷电、随着春华、随着秋梦，袁家村成为全国先进村。老书记先后四次走进人民大会堂，亲眼看到了敬爱的毛主席，受到中央的表彰。

说起这些，老书记感慨良多，毛主席说得好，世界是你们的，也是我们的，但归根结底是你们的。现在的袁家村，全凭年轻人的智慧和勤劳，是他们把袁家村带进了一个新的世纪。

老书记名叫郭裕禄，从小喜欢大自然，在自然中他受到启示，物竞天择，适者生存。人只有不怕困难，不怕道路艰险，勇敢面对，勇往直前，没有干不成的事情。现在的袁家村，早已印证了这一切。现在的老书记，喜欢在忙完后，走进茶楼，和二三知己，谈天说地，说古论今。其实，他口中常常提的还是袁家村。大到村里的党建、村里的规划、村里的发展，小到门店的管理、卫生的保持、待人接物的礼仪等。在今年的疫情防控中，他召集商户店主，在他的屋子后门小广场，亲自安排抗疫工作，包括戴口罩、消毒、洗手、保持距离。他站在平台上，瘦高的个子，洪亮的嗓门，使人看了就感到信任和心安。

在一次和老书记喝茶聊天的时候，他说到了一次受邀到北京，做关于"脱贫攻坚和乡村振兴"的报告。说起这次报告，老书记很是自豪，他说："我只讲了三点：一是火车跑得快，全靠车头带。无论是脱贫攻坚还是乡村振兴，领导是关键。自身硬，自身强，自身带头，还怕什么。从袁家的发展看是这样，从全国的发展看，也是这样。二是思想同百事通。围绕什么样的思想，应该形成什么样的思想，是搞好一切的关键。袁家村始终坚持党的群众路线，始终把集体的利益放在前头，把群众的利益放在心中，袁家才能形成上下一条心，众志成城，共同奋斗，共创辉煌的好势头。三是输血不如造血。我们一贯喜欢帮扶济困，可这样的结果，有可能形成懒汉等饭吃、穷人只伸手，帮扶可以解决暂时的困难，但长远呢？只有帮其脱贫，使其靠智慧和双手致富，才是根本。"老书记谈到这儿，眉飞色舞，似乎自己都没有发现自己有如此才能，能够做出如此脚踏实地，又有自己体会和远见的报告。人就是这样，埋没或者掩盖，往往使一个人从大家的视线里消失。但只要抓住了机会，展现了自我，那情形，一定是很幸福的。

这就是袁家村的奠基人，一个有"远观"意识的农民代表。从土地走出来，又回到泥土地的怀抱。无论经历过多少风雨，见到过多少彩虹，那都是昨天的事情。今天，他只有坐在茶楼，品茶聊天，听着悦耳的秦腔，闭目养神，颐养天年。

这也是人生的幸事、乐事、快事。

# 独眼争春晓

　　走进关中风情民俗体验地袁家村，总想到闻名的风情摄影棚去看看。一则看看闻名眼中的世界，二则看看闻名镜头里的人物、山水、景观。在摄影界，闻名是一个侠客，从不参与评奖和竞赛，总在自己的心里酝酿人生的风雨。他一个人走西藏，一个人下海南，一个人在尚古村玩味岁月的光华，一个人在袁家村享受游客眼中的闪光。

　　去过袁家村的很多人，都想在闻名的镜头里展现情怀或者寻找丢失的过往。看看离开都市的乡村，看看在过往中回头一瞥带来的风暴。在闻名的摄影基地，古朴的庭院，怀旧的灯笼，高悬的匾额，挺立的修竹，还有荷塘的锦鲤，石桌上的茶盏，描绘着梦幻的独眼，给袁家村一种神秘、悠远的念想、一种诗意的回归。而在这个基地产生的摄影作品，静怡中灵秀甜蜜，祥和中羽翅鸣振。一切都在闻名独到的构思和光影的交错中得到完美的展现。

　　在闻名的尚古村摄影基地，一种别有洞天燕归来的自然和思悟不知人何去的迷惑，叫人痴迷，令人陶醉。闻名是一个低调的摄影者，也是一个孤独的诗人，更是一个对民族文化格外珍惜的收藏家。尚古村摄影基地是闻名在真正的上古村租赁的一个农舍，原有的土墙、原有的泥水房，在闻名的构想和后来的建设中，已经成为一处品茶、悟道、静思的摄影基地。

　　上古村是我出生的村庄，一不小心，闻名成了我的邻里，一个村子的村民。他觉得崇尚自然、崇尚美善、崇尚内心的召唤是人生存的最美的瞬间。他把自己的基地命名"尚古村",很有趣味。

在这个院子,盛开的紫薇花,爬满土墙的青藤,石铺的小路,孕育美好和生机的石榴树,扎根的蔷薇,两扇乡村的木门,碾碎日子的磨盘,随处可见的茶几和茶台,似乎晚上有仙女挑灯,闻名和外来客共话沧桑,那个高悬的牛皮灯笼和那张贴在南墙上的狼皮,在两尊石雕侍女的瞩目中,大唐的气息穿过屋脊,闻名抖了抖肩,一道灰尘随风而散。

在这个院子,诞生了很多奇妙的摄影作品,穿着旗袍的贵妇,颔首看着张爱玲的小说,一只可爱的小狗,半醉半醒地陪着夫人,在石榴树下的老茶几旁安静地坐着。这是闻名的梦境还是镜头里的故事,说不清,问闻名,他眯眼一笑,并不直接回答。

就在袁家村,闻名从不谈自己的作品,也不和人争长论短,默默地举着相机,独自看待这个世界。一棵草,一叶花,一个人,在闻名的独眼光彩照人。而光彩的光晕,暗藏着无数闪电。那是生命跳跃时发出的脆响,那是灵魂激荡时发出的轰鸣。深海静流,不在浪涛。

袁家村的人都知道一个怪人叫闻名,怪在服装,怪在眼光,怪在拍出的东西总勾人的魂。

走进风情体验地袁家村,见到闻名,就吆喝一声,嗨,嗨,给咱们来个勾魂的。闻名会默默一笑,活你的人去。

这个时候,我忽然想到一句话:独眼争春晓,静处闻惊雷。也许这与本文似乎无关,但与闻名遐迩的最美乡村袁家村似乎有关。

闻名,我在你的独眼里看到了一个真正的世界。

# 88 号院子

袁家村有一处休闲、餐饮、住宿的好地方。这样的地方在袁家村的其他地方以另一种方式呈现。或茂林修竹掩映下的阁楼亭台、或隐身在农家乐院子里首的经典客房、或在民宿群落的"云端"古建之中，总是叫人留恋。

我说的 88 号院子，掩居在袁家村的街巷中间，对门是"陕十三"的经营店，隔壁是老书记的院子，看起来并不起眼，两扇开的阙门，两尊左右顾盼的石狮，迎客而入。进得门来，一转角楼梯靠西墙盘旋而上，一通道直入内宅。通道和楼梯的西侧，是古朴典雅的老式门厅，推门而入，一张圆桌，几幅字画、几案上摆着芦苇插花，南墙上挂着织布绣画，是游客聊天吃饭的好去处。从通道向前慢走，一方小的天井叫人惊奇，天井上是透明玻璃，隐约可以看见上方的阁楼窗户。天井下有一水塘，荷花摇曳，游鱼嬉闹，几块奇石散落水中，给人"岁月不平处，总有沉静时"的感觉。池塘之南是厨房，现代化的设备应有尽有，从池塘边的木条小路上走过，一股馨香扑鼻而来。过了通道，二门敞开，门外一把老藤椅，门内一方小吧台。藤椅上时常可以看见一位老人，悠闲地闭目养神。吧台里总是站着一个眉清目秀的男子，脸上挂着和蔼的笑容，说出的话温和甜蜜。他叫王全胜，也是院子的主人。一个曾经在城市打拼而后又回村创业的智者，一个把餐饮做成文化，叫外地人总是想起 88 号院子的袁家能人。

全胜的 88 号院子，招待来宾的主厅在吧台里首，三张圆桌，一条长方形喝茶聊天的几案，对应着西墙的书柜，东墙的古画，南窗外平台上的阁亭。曾经，咸阳许多文化人来此小聚，一边吃着农家饭，品着袁家村的女儿红，一边谈着风花雪月人间爱情。特别口里吃着袁家村的老豆腐的时候，还要说着豆腐谁都爱吃，看吃谁的笑话。在这里没有拘束，没有都市的烦躁、有的只是心灵小憩时的觥筹交错和二三知己的灵魂对话。记得为张艾的散文《艾语》召开研讨会后，就是在 88 号院子进行的茶话会。会上，来自四面八方的文人都很吃惊，袁家村竟有如此美妙的地方，叫人坐下就不想起身，起身也不想离开。

大家对 88 号的凉拌黄豆芽、干吃醪糟、老陕大烩菜、涮锅油饼、热蒸馍夹臊子肉、袁家村蘸水老豆腐赞不绝口，似乎那就是人间仙味。来到袁家，不到 88 号院子就如同丢了魂，忘了根。

不吃 88 号的热蒸馍夹肉臊子，就没有品尝到袁家的味道，乡村的味道。

每次，来宾云集，全胜都像个服务生，出出进进，倒水端菜，每一个动作都很虔诚，对待客人，如同对待上帝。脸上的笑容像雨后的云彩，要多绚烂有多绚烂。全胜说，人家能来，就是亲人。对待亲人，不分彼此。诚以待人，贵以待客，客人高兴，他更开心。这就是一个真男人，一个把心捧在手中，让跳动和滚烫给人感染，使人鲜活，叫人难忘的人。

主厅后院，有一道电动玻璃门，时尚和古雅结合起来，使人出进自然，心扉敞开。走出后门，有一平台，台上东西有一清水流动的小渠，渠水婉转，如琴弦拨动。在如丝竹随风洗耳的瞬间，可以看见平台下的柿子林。秋季时，红透的柿子笑看行人，满园子的柿子树风雨吟诗。而 88 号院子，在平台上摆放喝茶赏月的桌椅，白日里看柿子林彼此相对，夜晚听风声在空中放歌。田园与农家的炊烟，乡村与都市的交换，在袁家村的 88 号院子，魔幻地更迭着，使人不知身在何处？停留片刻，回头一望，88 号院子是吾家呀。

当然，吾家的二楼也是一个好去处，好在何处，住一晚，看一宿，一切不在梦中，而在心中。

# 袁家村茶炉

袁家村有两个茶炉，一个叫童济功茶炉，一个叫王家茶炉。

两家茶炉各有千秋，各有韵味。他们的存在，使袁家村多了一个交流、消闲、彼此互爱和温馨的场所。

童济功茶炉在袁家村古街里的一处平地上，平台地上摆有茶桌、圈椅和休闲的遮阳伞。平台西面的土墙边，紧挨着一个小戏楼，戏楼上坐着三个戴着圆眼镜，抽着旱烟袋的老人，粗布衣裳、圆扣鞋、拉着古弦、敲着戏鼓、唱着弦板腔，一幅乡间村野图，一种远古逍遥游。坐在茶桌上的看客，或鼓掌，或合拍，或摇头晃脑，一幅闲云野鹤图，一种随风而去景。而平台的背面，是茶炉的高台，台上一溜瓢子壶，一溜炉火红。茶炉上有一拉风箱的人，戴着圆顶辫子帽，穿着扣子白褂子，手舞一杆旱烟袋，脸上挂着一副黑窝子，随着音乐，拉着节奏，唱着"他大舅他二舅都是他舅"的歌子，鼓动着台下的看客，手舞足蹈。随之还有网红月盘画像的主人老田的滑稽街舞，来自孟加拉国的朋友用猫步舞姿，把整个袁家村舞动起来。

在童济功茶炉的东墙下，有一老槐树，相传为太宗亲手栽植，树枝上拴着无数祈福的红布条，在茶炉的热气中，给人红了日子、热了时代的快感。

记得几年前我带新疆摄影师梁惠来到袁家村，就在这戏楼，就在这茶台上，随着音乐响起，梁惠情不自禁，从在茶桌旁起舞，到台上台下，洒脱优美，令众人唏嘘。梁惠从小生长在新疆，天生喜欢跳舞，异域风情与袁家村民俗风情，在梁惠的舞步中完美结合。

离开童济功茶炉，沿着青石板小路向民俗体验地深处走去，一边是古老的宅子，榫卯构建的堂屋蓝瓦房，房前是汩汩流动的清泉水，流水带我走到小吃一条街口，我们可以看到一处场地，在小吃街正北。平地上有一盘子，每天有一老者吆喝着，赶着小毛驴围着碾子碾香料或者辣子，小毛驴戴着眼罩，不知年月地走啊走，转啊转，周围围了很多看客，好奇地看着毛驴拉碾子转圈圈。特别是城里的小孩，高兴地舞动着小手，喊着毛驴毛驴，拉屎放屁，啊哈哈，拉屎放屁。毛驴听不懂，以一种坚韧和不屈照直走着自己的路，转着自己的圈。

在毛驴拉碾子的里首，有一对乡村夫妇，一个坐在摆着爆米花、小孩玩具、零食的摊位前，看着过往游人，就像看鸡下蛋、树上的桃子要掉下来那样，焦渴又似悠闲，习惯而已。在她的身后，是一个沧桑而又随性的男人，拉着风箱，摇着铃铛。一旦铃铛响起，他就会起身弓腰，把爆米花的铁罐子抬起，用一铁杆一拉，砰一声巨响，一股炊烟升起、散去，男人把爆出的玉米花往篮子里一倒，吆喝着自己的婆娘，快，装袋子。于是，摊位上又多了很多爆米花。这时的男人，擦了擦汗，偷偷一笑，整个天空都明亮了许多。

在女人的摊位正前，有一道篱笆门，围墙是藤蔓花和绿植绕成的。穿过篱笆门向前走，就看到一道长亭，长亭下、长亭里外，都摆着茶桌、圈椅和一个说书的桌台。整个茶场将近半个足球场那样大。在场西，有一南北搭建的舞台，台上没有戏文演出，只有一溜茶炉和两三个烧水熬茶的乡下人，在招呼着出出进进的客人。这就是王家茶炉，一个在袁家村颇有影响的茶炉。说影响，有两个因素，一个是场大人多，喝茶的或揉肩、或掏耳、或说笑，都是城里人。而且，这些城里人坐在这茶炉下，总吆喝着要听烧茶老人的原腔原调。这个老人很不简单，快近古稀之年，走路如疾风，就是荡秋千，三下就可荡到半空中，和秋千的上栏杆接近。那一下，吓得所有人都大喊危险，而老人荡来荡去，最后平稳着地。而最拿手的是他的唱腔，把十三郎的歌《陕西娃》唱到了极致。从小卖蒸馍，啥事都经过。那个味道，叫在座的人群鼓掌。

记得四年前我陪省城来的诗人杨莹和老人月夜聊天，老人唱一段，杨莹唱一曲，二人相得益彰，很是快活。杨莹高兴地说，没有想到，袁家村到处是宝贝，这么一个老人，活得有筋骨、有朝气、有后劲，不得了，环境可以改变人，美丽的袁家村，把一个雪鬓霜鬓的老人，变成了一个老顽童。可见，乡村文明的提升，会给我们的人民带来快乐和幸福。我为杨莹点赞，也为老人点赞。

要说这王家茶炉影响大的第二个因素，是因为人们总能在这里见到创业奋斗，带领袁家村人奔向小康社会，走向幸福生活的老书记郭裕禄。他虽然已经退休，依然关注袁家村的现在和未来。偶尔休闲，总喜欢坐在王家茶炉下，和几个老者聊天，或者和袁家村现在的干部说说话。他不干预，但并不意味就撒手不管。作为全国劳模，人民精英，他属于袁家村，也属于社会。对不合理不讲原则的人和事，他就不答应。老书记的出现，使王家茶炉有了历史感、使命感。

在这个茶炉，我也是一个快活的人。曾记得，很多次，我和烧茶老人在台上共舞。我似乎忘记了自己的存在，只知道忘乎所以地跳啊，扭啊，把个王家茶炉跳得热火朝天。

# 陕十三冰淇淋

陕十三是个连锁店，主营冰淇淋，兼营餐饮。入驻袁家村，已经十年有余。

陕十三会选址。他们来袁家村后，第一眼就看上了袁家村老村委会的古建庭院。随着袁家村的发展，村委会很快搬到原来接待站的位置。远看，古风犹存，历史感很浓。那原来的古建院落，翠竹拔节，青石无语，入得院子，如同走进苏州园林，亭台勾连，竹枫相惜。碎石子铺满庭院的空地，一小小池塘掩映在竹影荷花之中。陕十三冰淇淋店就在正对门厅的大厦房里。房子挑檐滴水，琉璃瓦含光照人。敞开的高门大厅豁亮气派。走进厅堂，正对一屏风，摆着几案，案牍香台，龙椅一对。来者可端坐龙椅拍照，也可在厅堂里摆放的小圆桌旁小坐。厅堂正西，陕十三招牌下摆着透明冰柜，各色冰淇淋衬托着两个青春靓丽的女子，她们的笑脸一不小心就会融化游客手中的冰淇淋。而厅堂正东，有一旋梯直通木柱隔成的二楼，上得楼来，花格格土织布铺在一长条茶几上，一对沙发休闲地静放在阁楼之上。那是青春男女谈情说爱的独享之所。

站在厅堂之中，看着美丽的女子，人的食欲自然产生。我是个不喜欢吃冷饮的人，可每次到了陕十三，都会掏钱或者用微信支付，拿一个喇叭形的冰淇淋，慢慢地品味。

陕十三在袁家村开店，是想把现代与传统，城市与乡村文明通过一个冷饮连结起来，这也给风情试验地袁家村带来了别样的风情。

绕过正堂的屏风墙，一道玻璃自动门把我们送到了童济功茶炉的戏楼下，来来往往的游人很是悠哉。茶炉下，有按摩揉肩的，有低头掏耳朵的。忽然有游人喊道，陕十三，来个香果冰淇淋。

站在陕十三门外的女子，就兴冲冲端着托盘，走到茶楼下，躬身送上冰淇淋，同时递上微信支付码，笑着说，谢谢先生。前几天我去陕十三看了看，他们在冰淇淋店的东侧，又开了一家陕十三餐馆。名曰"陕十三美食"，看来，袁家村已经成为陕十三拓展业务、发展壮大的基地了。

离开陕十三店的时候，戏楼上正唱着弦板腔，词句不清楚，音乐悠扬，使人心里波澜四起。舍不得的感觉很是强烈，那就在袁家村随意走走，无论走到何处，都有惊喜，都有叫人回味的东西。

# 悟本堂

    袁家村有一条书院街，呈不规则"T"形状。有西口，南口和东南口。出西门，九嵕山巍巍耸立，田野的果树和花草给人回归自然的快感。出南门，有一条酒吧街昭示着都市般的夜生活情景。而从东南口徐步进入，一七层高楼峭然独立。似乎如北辰方位的一座古堡，神秘地伫立在书院街的拐弯处。这就是悟本堂的主楼。主楼入口的门总是紧闭着，门两边有一副对联，字里行间，告诉游人：别有洞天一福地，天地在心一楼藏。

    楼西靠里，是悟本堂的正门，灰砖蓝瓦，雕梁画栋，一种怀古的情调自然而生。在辰楼西墙，刻着《辰楼记》，其中有一句话，令我对辰楼顿生好奇。"饰其外，实其内。藏经史子集于其中，纳古玩珍赏于其内，置雅洁宏图之室于其中。"看似古朴典雅，其中果真有书卷墨香、珍玩宝藏、道场酒肆、莫测之谜。

    怀揣着一种探寻、考证之心，踏进悟本堂的正门，正门悬挂着木刻的对联。上联曰：万丈红尘三杯酒；下联对：千秋岁月一壶茶。走进正门，迎接我的是一个端庄素净的女子，她微微一笑，似乎春风忽至，叫人赏心怡情。进门一看，已厅堂摆设着几案，两边放着古朴的圈椅，几案上摆着茶壶、茶盏、茶品。正北、正西靠墙，少许古玩摆设在古武架上，屋顶高悬舵轮吊灯，屋子里传递着一种怀旧和静谧的气息。而东墙开着一扇门，跨过门槛，就到了悟本堂的院子。

院子不大，却别有洞天。院南就是辰楼入住的门户。靠着辰楼，有三棵树，一棵是洋槐，比邻辰楼。一棵是梧桐，和洋槐为伴。另一棵也是梧桐，紧挨着东厢房的屋檐。三棵树葱茏茂盛，槐树蓬松着身姿，把生命的烂漫和韧性舒展在辰楼的院子里。而梧桐昭示着悟本堂的好客与本真，给人凤凰鸣翅，贵人光临的感觉。在院子中央，独立着一阙六角亭子，亭内有圆桌，有书卷和挂画，亭子和辰楼之间，有一道圆形玄门，跨过玄门，有一水槽，荡漾着辰楼的巍峨。而亭子的北面，就是茶坊、书房和酒坊了。经史子集，似乎都藏在辰楼之上。那些珍玩古品，则静默在古玩架上，而古玩架不仅仅在悟本堂的正厅，似乎也暗藏在辰楼之中，人只要登上辰楼，眼界大开。收在心里的不仅仅是悟本堂应有仅有的家当。如果推开任何一扇窗户，都有身在云端，凌云翱翔的快感。如果推开南窗户，袁家村的全貌尽收眼底，曲径通幽，婉转小街，还有兴冲冲的饮食男女，把个袁家村装点得如同一幅西洋画，色彩斑斓，生趣雅致。如果抬眼远望，南山逶迤，缥缈如莎。整个甘河两岸，蓬勃着关中人对美好生活的憧憬。如果推开东面的窗户，站在六楼之上，嵯峨连绵，泾水奔流。大自然的神功，造化着一方神奇的山水，也给远古的郑国雕刻出一尊千古不朽的塑像。如果推开北面的窗户，一眼就可以看到一座如仙桃那样的山，我们叫它玉皇顶。相传玉皇大帝君临谷口，就在此山端坐。而沿着玉皇顶向西一望，一山拔地而立，形似笔架，又似卧虎，山上总有一只老鹰盘旋，偶尔有浮云飘过。山叫人膜拜，山令人敬畏，此山就是闻名遐迩的九嵕山，唐王李世民就悬棺安葬在此山之中，后世叫昭陵，而当地人叫桃花陵。概口语相传之误。这就是登上悟本堂主楼辰楼的风景，也是辰楼别有风味的所在。

在悟本堂，不能不想这三个字，悟者是把心始终带在自己身边，就是做一个有心人，用心生活，用心体悟。本着本真、初心。

悟本，难道不是体悟自我生存之道，生活之道，从而让人活得通透、明白、自然。活出生命本真的气象，活出人生自然的色彩。而这一切，都在堂下进行，也就是人虽烂漫或超然，但要清楚自己的位置，水落成溪、水滴石穿，人呈现给自然和社会的不仅仅是最初的想法，当有思、当有为，这才是本，也是悟的所在。

袁家村，因为悟本堂，使人有了一种哲学思考和形而上的生活。这才是雅致和闲逸的最高境界，也是悟本堂堂主的所望。

# 田林的世界

在袁家村短短的古街上，幽静的清晨，光亮的青石板泛着这一道一道晨光，走在晨光之上，岁月静好，人生奇妙。而这静好和奇妙都在画家田林的"写真轩"中陈列。"写真轩"位于古街中段，对门是孟加拉国小伙的沙画工艺店，周围是中医馆、竹皿工艺店、手工布坊等格式古玩、时尚、装饰经营店。

田林个子不高，留着稀松的长发，额头发亮，眼镜放光，时常穿着唐装或者和时令不搭配的穿帮装，闲暇时候，喜欢到童济功茶楼激情放荡一回。那舞姿、那神态、那节奏，搅和着整个袁家村的生气。偶尔孟加拉国小伙也学着猫步，跟着田林，一起狂舞。他们的组合，已经成为袁家村一道别样的风景。跳到高潮时，很多游客也加入其中，整个茶楼充满着快乐和兴奋。

其实田林是个写实和写意兼而有之的画家。他的月盘画可以称得上一绝。在瓷盘上画上人物、山水，用特殊的染料上色，一副绝妙的月盘画就已经形成。这是田林的首创，他有这样的奇思妙想和大胆创意，与他的身世似乎有关。田林是耀州人，耀州窑烧的瓷器天下有名。耀州又是书法之乡，那里出了很多书法家、画家。田林在这样的环境长大，艺术的熏陶，磁窑的启示，使他灵思移动，笔下就有了和别人不同的画品。艺术出于独创，艺术成于独创，田林的世界就是在独创中实现的。

我和田林算是老相识了。要说老，是因为我们彼此对对方的认可。两年天的一个春上，我一人到袁家村散步，穿过古街时，猛地发现一家画室。抬头一看，拙朴的三个字"写真轩"令我好奇，一个画家的自由世界。我朝里一看，几幅大的人物素描吸引住了我的眼球。一幅是袁家村风情实验地创始人，开拓者郭占武的画像，冷峻、英武、静思。使人一看，郭占武的精气神都在脸上，那双富有远见和锐思的眼睛，一下就抓住了游人的魂。另一幅是著名作家陈忠实的画像，一副雕塑一种精神，把一个作家的灵魂碰撞和现实与历史的拷问都集中在人物深邃的目光中，冷峻的神情里和沉静的思考中。似乎《白鹿原》中的人物就在他的目光里，那些抖动历史，激发遐想的故事就在他的眉宇间。田林笔下，是真实的人物，真实的世界。他画人物素描，是一种生活方式，也是对艺术的完美追求。在袁家村，田林把自己没有看成一个外来者，而是当作主人。因为在袁家村他找回了真实的自己，也感受到了一个艺术家被人民所喜欢带来的莫大幸福。

很多游客都喜欢在田林的画室驻足，也非常希望在田林的笔下看到定格在瞬间的自己。但国人的羞涩和不敢面对自己的局限使得很多人往往逗留很长时间，最后抱憾而去。

田林在很多时候有点不像画家，倒像一个幽默表演者，在他的微信和抖音里，嬉皮士的风格和滑稽人物的调子处处可见。突出的眼球，张大的嘴巴，夸张的动作，爱与不舍的表情，都给人留下了很深的印象。似乎他的表演在传递着袁家人的幸福，以一种变形艺术表达自己对袁家的热爱。

走进袁家村古街，没有人不流连忘返，因为在古街中央，有田林的"写真轩"。

# 难忘的青年油画师

我至今都不知道他叫什么名字，但我的客厅墙上却挂着他的油画作品《钟馗》。

在袁家村的艺术节上，卖葫芦工艺品的人很多，看油画照片的人很少。但他却把自己的画室开在了袁家村这个别样的小街上。和他同时开画室的还有国画弟子小闫，小闫是个女孩，人经常不在袁家村，似乎她还有其他营生，看店的是一个乡下小姑娘，人如同一副乡村写意画，使人不看小闫的画品，而是总关注这个乡下姑娘。而他不同，东北人，蓄一头长发，人秀气静默，很少说话。如果他不说，人很难把他和东北人相提并论，因为他眉目清秀，长得英俊白皙，说话慢言细语，走路如同清风过河。就是这样一个画师，他钟情油画，每天在画室作画。陪伴他的是一位难过的女子，也许是美院的大学同学，也许是半路相识的红颜。总之，他们很相爱，彼此交流，只一个眼神就够了。在袁家村，他们可谓是一道别样的风景。

因为一次交流，我们成了忘年交。那次，是一个晚秋时节，傍晚，我一人到袁家村散步。无意识走到了他的画室前，吸引我的是画室外的一块牌子，涂抹着红黄蓝三道粗细不同的色彩条纹，在条纹之间，写着两个字：洞春。我不明白这个词的意思，但这个词把我带到他的画室。我问他，洞春是什么意思，他没有抬头，淡淡地说，你看是什么意思就是什么意思。我不解，洞是名词，春是动词。他说，吾也难明。我哈哈一笑，也许是对春的破解和关注，也许是走进春天又不忍破坏春天。也许油画在传达一种意识——一代青年画家的向往和渴望。他淡淡一笑，没有什么高深的意思，在春天来到袁家村，住在这里，如同洞天福地。我们感到快乐，随口说的两个字，也就把这两个字当成我们画室的坊名了。我问他，油画的精髓是什么。他沉默片刻，独自低吟，笔下有意，心中有情。而我则发表了不同的意见，油画在色彩的调配，而调配在心灵舞蹈的节奏，如果能传递一种精神，并能给人感动或激励，色彩才达到了自己渲染的目的。他嘿嘿一笑，老师很有意思，能来我的画室，也算有缘。把这幅《钟馗》送给你，算我们结缘之物吧。我没有推辞，细赏了一会儿作品，把自己的作品《触摸灵魂的瞬间》送给他，他很高兴，他的女朋友更高兴，谢谢老师，老师常来。

后来我再去的时候，画室里只有他了，人似乎也有点憔悴。

我问他，女孩呢？他说，去了她该去的地方。我不清楚，他们之间发生了什么。之后，再没有见到这个女孩。好在我有她的电话，我拨过去，女孩很爽快，老师，你好。我一下子不知说什么好，只问她现在过得怎么样。她没有犹豫，老师，谢谢你的关心，我过得很好。我本想问问他们之间的事情，没有想到女孩告诉我，老师，欢迎你到武汉来，我已经成家了。你来，我请你吃热干面。我真不知说什么好，很快挂掉了电话。

再后来去袁家村，他不见了，他的画室已经变成一家书店。我很失望，似乎心头少了一块肉，空落落的。也许，油画在外行人看来，是舶来品，不足以和中国画相提并论，他的离开，也似乎是必然。我只是遗憾，袁家村，少了一个叫人想念的人。

# 袁家村的老豆腐

　　到袁家村旅游的人大都喜欢带三种袁家村的特产，一个是袁家村的德厚麻花，二是袁家村的老酸奶，三就是袁家村的老豆腐。三个点不在一处，但声名在外。

　　袁家村有个小东门，古建城门楼。从东门走进袁家村的城堡，就可以看到老书记题名的"关中古镇"四个大字。刻在一块含有玉光的泾河石上。

　　沿着古镇靠右行走，一弯清水从脚下穿过。抬头看时，粉条坊、面粉坊、辣子坊、琳琅满目。在林林总总的店铺中，老豆腐作坊就坐北向南地敞开在其中。豆腐坊里，靠东墙是两个大铁锅，熬豆汁，点豆腐，烧豆浆，瓢豆花，很是直观。游客走进店铺，或要一杯原汁原味的豆浆，一股豆香直入心腹。或来一碗豆花，酸溜溜、香喷喷，入口即化，后味无穷。或切一块老豆腐，沾着油泼辣子、蒜泥汁子，那个劲道，那个绵实，那个嚼头，真叫人三日不忍爽口。老豆腐的瓷实、劲道、耐吃，真是一绝。如果带回家，切碎和粉条、生姜、葱花一拌，包成包子，那种美食，又是一份回味不尽的记忆。如果和肉片、粉条、白菜、酥肉、丸子、蘑菇、葱花相烩，一品烩菜出锅，人人争相举着筷子，拿着勺子，夹的夹，舀的舀，个个吃得面红耳赤，热眼婆娑。

　　要说这老豆腐坊的主人，是一姓卢的师傅。他家就在泾河岸边的卢家河，从小在泾河边玩耍长大，从祖辈开始，就会做豆腐。卢师傅师承家传，又从小受到熏陶，对豆腐情有独钟。而且他家的豆腐过去是用江河水熬豆点化的，其味有天地之气，也有人间风情。据说，卢师傅在做豆腐的时候，吸引来邻村的姑娘，最后因为豆腐，两个人结缘成亲。成亲后，姑娘灵巧，又提出把豆腐做得瓷实点，咱们北方人剽悍，软绵绵的东西并不喜欢。卢师傅觉得妻子说的有理，如何才能把豆腐做得瓷实劲道呢。他想，一个是点豆腐的时机，二一个是压豆腐的时间及负压的重量。原来用杠子压，后来加一块泾河青石，时间稍微长点，实验结果，果然不同，曾经软绵绵的豆腐变得可以搬动挪移，甚至在案板上顿一顿都不影响豆腐的形和味。吃起来，比过去的有味道，有后劲，有余香。

过去，卢师傅骑着二八自行车，带着箩筐，装着豆腐，走街穿巷，从农村跑到西村，一天也就是卖一坨豆腐，日子也算过得去。

袁家村创办关中风情实验地的时候，卢师傅看到了商机，在袁家村招募一店一品，创办美食街的时候，他积极报名，在后来的筛选中，老豆腐脱颖而出，最早走进袁家村。那时，有人还在仿徨和怀疑，袁家村这个试验地能成功吗？卢师傅接触了袁家村新一任领导郭占武后，他坚信，袁家村一定能成功。因为，他从郭占武身上看到了一种果敢、坚韧和智慧，这样的人有如此长处，难道不是天赐之缘吗？

果不其然，老豆腐在袁家村立足了，品牌走红了，袁家村兴旺发达了，老卢的豆腐坊也成了袁家村的名店了。

过去走村串户仅仅可以维持生计，现在在袁家村，每年的收入将近二百万。一个小小的豆腐坊，就凭声名鹊起的老豆腐，改变了一个家族，也改变了人们对袁家村的看法，袁家村，是希望的所在，更是成全民间美食，传承中华饮食文化的典范。

# 陕北小院

　　陕北的豪放和粗犷，是一种地域文化形成的精神。陕北的饮食带着信天游的洒脱和黄土高原的气质。袁家村虽然以关中民俗小吃作为饮食文化的内核，但少了陕北元素，似乎烩面汤里少了大骨头汤一样。袁家村看到了这一点，就招募陕北人在袁家村关中风情试验地建了一所陕北小院。

　　陕北小院建在辣子坊的对面，红红火火的辣子串高高挂在辣子坊的房檐下，像一道辣子瀑布，给人非常壮观的感觉。而陕北小院则显得宁静而平实，土疙瘩院墙，陕北窑洞看到的木门，木门上方的土墙上悬挂着毛主席在延安时期的像。在土墙两边的上方写着一句话"蓝个英英的天，黄个拉拉的地，天上有咱陕北腔，地上有咱陕北羊"，那种风味和气韵，把游客带到了广袤的黄土高原上。

　　走进陕北小院，低矮的土瓦房，靠前门墙一溜，靠东墙一溜，靠南墙两间。前面的悬挂着煮羊蹄子的牌子，一个陕北婆姨站在房子的窗户前，窗户外的火炉上煮着羊蹄子，窗台上摆着煮好的羊蹄子。没有吃，一股遥远的香气飘飘渺渺而来，醉心醉人。站在窗台里的陕北婆姨憨憨地笑着，像山里开的单蔓花，格外照人喜欢。东面的瓦房下是经营陕北油糕、糜子甜饭、油坨坨的小商贩，人都憨厚，也很朴实，就像黄土沟道里拔节的红高粱，上开的洋芋花。南面的两间小屋里飘着羊杂熬出的香味。如果坐在院子中间的方桌前，要一碗羊杂汤，带一块烧饼，慢慢品尝，日子忽然变得悠闲、绵长而又令人畅想。

我是喜欢在陕北小院吃羊杂汤的，这里的羊来自陕北黄土高原，肉鲜味绝，吃了一回你还想第二回。来自各地的游客，在这里品味的不仅仅是陕北美食，还体会陕北文化。因为，这个小院处处都有陕北情调，装饰、挂件、门窗。就说挂件，有羊头骨做成的饰品，也有镰刀和斧头。最显眼的是窗户上贴的窗花，有鸳鸯戏水，有夜莺鸣春，更有猫眼眼对着狗眼眼，一种人在小院，心在陕北的无极感，叫人怀想。

据说当年一个陕北小伙在袁家村创业，他的父亲带着半只羊来看望自己的儿子，当晚在建设工地的职工灶上清炖了这半只羊，一人一碗肉泡馍，不够吃。小伙子的父亲就用带的羊杂给其他人做羊杂汤。老汉扎着羊肚手巾，围着腰带，扔掉旱烟袋，亲自上手，把羊杂撒进羊肉汤里，再煮上粉条、黄花菜、大葱、生姜，少时许，没有吃到羊肉泡馍的人端起了大老碗，一人一碗羊杂汤，碗没有放下，人人都喊美、美、美，真是美扎咧。

这一美，关中人吃上了真正的陕北羊肉，喝上了真正的陕北羊杂汤。同在的袁家村带头人就招呼老汉，把羊杂汤带进关中民俗风情体验村。没有想到，一入驻袁家村，就红透了游客的心。

（2021 年 8 月 9 日）

# 木刻版画坊

走进古街，街口有两个店铺，南面是千扇摇曳，风行水上的扇子坊，北面就是简易古朴的木刻版画坊。版画几乎已经失传，袁家村的版画师最先是来自邻村上古的董守义，人木讷敦厚，不善言谈。但他弥勒佛的善良形象和见人释怀一笑足叫人舒坦。

我喜欢到版画坊小坐，和守义先生闲聊也很有意思。我和守义都是上古人，他长我四十多岁，对上古村的过往很有记忆，和他聊，主要聊上古轶事，使我对故乡多一分了解，通过他，走进上古村的骨子里，探寻先辈躬耕劳作的故事，使走进的回归之心更为安妥。同时，和守义聊，聊聊版画在渭北的存在，是本土还是外来的。聊木版画的素材和内容，也谈木版画的风格。尽管我们谈的不是那么深入，但我们明白，年画取材于世俗生活，题材无所不包，有历史故事类、神话传说类、世俗生活类、风景名胜类、实事新闻类、讽喻劝诫类、仕女娃娃类、花鸟虫鱼类、吉祥喜庆类等。

年画的内容包罗万象，有歌颂明君贤臣的，有鞭挞昏君、奸臣小人的，有宣扬因果报应的，有贤母教子、孝子事亲、英雄救难、报仇雪恨的，有历史故事、文学名作、民俗风情、戏曲时事，士农工商、三教九流各色人物的，等等。年画的风格因地域的不同而呈现出多种多样的面貌，有粗犷朴实，有生动活泼，有古朴稚拙，有大写意风韵。各色版画都是为了过年喜庆而作。在现代艺术的历史长廊，有许多人们耳熟能详的版画家，都曾经或正在用自己的作品弘扬着中华文化。但袁家村的版画，是一朵奇葩。

在守义的版画坊，我见到了版画模子，上面刻着秦琼、敬德的头像，也有花鸟图案，更有乡里故事人物。只要在版画模子上涂上红色的印油，然后铺一张麻纸，把模板扣上，用一团套子或者棉花扎捆的肉团，重重地压在模板上，然后轻轻取下，一张清晰的模板画就呈现出来。在模板化坊的两扇木门上，就贴着自己刻制的版画，秦琼和敬德，守卫着守义的版画坊。

没有几年，我再去守义的版画坊，不见老相识，只见陌生人。

我问坐在版画坊的老人，董师人呢？老人没有抬头，说了句，走了。我问去了哪里？他抬头看我一眼，庄北的公墓了。我明白，庄北公墓是我们上古村人安葬亲人的地方。我惊讶，啥时的事情？老人说，去年冬天，没有熬过去，就走了。我唏嘘片刻，老人问我，有啥事。我看看留有守义气息的版画坊，我就是来看看。老人说，随便看，如果喜欢，我给你拓一张版画。我点头，老人忽然兴奋，似乎很久没有见到来人了。看见我，很稀奇，就站了起来，问我，要什么？我翻看了看，要张花鸟吧，春来了，花鸟怡人。老人取出模板，小心翼翼地涂上印油，抽出一张麻纸，铺在案板上。我问老人，为什么用麻纸。老人边拓边说，麻纸有韧劲，易吸油墨，折叠方便，装框悬挂，有古色古香的味道。我暗暗吃惊，老人说话时，偶尔也挺斯文，应该是个文化人。

后来和老人闲聊，才知道他是庄河人，先辈在庄河堡是个教书匠，也学过版画，守义走了之后，他被人发现，才来到袁家村。他说，没有想到，袁家村是一个奇妙的世界，来这的啥人都有，有喜欢版画的，要当学徒。他婉言谢绝。现在的时代，声光影，眼花缭乱，谁还稀罕这个古董玩意。没有想到，游客却批评他，人当热爱自己的文化，热爱自己的手艺，时代行将丢失的，我们必须挽回。一个时代有一个时代的印记，版画的世界，就是我们文化曾经存在的意义所在。

　　站在木刻版画坊的门口，对面的扇子形似扇动，一股清风从青石板街上划过，守义似乎在叫我，慢走，下次再来。我回头一看，满屋的版画似乎都鲜活起来。

# 孟加拉国小伙的沙画

在袁家村，田林"写真坊"的对面，总能看到一个肤色黧黑，俊朗舒雅的小伙子。他总是面带微笑，非常友好地看着过往的游客。更多的时候，他伏案调配着带色的沙子，静思片刻，一幅沙画图景就出现他的脑海，进而变成透明玻璃瓶里一幅精美的画品。

他其实是来自孟加拉国的好兄弟，真名我叫不上来，中文名叫华子。他说他喜欢中国文化，喜欢袁家村这样的中国乡村。我每次看见他，他都要招手向我问好，一旦我坐在田林画室的门口，他就会走出沙画工作室，和我简单的闲聊。偶尔听不懂，他伸长脖子，直勾勾地看着我，很想从我的口型判断我说话的意思。田林看到这样的情景，总是哈哈大笑，在田林的笑声中，华子也跟着笑。尽管他不知道为什么笑，但他清楚，笑就是开心，笑就是高兴。只要开心高兴，又有什么呢。

他和田林是好朋友，在作画时，各自都沉浸在自己的艺术世界，各自都没有感到彼此的存在。笔下或者刀下，都是染料、笔墨和带色的沙子。一旦进入短暂的休息时间，这两个人就是活宝，就是一对逍遥的搭档。他们走到茶楼的茶台上，随着风箱声、音乐声，田林扭了自己的屁股，华子摆动着自己的身子，整个茶楼被他们二人点燃。所有喝茶的、聊天的，都把目光给了他们。就是老戏楼上的几个老人，也翘起了屁股，看两个"活宝"滑稽、幽默、大胆甚至放荡的舞姿。茶楼下的看客也有被激发感染的，起身摆动，和他们二人构成袁家村别样的风景。后来，有一个戴着蓝帽子、穿着灰色长裙的女子，摇着蒲扇，和田林、华子一起跳动。而孟加拉国的华子，则跳着猫步，眼镜里放射着如同狸猫一样的光焰，使茶楼的气氛达到了高潮。

　　休息完了，两个人快步穿过青石板大街，各自回到自己的座位上。田林穿着宽大的半截裤，身后飘着稀松的长发，把拘谨的华子也带动起来。就是在做沙画时，华子的身子似乎都在摇摆。虽然摇摆着，但华子的沙画确实是一绝。畸形的玻璃瓶，在华子手里，一掂一举，然后把带色的沙子装进瓶里，没有十分钟，一幅沙画就出现在瓶子的内壁上，画品有蜻蜓点水、有鱼翔浅底、有雁叫长空、有荷塘月色，凡能想到的，油画家、国画家、工艺画师能画的，华子在沙画中都能展现。而且沙画的颜色鲜明、亮丽、生动，摆在书案或者博古架上，都能点亮人心，给人美感。

　　袁家村，走来了孟加拉国小伙，以他的沙画，带给关中民俗风情别样的味道。这也看得出，袁家村的包容和超前，一种文化总需要其他文化进行交融，交融会推陈出新，交融会创新发展。

# 梦里青花

　　这是个很有诗意的店铺，位置就在袁家村古街老油坊对面。走进店铺，一扇木屏风遮住了视线，透过余光，可以看到店铺里精致的手工艺挂件和手镯。而迎接顾客的是一件老式方形茶几，茶几上摆放着一件壶型老瓦缸，缸里长着一朵很有生气的莲花，看起来风味独存，颇为雅致。

　　看到这个店铺的时候，我想到了方文山写的一首歌《青花瓷》，歌词写道："素胚勾勒出青花笔锋浓转淡，瓶身描绘的牡丹一如你初妆，冉冉檀香透过窗心事我了然，宣纸上走笔至此搁一半，釉色渲染仕女图韵味被私藏，而你嫣然的一笑如含苞待放，你的美一缕飘散，去到我去不了的地方，天青色等烟雨，而我在等你，炊烟袅袅升起，隔江千万里。在瓶底书刻隶仿前朝的飘逸，就当我为遇见你伏笔。天青色等烟雨而我在等你，月色被打捞起，晕开了结局，如传世的青花瓷自顾自美丽，你眼带笑意。"这是歌词的上阙，作者把青花瓷拟人化，你的清丽和美丽，一如青花瓷隐藏的秘密。很多未知的故事都在青花瓷里萌生，诗人的写意也因为青花瓷而变得冷峻、婉转、凄迷。这也是我走进梦里青花的第一感受。

　　方文山在歌词的下阙有这么几句："色白花青的锦鲤跃然于碗底，临摹宋体落款时却惦记着你，你隐藏在窑烧里千年的秘密，极细腻犹如绣花针落地。"写尽青花瓷的质地、细腻耐至于历经磨难而凤凰涅槃，成就了时尚和前卫的风景。也有了梦里青花这样的店铺。

经营梦里青花的是一位恰似春风扑面，忽见顿生好感的姑娘。我走进店里，她缓步出迎，指着墙上的青花包银挂件说，先生佩挂，就像一个儒士。我惊讶，儒士出自她的口中，可见此女不凡。我看了她一眼，她有点不好意思地说，先生看什么。我随口而答看一件精美的青花瓷。女子一笑，先生说笑了，我乃一俗人，怎么能和青花瓷媲美。这青花瓷，明清为贵，宫廷为宝。现在，不仅仅是挂件、手镯、饰品，也是一种很有文化气息的消费品。我一个女子，就是喜欢这青花瓷的花纹、色底、调子，在袁家村开此店，弘扬时尚，经销美感。怎么敢和青花瓷媲美，充其量不过的天蓝色下的一丝白云而已。我忽然好像发现了一块新大陆，绿色草地，翠竹拔天，青蓝色的远山，高远的天空，一个披着素衣的女子，扎一条青蓝色的纱巾，飘飘渺渺而来。我不知是梦还是现实，我畅想在梦里青花的故事里。

这故事，离不开这个奇异的女子。在我离开梦里青花店铺的时候，一缕春风从后背袭来，过眼的云烟在梦里闲散，唯有这个女子，依然站在故事的边沿，望天边的飞雁，在雁鸣声中，我记住了梦里青花这个诗意的名字。

# 永泰和土织布坊

　　走进永泰和，极易想到童年，想到母亲经线、纺线、织布的情景。想到那个年月单纯、简单、朴素的生活。

　　在袁家村，永泰和土织布坊和木版画坊是隔壁，占有三间铺子，临街一扇窗户，木格子木框，没有窗帘，直接可以看到铺子里铺摆的各色土织布和用土织布加工的各色上衣、挂件、摆设品等。两扇木门大开着，走进永泰和，迎面挂着坎肩、短袖、马褂、提包等各色衣料背包。里间摆着三架土织布机，一手手穿梭子，一手拉摇挂线版，眼观五色线在机子上绷紧运动，脚蹬踏板，踢踢哐哐的声音里，传递着织布媳妇的喜悦。

　　土织布带有原始的味道，织布、染布、裁布，都是纯手工。坐在铺子里的女人五十多岁，坐在织布机上的女人也都带有曾经岁月的痕迹。她们喜欢自己亲手染的五色线，喜欢用五色线在织布机上织出整匹整匹的粗布，然后做成各色衣裳，供游客选购。而游客也喜欢这个永泰和，她们稀奇地看着土织布机，有的城里姑娘也想上去体验一下，看店的女人就教她们上机、穿线、穿梭子，如果能在自己脚踩和手摇的过程中织出一截布料来，姑娘会高兴地从织布机上跳下来，然后抱住自己的同伴，亲呀舞呀，那个兴奋劲儿，就好像遇到了自己一生想遇到的人一样。

　　而我则从看铺子女人的眼神里，看到了祥和、满足和幸福。她看到自己的土织布机能给游客带来快乐，她自己也格外高兴。

偶尔还哼着秦腔小调，亲自给游客示范。她的一招一式，都带有一种自信和自豪。如果铺子里有客人少，她就会坐到缝纫机旁，一把剪刀，一段土织布，三下五除二，在她的手中就会变成手提包、手机包、粗布做的小猫、小狗、小老鼠、小白兔等。可以看出，她是在享受土织布带给她的惬意和舒心。这使我想到年少时，在农村老家和父母种棉花、拾棉花、拔棉秆的情景。那时，雨水少点，时令好点，关中农村适合种棉花。棉花开花的时候，就要到地里捉棉铃虫，偶尔背着父母，偷摘一颗两颗棉桃，那甜丝丝、涩楚楚的感觉总是叫人难忘。有人说，干活勤苦，可那时，我们只觉得，有使不完的劲儿，有用不完的力气，人活得饱满充实，贫寒是贫寒，但我们没有退缩，没有怨言，一切都是情理之中的事情。我们似乎也在享受劳动带给我们的安稳平和，享受这种纯粹的生活。

　　这种纯粹的生活气息，在永泰和也能找到。看铺子的女人很是平静，坐拥土织布似乎就是自己梦中的生活。一条经线和一条纬线的交织，构成了一片一片彼此紧密相连的土织布。每一条线都是女人目光与心灵交汇时的射线，每一道射线，都是无极和远方的昭示。在永泰和，种种感受告诉我们，原本的生活是最舒心的生活，质朴的人生才是真正的人生。

# 馥芳斋鼻烟壶

袁家村有一个名曰馥芳斋的鼻烟壶文化馆，也在古街上，对面是一家中医馆，暗含着鼻烟壶乃以中草药为主料而配置的一种醒脑、消炎、明目提神的携带品。鼻烟壶当以明清时期为时尚、为标志。而馥芳斋鼻烟壶，作为品牌，当在清朝晚期。相传鼻烟壶是从西方传入，也有说是中国人独创。意大利人利玛窦到北京时，进贡的东西里就有鼻烟。而馥芳斋鼻烟壶，距今已有近一百二十年的历史，《常中丞笔记》里记载："鼻烟，或冒风寒，或受秽气，以少许引之取嚏，则邪秽疏散，积满易解。"可见其存在的价值和意义。那么，馥芳斋创于何时，这得从清光绪年间的庚子国难说起。国难之时，慈禧太后携王公大臣出逃西安，随行的有一名御用药种植园的医官朱广友，他到了西安，很快喜欢上这里的文化和人文环境，在慈禧一行返回京城时，他告病留在了西安。在西安，他利用自己对中草药的认知和从北京逃到西安的白家医馆人员共同研究，最终找到了鼻烟壶的最佳配方。清光绪二十九年（1903年）秋，朱广友在西安永宁门内关中书院的西北侧创办了鼻烟壶老字号"馥芳斋"。袁家村的馥芳斋，就是朱广友老字号的延续和分店。

初看这家鼻烟壶文化馆，东西两扇大门洞开，门前中柱之前，摆放着一块水锈石，石上生长着几株野草，象征着中草药来自山间野莽，自然而然，天然成烟。一扇门楣上挂着鎏金大字"鼻烟壶文化馆"，一扇门楣上悬挂着鎏金大字"馥芳斋"。店里摆放着各色鼻烟壶，看店的是本地一位已为人母的女人，她谦和大方，笑迎宾客。口中念念有词，群芳独秀，传承百年。虽然声音不大，但我听得十分清楚。可见她正在熟悉业务，操练广告语。她看我瞅她，随即停了下来，招呼我看看满屋的鼻烟壶。

　　鼻烟壶种类繁多，风格各异，具有收藏和鉴赏价值。如康熙瓷质鼻烟壶，瓷器中有青花、釉里红、青花釉里红等。造型多为直筒式，胎质细腻，釉面晶莹亮丽，个别有泛青现象。装饰图案以山水人物、缠枝莲纹为主。像铜胎画珐琅鼻烟壶，铜胎画珐琅为此时创造，亦为康熙时期主要制品，无民窑制品，多呈扁壶式。装饰图案多为开光画、卷枝花，色彩以宝石、红、绿、白等色为主。在铜胎画珐琅鼻烟壶中镶嵌匏器的铜胎画珐琅鼻烟壶是其他朝代没有的特殊品种。而雍正瓷质鼻烟壶，制品少，收藏价值大。它的制作有青花、粉彩、青花夹紫、仿哥釉等品种，造型上有直筒式、扁壶式等形态。胎体坚细洁白，釉面呈青白色，有橘皮纹。纹饰以缠枝莲、宝相花、婴戏、仕女图等为主，画面布局疏朗。青花装饰技法有淡描、双勾填色、晕染等。

　　那么，铜胎画珐琅鼻烟壶又有什么式样呢。总体而言，造型较前朝有较多变化，出现多棱壶式、竹节式、鱼篓式、瓜形等造型。装饰题材以传统花卉为主，如红地白梅、黑地梅花、牡丹、缠枝花卉等。当然除了青瓷、铜胎鼻烟壶外，还有玻璃鼻烟壶、玉器鼻烟壶。清代乾隆朝玻璃技艺发展的高潮期，此时玻璃制器的种类丰富，有单色玻璃、复色玻璃、金星玻璃、套料玻璃、描金玻璃等。其中以单色仿宝石玻璃制作最佳，多通体光素，个别碾磨有夔纹、铺首纹等。套色玻璃品种繁多，以多彩套料制品为佳，纹饰繁缛，造型多样。而玉石类鼻烟壶的制作，有白玉、青玉、碧玉、皮子玉等。造型上除了有传统的壶形外，多有仿古的造型及各类仿生造型。另外使用玉石天然形状、俏色巧做，留皮子玉烟壶为此期一大特点。纹饰有仿古夔龙纹、乳钉纹、螭龙纹、铺苟纹、万代葫芦、瓜果等吉祥图案，纹饰布局多呈对称式、琢磨工艺精湛。这些鼻烟壶，出过御制品，在袁家村的馥芳斋都可以看到。如果仔细品味，你还会发现奇异的玛瑙鼻烟壶。这些鼻烟壶，有挂在胸前的，有装在衣袋的，也有摆放在床头几案的，随处可见，只要轻轻一闻，一股馨香和清爽通达全身，叫人爱不释手。

如果想收藏，就得先从鼻烟壶的造型上先入手，要选造型优美、形体匀称、生动逼真的鼻烟壶。再看鼻烟壶的完整性。鼻烟壶要完美无缺损、崩缺、褪色等弊病。原装的鼻烟壶均带有铜鎏金、宝石或料器的盖及细长的骨（角）勺，因此收藏的烟壶最好要有原装的配件。此外在选购中还需注意，玉器宝石类鼻烟壶是否有过修整，内画鼻烟壶是否为后画等。

三是从雕工或画工来看，应选择纹饰清晰、绘画或雕刻精细的。纹饰应保持完整，没有磨损的鼻烟壶。

随着时代的发展，人们对鼻烟壶有了新的认识。在袁家村馥芳斋，欣赏的不仅仅是鼻烟壶的文化意蕴，更重要的不是收藏，而是鼻烟壶的药用效果。现在这个时代，光影重叠，声像云集，碎片化的消费，快捷化的享受，使人们的大脑、眼睛、精神都有点疲劳。而鼻烟壶，只需轻轻一闻，就能消除疲劳，提神净目，活血给力。

这一切，都来自三十九种中草药提纯的精华，把这些精华装在鼻烟壶里，不掺和任何香精油、色素、化学制剂，闻之迷香久远，闻后提神醒脑。游客到此感受一二，馥芳斋就牢记心中。

# 德瑞恒油坊

　　袁家村的德瑞恒油坊，也在古街上。

　　油坊是关中人不可或缺的地方，每年棉籽下来或油菜黄了，油坊就忙活开了。过去，能吃上在油坊炸的蒸馍片，那是非常幸运的事情了。每个村子都有老油坊，每年榨油的时候，村里都要选一些忠厚老实的人，专门去榨油。我的父亲早年就榨过油，晚上，他偷偷从家里拿几个蒸馍，在油坊用油一炸，然后天未亮就送回家。我是在做梦的时候，拿上了油炸馍，那个香啊，叫我一世难忘。现在，人们的生活提高了，油炸馍已经不稀罕了。就是鱼虾海怪，也不怎么爱吃了。生活的优越，时代的变迁。棉花已经退出关中农田，棉花油早已成为过去。如今吃的都是菜籽油，或者花生油。而袁家村，主营菜籽油。他们曾经在德瑞恒用榨油机榨油，一桶一桶菜籽被灌进榨油机，然后是蒸、熘、压、榨，那套老式木桩榨油机现在还摆放在德瑞恒的厂房里，游人看到这架榨油机，心里顿生敬畏。一滴一滴的油是用木缸子、木托子、木桩子架构的榨油机里滴出来的。一滴油就是一把汗，一滴油也是一把泪。各种辛酸和喜悦，只有亲自榨过油的人才有真正的体会。

　　德瑞恒的榨油机已经成为一种摆设，一种纪念。但在德瑞恒依然可以买到纯正的袁家村菜籽油。卖油的是个戴着眼镜的女人，不爱言语，直勾勾地看着老街上穿行的人。她也许在回味榨油的瞬间带给她的欣喜，也许在思考城里人为什么会一股脑地往乡下跑。特别在袁家村，往来的游客好奇、新颖、时尚，使得卖油女人的心也在骚动。她很想去城里闯闯，但孩子和老人在家，她是无法离开的。她要感谢袁家村，使她出村不到五里地，就找到了养家糊口的活计。袁家村的兴起，带动了邻村人创业、就业的干劲。老油坊虽然很安静，但女人的心似乎并不平静，她是劳动的命，一个人总是站在德瑞恒，她的心会发慌。她想去现在加工菜籽油的作坊上班，在那里可以有朋友、有气氛，但职业操守使她明白，拿人家一分钱，就得给人家干一分钱的事。既然安排她守望德瑞恒，她就得安心做一个很体面的德瑞恒人。

袁家的采油加工车间在闻名摄影棚的北面，面朝老街，油缸、油桶、油壶，摆满了临街的案板。而走进去，就是德瑞恒油坊的加工车间。我的表弟在里首操持着现代电子榨油机，表弟媳妇经管着外售的成品油。为了使游客对原价菜籽油有更深入的认识，德瑞恒在门店里支起了油锅，专门用自己的菜籽油炸油饼。新出锅的油饼香味，飘过小吃街，在袁家村的正街上都能闻到。如此这样，袁家村德瑞恒的菜籽油还愁销路吗。

游客带着德瑞恒的菜籽油，回家一用，就怎么也离不开了。这个油，不仅仅卖给游客，袁家村的所有小吃店、农家乐，都用袁家村自己的菜籽油。就是分设在山西、河南、海南、西安的袁家村连锁店，都专用袁家村的德瑞恒菜籽油。

德瑞恒已经成为袁家村的知名品牌，和老豆腐、油泼辣子、酸奶构成袁家村的支柱产业。仅菜籽油一项，年收入近千万元。

走进德瑞恒，就如同穿越在 20 世纪 60 年代之前，女人顶着白手帕，男人扎着灰腰带，个个精神抖擞，和天斗和地斗，流汗流血，其乐无穷。一个老字号，就是一首隽永的叙事诗。德瑞恒，就是袁家村一个响亮的称号。

# 百花源蜂蜜

　　蜜蜂是爱美的灵性之物，一生追寻鲜花，吸纳百花蕊气盈生的瞬间所产生的精华，然后吐出蜜汁，供人养生美味。

　　袁家村老书记认识到蜂蜜有锐气清肺，延年益寿的功效，就在村东的田野，养殖蜜蜂。每年春来时，蜜蜂蜂拥而出，在领头蜂的带领下，飞进花丛，落在枝头，各显神通，各领风骚，使百花更为娇艳，世界更为精彩。蜜蜂在果树间飞舞，为果树授粉，待秋季来临时，果香飘荡，人神共舞。相思的花枝在蜜蜂的传情中，活得蓬勃旺盛，生气勃勃。整个春天，是蜜蜂追梦的季节。从百花丛中，飞到洋槐林里，从枣树开花的时节到玉米吐穗的日子，蜜蜂从不懈怠，勤勤恳恳，使采的蜂蜜纯正、味甘、清亮。

　　袁家村百花源蜂蜜就坐落在康庄老街的青石板路旁，正对的是竹器手工艺店，和田林的写真坊是邻居，门面不大，很有考究地摆放着瓶装的百花蜜。坐店的是位老者，已近古稀之年，但人显得清癯硬朗，神气健旺。他对我说，老书记是个有心人，有胆识、有魄力、有奇才，把一个破败的袁家村改造成了全国的模范先进村。他的儿子，真是青出于蓝而胜于蓝，人少言寡语，但决策和见识无人能比。听村里人说，前党和国家领导人华国锋到袁家村，给老书记题了两个字——"远观"，我看这两个字，同样适合老书记的儿子郭占武。就这百花源蜜，是老书记一手亲抓，一直过问才兴起的一个养生产业。郭占武也到过百花源蜂蜜店，问过游客的反应。当然，食用过的都翘起了大拇指，没有食用过的游客，看看转转，抱着试一试的想法，买了一瓶，没有想到，过了三个礼拜，他又前来，口中直赞纯正，还会带个三瓶四瓶，不但自己食用，还作为最佳礼品，送给亲朋。

我看着瓶装的蜂蜜，问老者，这是槐花蜜吧。老人说，你是行家。店里百花蜜少点，味道馨香，但有苦滋味。而且存放时容易结块。而槐花蜜，甘甜、清爽、味正，怎么看都是一色的清亮。我拿起一瓶槐花蜜，上下颠倒，旋转摇摆，然后放在几案上，原来是什么样，现在还是什么样。这种蜜，纯天然，无污染。槐树都生长在沟畔、远山，或者人迹很难到达的地方。人要想吃槐花疙瘩，必须用一长长的竹竿，竿头扎一个铁丝勾搭，站在高处，才能钩到树上的槐花。而蜜蜂则不同，它是灵性之物，上下自由飞翔，远近自己掌控，只要有槐花的地方，就有蜜蜂的身影。袁家村虽然在村东种植了百花园，但和蜜蜂的需求是远远不够的。于是，槐花开放的时节，蜜蜂就要远征，就是千山万水，蜜蜂从不退缩，勇往直前，爱花如命。

我喜欢泡一杯蜂蜜水，坐在袁家村的康庄老街，一边看童济功茶楼拉风箱的人在吆喝"他大舅他二舅都是他舅"，一边听着竹器店里传来的蚂蚱鸣叫声。如果在黎明或者傍晚，从老街走来一个飘逸的白衣少女，那神韵，那惊奇，似乎是喝了一口蜂蜜水那样惬意。

# 余氏葫芦坊

　　临近袁家村游客接待中心，进入康庄老街必经之地。绕过照壁时，有一红砖砌成的三层阁楼，坐北朝南、朝东。朝南是古街主道，朝东是走上酒吧街的石级路。这座楼第一层有围栏护着，围栏内是窗明几净的余氏葫芦坊。我早早来到老街上，看到葫芦坊灯火通明，围栏下的青石板道路上，有一位姑娘在打扫雨后的老街，几片落叶被她拾起，装进垃圾袋里，然后丢掉垃圾，走进葫芦坊的大门。我看着她的背影，也碎步紧跟，来到了余氏葫芦坊的厅堂。

　　走进门一看，大吃一惊。琳琅满目的各种葫芦，吊的、挂的、放的，奇形怪状，色釉繁多。姑娘说她是乾县人，家里人在老家有一个葫芦生态园。专门种植各种大小不一的葫芦，然后自己加工，通过描色、画图、清漆等工序，就有了供人鉴赏和选购的葫芦了。

　　在葫芦坊门口，有一展板，上面贴着一篇奇文——《葫芦撰》，撰文中说道葫芦是神性之物，自古与道人和神仙为伴。阴阳二气相聚，天地人归一。金木水火土，相克相生之道，葫芦都涵盖之。记得小时候有一部动画片，名叫《葫芦娃》，很是传奇和生动。葫芦娃影响了很多少年儿童，他们把葫芦娃视为偶像、英雄。而现实中的葫芦，结蔓生果，顺着支架攀援而上，吸纳天地精气，凝聚人神灵气，装水，可以激荡山野，浇灌贫瘠干旱的土地。装酒，可以神道自通，化解人世纠结之缘。记得八仙中就有一大仙举起葫芦，饮尽葫芦中的酒水，从而力大无比，扭转乾坤。就是生活中的智者，也把葫芦视为人世轮回的珍品，葫芦的旋转，日月的交潜，把四季光阴都装进人的思维里，惜时如金，光阴似箭，葫芦的命运就是给人掐算生存的尺寸，暗示瓶颈化解，豁然通透的意境。

我也非常喜欢葫芦，怀竹山居就悬挂着一个从新疆远道而来的花葫芦。我望着葫芦上那些看不懂的文字，似乎瞬间开悟了，人世是有瓶颈的，如同葫芦有大小锥形、有上小下大的吊葫芦，也有上下一体的长葫芦。而小的地方，往往是葫芦开口的地方。只要有口，就是一河水，都能装到葫芦里。只要有口，葫芦的语言都是从口中发出，神灵也罢，悟道也罢，一切私密或者透明之言，都要从口而出。所谓金玉良言，也不过是葫芦思虑过后吐纳的天地之气。有时似雷，有时似电。电光浮影中的人啊，只要把葫芦的口朝下，让天地之气和自然之气相吻合，让泥土生根，万物发芽，葫芦也就平静如初，垂挂枝头，遥望星月，看山岳如黛，看江河奔涌。

有一天晚上十点多，我准备去酒吧街看看，余氏葫芦坊依然灯火通明，我看到一个俊朗的男人出入门厅，看样子，他是老板余勇。进门一聊，相约不如相遇，果真是余勇。他人和蔼、纯善、帅气。说起余氏葫芦，他和颜悦色。据余勇介绍，他家三代相传，酷爱文字、线条、书画艺术。父亲曾经在礼泉文化馆当创作干部，自己从小受到父辈熏陶，热爱绘画、雕刻艺术。当自己的笔和刻刀在葫芦上描绘雕刻出别样的风情、人物、景观时，自己似乎也陶醉了。他看中的不是葫芦能卖多少银子，而是喜欢享受游客肯定的目光，赞赏的话语，在他人的评价和认可中找到了人生的乐趣。余勇说，自己的儿子也学美术，在美院上学，回家后，也喜欢这天地之间的灵性之物。偶尔，也拿起笔，在葫芦上描绘出自己的向往和憧憬。就是他家的三兄弟，都喜欢雕刻葫芦而产生的奇妙之象。老二在袁家村的祠堂街也有自己的葫芦坊，他是个能言会道的主，拥有关于葫芦的故事能装几麻袋。可惜，我没有见到他。

此前的那个早晨，临别之时，我看了看姑娘，她微笑着，把玩着一只小葫芦，看着我说，拿一串吧，一串五个，共刻了五个字，家和万事兴，多好。我似乎无法拒绝，谁能拒绝一个姑娘的微笑呢。我买了一串小葫芦，提在手中，似乎整个世界都装到了我的心中。我挥挥手，和姑娘告别。

但余勇那个晚上的话，似乎依然在我的耳边萦绕，叫我入梦之时，都望见了一个大的葫芦娃，在向我天真地笑。

# 田间和原宿

　　走进袁家村祠堂街，有两座古建筑，坐北朝南开着，格外醒目耀眼。一个靠西，一个靠东。靠西的墙上写着两个字"田间"，靠东是两套别院，开两洞门。墙上处处可以看见"原宿"两个字。东院的门楣上悬挂着"关中原宿"的鎏金木牌。两个很有意思的古建筑，其实都是民间客栈，但又超越了客栈的本义。既能住宿，也可以体验田间文化和关中乡俗文化。

　　田间的建筑有点古时富豪的宅院气派，出入三层门，门前高屋檐、阔前厅、雕梁画栋、沉静厚实。走进"田间"大门的时候，门柱两侧镌刻着一副对子，上联说：度比江河溪流兼纳；下联道：气如春夏群舞发生。给人田园空旷，自然萌生，万物复苏，天下归一的安适感。走进前庭，东侧是吧台，一个本地姑娘正在清理卫生。看见我，莞尔一笑，又去忙她的事情。似乎在对我说，你看你的，我干我的。没有任何戒备，出入自由，来去方便。当我朝里看时，一道圆形拱门直面于我，透过拱门，可以看见深宅大院，自己方意识到，人在云端处，身在富人家。仔细朝西墙望时，要过一排老式桌椅、茶几，我看到一排书横卧在架上，未及细看，我被一幅油画所吸引，五彩斑斓，意象纷呈。一下子很难看出油画的意义，但透过色彩和涂抹的云朵、土地、屋舍残存的梁栋或者摆放的物件，我看到了大自然的蓬勃万象。油画没有名字，如果要命名的话，我倒觉得应该叫"野趣"。和田园相映成趣，相得益彰。

绕过圆形拱门，将要登堂进入第三层正门时，门两侧的砖雕画像吸引住了我。东墙上镶刻着一幅《荷花戏水图》，摇曳的荷花，荡漾的涟漪，一种清水出芙蓉、天然去雕饰的生态自然图，叫人心生云端之气，志在万里之遥。而西墙上镶刻着一幅《松鹤延年图》，人对生命的美好寄语，生存田园想得到的生命体征，主家对自己、宾客的美好祝福，都蕴含在这幅砖雕图中。带着这种心境走进庭院，阁楼成片皆为一体，三层民宿静雅无极。

在田园民宿，最贵的当属土炕房，一般标间也就二百多元。

说是标间，但布置都是民间生活情调，生态田园风格。入住其中，自然会有采菊东篱下，悠然见南山的快感。

而原宿的风格，既有关中风味，又有西洋风情。两套别院，完全的中西结合风味，但根本是传统的，建筑和布置上带点西洋情调，这也符合现代人生活的追求。

走近原宿高门楼前，大门前一溜陈设着几尊佛像，佛像的头被人摸成黝黑色，但神情肃穆、端庄、大度。走近天庭，东边靠墙的吧台，吧台后是秦宫写意画，靠吧台的北窗下，放着博古架，上面摆放着景德镇的瓷瓶、古工艺品等物件。向西望，远远看见一幅油画，画的是一位美丽少妇仰卧图。懒散、随性、微笑，使人顿生春夜太短，人生如梦的诗意来。而长长的客厅，北墙上有两个现代按摩椅，南面，靠西摆着透明鱼缸，观赏鲤鱼在水中上下穿梭，似乎日子在匆匆忙忙中也有安闲之时。而安闲的时候，就坐在靠东摆放的古木茶案前，几把龙椅，一杯香茶，人生际会，生活滋味，都在安闲的时刻品出味道来。在走进大院的时候，我看到了一溜木牌，上面分别写着院景大床房 1988 元、家庭小套房 1288 元、关中大炕房 1088 元、花园小套房 888 元、高级双床房 688 元、花园大床房 688 元。可见，费用不低，最小的也要每晚 688 元。

就进二门，两套院子两扇门户。眼前是一所宅院，一座面西昌明的楼房，装饰的风格都带有古色古香。从栏杆东头有一转弯楼梯，直接可以通道二楼，而一楼，是下沉式，俯瞰庭院，茂盛的石榴树上已经挂红的石榴，沿着护栏攀援而上的青藤都预示着生命的蓬蓬勃勃。这个民俗，处处充满着神秘感，入住其中，安适而又神秘。似乎处处暗含惊喜，角角落落都滋生着人生的气象。

在前厅落座的片刻，我见到了合伙人，一个年龄将近不惑的男子，听他说，他们的原宿是西安和北京的设计师共同设计的。他们的大老板祖居北京，本想把原宿打造成北京四合院那样的建筑，但西安的合伙人似乎有不同意见，原宿在关中民俗体验地袁家村，应该和关中建筑文化相融合，以关中古建筑和宫廷建筑为主，打造出原汁原味的关中原宿来。他们的家具都来自北京，他们的陶器都来自景德镇，他们的布草来自兰州，他们甚至跑遍了半个中国，才有了现在的原宿。

原宿意味着回归本体，走到出发的地方。在出发的地方小憩，然后起来，看到朝阳，然后迈步从头跃，那样的人生将会是什么样。细想想，必然是淘洗了灵魂，历经了磨难，登上了高山之巅，看到一片新的云天的重生之旅。

在田园和原宿，人的心会安静，人的生活会得到启悟。有这样的去处，何乐而不为呢。

# 绍兴老酒馆

祠堂街里，偶尔会传出摔碗的声音。伴随着摔碗声，街上有一阵酒香向四周弥漫。同时有人喊，一碗摔碗酒，万事皆可通。两碗摔碗酒，福来满堂红。三碗摔碗酒，一世不用愁。随着声音，我看到了一块烫金招牌"绍兴老酒馆"，酒馆门前，摆放着各种绍兴酒，靠东墙的墙角，就是摔酒碗的地方。

看到绍兴两个字，我想到了鲁迅，想到了他笔下的孔乙己，多乎哉不多矣。几年前，我到过绍兴，也在孔乙己酒馆喝过绍兴的老酒。没有想到，在袁家村的祠堂街，竟有一家来自南国的酒业。看来袁家村是包容的，大度的。这里不仅仅是关中民俗风情文化体验地，也可以看到南国的酒文化，品尝到鲁迅笔下的绍兴酒。

乌镇、小篷船、桨板、黄酒、鲁迅笔下的两棵树、绿荷、翠林、小河、鲁迅笔下的贺老六，就像放电影一样，从脑海浮影而过。

回望祠堂街的绍兴老酒馆，追其渊源，来自西安。原来是民国时期刘文彩亲属刘姓地主的府邸，府邸于1931年建于长安引镇。这家刘姓地主占地千顷，经营永德、山云德、乾顺等多家酒店，兴极一时。长安绍兴老酒馆历经百年，于2012年整体搬到袁家村。原来的古建筑、古建里正堂上悬挂的牌匾，上书"凤高梅阁"，绕过正堂屏风，从左右各有木板楼梯，在一平台处汇成一道踏梯，直上厅堂上的隔层二楼，楼上摆放着品酒的桌椅，对坐而成。

再回到正堂，靠西墙摆放着装满花雕酒、高粱酒、龙窝原装酒、荔枝酒、桂花酒、桃花酒、梅子酒，陶陶罐罐，玻璃瓶子，一应俱全。如果倒一杯绍兴荔枝酒，未及品尝，先看品相，色泽鲜亮，再闻酒气，酒香四溢。仔细品尝，甫一入喉，酒香馥郁，滋味芬芳，人有成道成仙之感。再端详酒色，透明澄澈，赏心悦目，使人心境豁然，过得晓畅。

而正堂的屏风上画着李白醉酒图，上题李白《将进酒》中的两句：人生得意须尽欢，莫使金樽空对月。天生我材必有用，千金散尽还复来。一种达观酒脱之气，跃然纸上。而几案上摆放着一潭绍兴老酒，叫人欲罢不能。

正堂的西端，摆着一架织布机改装的品酒喝茶的几案。几案是一副老木门板，上面摆着酒器、茶具和店主独坐时思悟的一本闲书《竹林七贤》。店主是西安绍兴老酒馆的传人，四十开外，人精明能干，善抓机缘，亦能闹中取静。他把绍兴老酒馆看成他生命的一部分，他爱品酒，更爱在品酒中体味人生。看得出，他活得通透、简单。就如同绍兴老酒一样，看似简单纯净，但韵味十足。

经营老酒馆的是一位八零后的陕北后生，也许他对酒不是很痴迷，对酒文化也缺乏研究，我问他绍兴老酒的很多事情，他都知其然，而不知其所以然。临别时，我对小伙子说，陕北人豪爽、豁达、有韧劲、能吃苦。但要在豪放中隐存些细腻，在豁达中蕴含着机敏，在韧劲中多一些闯劲，在机敏中多一些执着。凡事要爱一行、专一行，才能有所为。小伙子点点头，微笑着对我说，谢谢你的开导，欢迎常来，有空和先生喝几杯。我高兴地应约，月上柳梢头，人约黄昏后。我说，等你下班，就在袁家村的酒吧街，拿上咱的绍兴老酒，咱们也潇洒一回。

# 祠堂街

祠堂是供奉宗族朝拜的先祖牌位、族谱的古建筑。祠堂有门楼、阙楼，有虔诚的香火、跪拜的蒲团、祖宗的画像、香炉，走进祠堂，心会肃穆，人会凝重。

在袁家村祠堂街，有袁家祠堂，也有王家祠堂，也有其他姓氏的祠堂。之所以叫祠堂街，原本是要恢复一些祠堂，弘扬传统文化，使后辈认祖归宗，从心里认知自己来自哪里，又要去哪里。但在后来的构建中，因为中国姓氏繁多，除去袁家本村姓氏的祠堂，只能把其他姓氏的祠堂摆在游客的心里。使游客在自己的心里，构建各自的祠堂，懂得感恩、知性、明理。

祠堂街东西走向，符合中国传统文化中对方位的研究。东面是太阳的出生地，西边是晚霞谢幕的去处。我想，这种走向设计似乎有借喻人生之意，要历经磨难，承受艰辛才能收获圆满的人生。与此相似，在中国传统社会中，能入祠堂的人，都是学问深厚，道德高雅，并且在家族中备受尊敬的人。

那些作奸犯科、有辱先祖的人，那些心灵扭曲、爱走极端的人，那些自私自利、只想自己、没有他人的人，那些贪图安逸、不思进取、碌碌无为的人，那些在位无为、无位钻营、丢掉人格的人，那些把自己抬进庙堂、把他人踩在脚下的人，如此等等，祠堂永远没有他们的位置。

袁家村的祠堂街，其实是一条心灵中的祠堂街。少祠堂，其实祠堂无处不在。街上看不到，心中总会有。这种理想色彩和现实端庄的对应，使祠堂街有一种无法言表的意味。

祠堂街的正东头，有一小城门，似乎是一种暗示，门是敞开的，走进的人，都是人世的生灵，每个人都有被尊重、被期望、被爱的权利。但最好的结果会是什么，那得看自己的造化和作为。而去西边的是一片柿子林，秋来的时候，满树红红的果子，难道也不是一种预示吗？真正把人字写好，把一个人做好，你还会怕什么？祠堂街里，依然是香火缭绕，硕果飘香。走在祠堂街，你尽管看到的田园和原宿这样的客栈，听到绍兴老酒馆的摔碗声，在鱼疗店里被小鱼儿嬉闹，在摩登美人的雪花膏店里感受旧上海的浮华，但心里的祠堂犹在。

没有几个真正祠堂的祠堂街，文化氛围和传统基因始终弥漫在青石板铺成的街道上。走过祠堂街的人，似乎都得到了一次灵魂的洗礼，人端庄了许多，也可爱了许多。

# 摩登红人

昨天在王家茶楼喝茶闲聊的时候，眼前忽然一亮。一个少妇，穿着一袭黑裙，薄如蝉翼，半个肩臂和修长的胳膊袒露在外，长发飘飘，眼睛放光，牵着一条小狗从我们的茶桌旁飘然而过，按摩的师傅说，见怪不怪，啥人都有，还有只穿着胸衣的女子，在人群里飘来飘去。摩登是厉害，但时髦得怕人。我不知说什么好，抿一口茶，看着按摩师傅，三十开外，见多识广，虽长在乡下，在袁家村，但已经被城市化了。

这使我想到了祠堂街的摩登红人，一家专卖雪花膏、润肤露、香料的店。女性的妖娆和时尚似乎和祠堂不搭界，但稍一留心，这家店经营的是摩登女子喜欢用的护肤品，时尚和思古似乎能连成一线。

走进店面，墙上到处贴着美人的海报，有影星有歌后，每个人都肌肤润泽、靓丽发光。这其中有作家张爱玲、影星蝴蝶、周旋、上官云珠、舞星王人美。她们照耀着那个时代的上海，招摇着那个时代的上海。她们的护肤和护理产品，大都出自摩登红人。摩登红人总店在上海，分店开到袁家村，也可以说明袁家村的影响力。

摩登红人的产品都是为美而生的女人准备的绝代精品。护肤的有复古彩妆、补水面膜、人夫霜露、冰心玉洁、韶光珍珠等系列。店里的一位美少女向我推介产品，她清瘦玉洁，明眸皓齿，说着标准的普通话，很是得体。我原来以为，她是外地女子，有南国气质，一问才知她就是本乡本土的女子，渭北旱塬上出生的女子，从小听鸟叫狗吠的女子，在窑洞麦场玩大的女子，我惊讶了。我们礼泉真是灵秀物华之地，九嵕山的神性，袁天罡的玄机，郑子珍的简朴，给了这个女子非同一般的气质，似乎她也是摩登红人，从上海滩走来，自然轻灵，使我对护肤品产生的心理抗拒，有了一丝小小的喜欢。

我喜欢清水出芙蓉，天然去雕饰的美，对人为的修饰、整容、护理很不感兴趣，但故乡这个女子，使得我不得不重新思考女人何以如此喜欢打扮喜欢护肤，大概因女为悦己者容吧。其实，看透了，女子并不是为自己喜欢的人而打扮。她崇尚美的追求，是人性中最美的事情。何况，美是自信，也是自己融入自然的一部分。

我原以为这种护肤品在袁家村没有市场，但女子告诉我，卖得可好了。现在，我们乡下人也知道爱自己了。把自己打扮漂亮一点，也是为家庭和社会增添一道靓丽的风景。自己美了，男人高兴，孩子喜欢，那不是很开心的事情吗？摩登红人，也摩登了一个新的时代。

女子的话讲出了乡下女人的心声，在走出摩登红人的时候，我也买了一盒便宜的雪花膏，是不是周旋、蝴蝶用过的，这并不重要，重要的是我改变了自己。

# "初见"的瞬间

初见，是一件很有意思的事情。

记得初见我的初恋女友时，我是忐忑的、不安的，心里似乎装了无数小老鼠，上蹿下跳，发慌得厉害。那种难忘的印象定格在我的生命了。尽管我们没有结果，但她始终走在我心灵的原野上，风也罢，雨也罢，我看到的永远是背影。那双会说话又能传递电波的目光雕刻在我生命的轨迹上，一梦醒来，似乎当初。初见使我诗意了好多年，也煎熬了好多年。一切都已过去，总不能活在过去。早晨醒来，太阳还是很明媚很温暖的。

在袁家村，看见"初见"两个字，是在柿子林停车场南端中段的一条拐向大观园的路口。一座灰色的老式建筑，坐西向东，青石板浮雕，黑色大砖块，一幅古旧的木门。墙上写着"初见"。看来，这是一家客栈，韵味十足，神秘莫测。

一大清早，也没有看见什么人。我径直迈过门槛，走进"初见"的院子。前厅无人，很是冷落萧条。这也难怪，正值疫情，人都待在家里，哪有闲情出门一游，或者在这里圆梦一晚。走进院子，院中间是一道宽亮的水槽，水里锦鲤喜游，如入无人之境。人不知鱼之乐，鱼安知人之趣。我能看到三层阁楼，对应而建，门板装隔的走廊，青石板铺成的地板，门户紧闭，里首只有一个打扫卫生的女人，默默无闻地清扫着院子，走廊，客房。

我站在前院，仰头一望，对应而建的客房楼阁，在空中形成了一道美丽的一线天。透过一线天，眼里尽是白云浮动，蓝天高远，似一道绸缎，从东向西飘逸。院子里很是安静祥和。我走进里首，在水槽西岸，悬空建一道品茶聊天的茶台。茶台上放着两把圈椅，一个圆桌，我似乎看到了我的初恋，与我相对而坐。无言，空气里只有芳香和舒心。这也许是"初见"客栈的意味。

"初见"是很神秘的，掩映在翠林之中，安泰自然，独处一隅。入住其中，怀想和追梦是必然的。孤独是一种最高境界的精神过滤，也是独出心裁，曲径通幽的一种奇妙之思。在"初见"，我没有看到老板或者老板娘，我很想和他们一聊，不是因为初见的神秘。而是因为投资者乃礼泉后生，他能构建这样的客栈，心路历程肯定非同一般。他的视野和独到的眼光，使我对故土产生了敬畏，那种深深的爱已经化成甘露，降临到大地上的禾苗、庄稼、小狗、小猫身上，初见的意味全在心中。

"初见"的瞬间已经凝固，形成一座雕塑，伫立在袁家村的街口，路边。每个初见的人，都是前世之缘，能在袁家村初见一次，那是何等幸福的事情。

# 陌上花开

出得"初见"客栈，沿着柿林东行数步，就可以看见一块招牌，上书"陌上花开"，顺着招牌所指，我看见一古朴敞亮的厦房，坐东向西，门前一溜我叫不上名字的花草，遮挡不住窗明净几的客房前厅。门口的两侧，都是弧形或者圆形窗户，乳白色的窗帘舒卷着几分浪漫。

看到这个很有诗意的名字，我就按捺不住自己向往的心。"陌上花开，可缓缓归矣。"这不是我的话，是越王给自己妻子说的话。田间的花开了，你慢慢欣赏，缓缓回家。多么体贴温顺，短短的一句话，把越王对妻子的爱诠释得淋漓尽致。到袁家村的人，住在"陌上花开"客栈，那真是浪漫温馨极了。陌上花开为君顾，十里花开不如你。

走进客栈，能感受到居家过日子的朴实，真切。一圈布艺沙发、一个老木茶几、墙上有吊兰、地上有绒毯。南墙处是吧台，北墙处很有层次地堆砌着半截木桩，形似万花筒。

在我小憩的时刻，一对小夫妻从里间走出，男人牵着女子的手，满脸春风走过大堂，女子有几分姿色，妖娆着自己的身段，如风行水上，飘然走出大门。出门向右拐，可以林下漫步。向南拐，可以看见陌上花开。男子会不会也浪漫一回，花间一壶酒，影徒随我身。女子会不会莞尔一笑，对影成三人，牵着小孩回。笑声，爽朗的笑声，打破了早晨的静谧，一幅生活的情景呈现在我的面前。

在我走出大门的时候，吧台小姐走过来，先生是要住宿吗？我笑了笑，只是看看。出门时，我听见她的嘟囔声，有什么好看的。是啊，有什么好看的。就是一座客栈，因为起了一个诗意的名字，叫我不得不留恋。

其实在袁家村，这样有诗意的客栈很多，如"遇见"，如"晓村"，如"云端"，他们各有千秋，各有蕴含。而陌上花开像一个羞涩的女子，静静地待在林下的一块空地，叫人思悟，令人遐想。

# 浮座别院

很多客栈、茶楼、饭店，构成相映成趣的袁家村农家乐。农家乐最初仅仅是家里的媳妇做饭，男人招呼端盘，吃的是真真正正的农家饭，住的是真真正正的土炕、大床。随着日子的富裕，人们对饮食住宿的渴求，袁家村也在不断变化，改建、装修、聘请厨师，或者整体出租，把个农家乐弄得红红火火。

在农家乐北街，坐北向南有一排农家乐，每家每户南北通透。可走南门，也可入北门。来客自由，出入便捷。

在这条农家乐街道中央，我看到一处幽静、别致、清雅的院子，北门是小拱门。有门楼，门里上悬挂着木刻的招牌"浮座别院"。别院门的两侧，是用青蓝灰砖砌成的八柱院墙。东西各四柱，每个柱子上都镶嵌着一尊小石狮，门楼的侧柱上则镶嵌着砖雕如来佛祖的雕像。似乎小院有狮子守护，有佛祖保佑，叫人心安踏实。进门有一镂空照碑，镂空处是一圆形，地砖是方形，有天圆地方之意。空出有一尊汉白玉佛像，形似卧佛。给人安闲舒心之感。绕过照碑，是一处池塘，水可见底，锦鲤喜游，荷花出水。要到里间客房或饮食住宿的地方须经过照碑两侧，左右都可行，两边横放三个磨盘，水极磨盘下沿，人可踩磨盘进入。从左右进入时，走到中线，有三个磨盘竖排向里，在向里走到时候，回头一望，左右各八根转柱上都镶嵌着佛像，而靠北墙柱的水里，左右都一尊水中沐浴的睡佛或者卧佛，处处佛光瑞气。沿着三块磨盘是向里走，屋檐下的池塘里横摆着七个磨盘，整个地表构图给人人在空中，又落在大地之惑，未入其内，就静得悠然。

迈过七个磨盘，就看到屋檐下摆放的茶桌和古琴了。一道玻璃门挡住了去路。回头再望，水池的东西个有平台，东侧是花草木石的世界，西侧放着四把椅子，一条方桌。似乎我就坐在那里，邀约了陆子、颖芳、生博三人论诗。陆子的诗眼说，颖芳的自然说，生博的理趣说，吸引着鱼儿翘首相望，就是满园的砖雕佛像也佛光普照起来。抬头时，竹筒灯和风铃声在屋檐下私语，道不破我们心里的境和景。

浮座别院不大不小，很是精致。三层阁楼，一处茶室，足以使人休养生息。打造浮座别院的是一位大学老师，经营管理的是他的爱妻。教授把自己的审美留在了袁家村，爱妻在袁家村感受着田园别样的生活。这就是幸福，一种别人无法替代的幸福。

# 茶楼里的按摩师

在童济功茶楼和王家茶楼，有一支按摩团队，他们的总掌托是一位河南来的老张，叫什么，我尚不清楚。他的这个团队，一部分来自附近农村，一部分是他的自家亲戚——河南来的亲弟子。

无论是在童济功还是在王家，他们都非常勤恳。有一次我和朋友在王家喝茶，来回走动的按摩师和掏耳朵的师傅不停地招呼，师傅，放松放松，便宜舒服，享受一下。经不住这种热情，我就叫了一个女按摩师给我揉揉肩。经常伏案工作，颈肩都出了问题，按摩按摩，也许会好点。叫一个女的，主要考虑女性手法轻柔，说话悦耳。

我叫了一个按摩师，朋友叫了一个掏耳朵的师傅。按摩师只带了一只毛巾，一双手，而掏耳朵的手中拿着镊子、掏耳朵的工具盒、头上还戴着一个照明的直射灯，看起来颇为神秘。而我的按摩师在捶背揉肩的时候还告诉我，不能经常低头，要注意休息。揉肩肩硬，揉颈椎，颈椎已经变形。如果不及时矫正复位，会影响大脑神经的。女按摩师很体贴，也很周到。她的话语里充满着关心和焦虑。她很想通过自己的手法使我的颈肩恢复正常，可她知道，冰冻三尺，非一日之寒。这得自己注意，早晚做个提头顿体的操，慢慢地就会好转。我不明白什么是提头顿体。她说，提头就是仰头，有节奏地仰头，同时，踮着脚尖，把身子耸起，放下。如此三十下，就会有效果。我惊讶，这个小女子，竟有如此造化，看来实践出真知，那是铁一样的事实。我回头看了一眼这个女子，长得也水色，说话似乎像弹琴，很有韵味。在我看她的时候，她轻轻拍拍我的头，坐好，我还在按摩呢。

是啊，她在按摩。没有懈怠，也没有耍滑溜奸，认真得足以使我感到疼痛。她说，疼是好现象，说明起作用了。我附和，是的是的，真有感觉，浑身轻松了许多。特别是大脑。像被清洗过一样，眼睛放光，思维敏捷。

我问她哪里人，她说附近村子里的。我问是哪个村的，她说，说了你也不知道。我笑了，她不知道，我是上古人，就在袁家村的北临。我说，附近村的人好，白天人在袁家村挣钱，晚上回家看孩子、照顾老人。这是多么惬意的一份工作啊。袁家村的兴旺，带动了附近村民的第三产业，有摆摊的，有当服务员的，有进栈当管理员的，有当按摩师的，很多闲置的劳力，在袁家村都找到了自己的发挥作用的地方。

我看那个掏耳朵的男的，似乎也是我村上的人。年龄比我小，干活很敬心，我问他是不是上古人，他说，你怎么知道。我说，早年出门，彼此不熟。你父亲是一个厨师。他抬头看着我，你是？我是四队的，你应该明白了。他笑了，我的叔叔，见面少，不熟不奇怪。我哈哈一笑，你没有继承你父亲的手艺。他低头说，好男不干手艺活，我不喜欢。我问他在这里干得怎么样。他开心地说，好。多劳多得，老板对人好，袁家村对我们也好。

在袁家村，这个按摩团队，使多少人感到了轻松舒心，又给开明的袁家村带来了多少笑脸。人人喝茶，个别人按摩。只要享受了这里的按摩，都说乡下人实在，按摩的到位。这得感谢河南人老张，他抓管理、抓培训、抓交流，才使得这个队伍有生气，充满活力。

# 花田月

没到过袁家村的人，确不知花田月是个什么东西。

走进袁家村，从南门北行五百米，路右边是天元大酒店，一座格调和风味都具有现代气息的酒店。而左边，一排门面房。其中有一户六间宽的院子，看门前三个大橱窗，一个进院的门户。橱窗里的比例上贴着花田月的艺术字，里首透露出厅堂和豁大的院子。橱窗上用电子灯标志着精品民宿四个字。

吸引我的是院子里传出的歌声，一圈青年人，吃着烧烤、喝着啤酒，宫廷具备，共同欢唱。他们似乎唱的《还珠格格》中的插曲《你是风儿我是沙》。歌声在袁家村的田野飘散，在我的心中打了一个旋，然后又在园中响起。你是风儿我是沙，缠缠绵绵走天涯。风与沙的故事，爱与幻想的存在，使我走进了花田月的门户。

门户是古门楼，两扇雕刻着花纹的门板，走进厅堂，直对的是吧台。吧台上悬挂着一幅字"厚德载物"，这是国人美好的期盼。能载物者必是德行很高，德望在上的人。厅堂悬挂这幅字，是告慰来者，是警示自己。我没多想，就拐进礼堂，礼堂正南的墙上悬挂着"海纳百川"四个大字，笔法俊俏，字入骨髓。这是竹简给自己的提示，诚待天下客，怀抱花田月。而布置在周围的茶案或者座椅、茶几，都是厚重的红木木板或者榆木疙瘩锯成的木板镶刻而成，显得大气、厚重、意味无穷。

而要走进院子，有一道上了密码的电动玻璃门隔着。经吧台人员引导，我才迈进大院。迎接我的是一株葱葱郁郁的石榴树，咧嘴的石榴笑迎宾客。这是一种北方的吉祥树，象征着日子红红火火，饱满润泽。我瞩目着石榴树，听到脚下有流水声，低头一看，溪流从修复水槽喧哗而过，给院子增添了一股清灵之气。我向里一望，背面和西面，拔地而起三层阁楼，阁楼都有挑檐，屋檐下有红木柱子支撑着，每一层都有雕花护栏，窗明几净，是游客下榻休息的地方。而正南的墙边，有一道长亭，亭下有桌椅，亭子的西头是一处六角亭，对应的是靠里首的一架假山，山势陡峭，有流泉从山腰飞流而下。整个院子，有人为的景观，有自然的风情，宽敞的院子，因树、因水、因雕琢的石板小路，显得通灵秀美。

这个院子，是非常容易发生故事的地方。传说，仅仅是传说。当年礼泉剧团常驻袁家村，有一个小旦就非常喜欢这个院子，而院子的一个男服务生也喜欢秦腔，每次看到小旦来，就端出果点、茶水，偶尔也陪小旦坐坐。时间久了，两个年轻人的心开始燃烧起来，彼此的目光中都有对方的影子。在一个月圆之夜，男孩约了小旦，走出花田月，来到田野，两个年轻人没有拒绝内心的呼唤，几句温馨的话，两个人就拥抱在一起了。后来，小旦为了这个男孩，离开了剧团，男孩为了小旦，离开了花田月。两个人，带着花田月的记忆，去南国闯天下了。

过了好多年，到过花田月的宾客，也偶尔能听到这段奇妙的姻缘。相爱中的男女，也喜欢住进花田月。在这里，爱会得到升华，也会生翅高飞，在蓝天下，找到自己的乐园。

花田月就是这么神奇，来过的人，都会珍惜自己的爱情。花田月就是这么浪漫，离去的人，常常在梦中把彼此思念。

# 陶乐庄

在袁家村，处处可以感受到一种新的气象。

就是农家乐，也从传统经营转化到符合现代人生活的情趣上来。中国人向来喜欢竹林七贤的洒脱，李太白的浪漫，陶渊明的隐逸。袁家人在多年的摸索和实践中，深知国人对传统民居的喜欢，对山水情调的钟爱，对自然风情的向往，于是在打造农家乐时就费劲了心思，请名家高人指点，向普通村民讨教，形成了很多别有情趣的精品民宿或者客栈。陶乐庄就是其中的一个代表。

陶乐庄隐藏在众多农家乐之中，但又独出心裁，在后院构建了休闲、饮食和住宿的园子。袁家村的正街南排，是有编号的农家乐。但在后院，又各有情调。似乎后门变成了前门。正门只是告诉人这是哪家的院子而已。

我是和闻名在48号的后院小坐时看到了陶乐庄，一处很有意味的地方。起初我不知道这是哪里，因为复古的门楼和进门端的一副古老木门，叫人不知东西。门楣上有汉语拼音也有西洋图画，出得后门，便是一片修饰过的竹林，恰到好处地长在餐桌四周。沿着青石板小径，水车、磨盘子告诉我，这里曾经是耕种之所。穿过竹林，快过一条人造的小溪，就可以移步换景，欣赏到另一番格调了。走过小溪，有一凌空悬架的浮桥，传统桥是用不朽木装饰的，有护栏，有平台，也有夜晚来临时的灯光闪烁。步上平台，是一亭子，亭下有餐桌、咖啡座、环望四周，闹中取静，净重观景，袁家村另一面就会悄然而来。

闻名说，陶乐庄是一个咸阳小伙开的店。现在的袁家村，村民把农家乐几乎都承包出去了，经营的是有文化、有品位、懂时尚、知人心的城里人。西安的、咸阳的，还有外地的。比如王家大院，就是山东人在经营，而袁家人，就可以在村里上个班，或者带着自己家人，去观光旅游。他们的心中，还装着祖国的大好河山啊。

回头走过竹林，走进院子，绕过复古木门，看着门柱上雕刻的花纹，门后布置怀旧的氛围，人似乎在穿越，有一种生在现实，活在昨天的感觉。而这种感觉，使人更明白活着的意义。历史不曾沉寂，人世依然温暖。坐在怀旧的氛围中，看着门后左右旋转的楼梯，人忽然觉得上升和向前的昭示已经镂刻在心中。而靠西墙摆放的装饰品，又使人活在当下。时光的穿梭，岁月的浮影，在陶乐庄都能感觉得到。闻名说，袁家村万象弥新，只要有心，回头一瞥，都是好风景。

走过陶乐庄，印象中就如同他们所说，这也是一家生活客栈。"生活咖啡"，甘苦自知，其乐陶陶。

# 生活客栈的生活情调

在陶乐庄一文中我曾提到过生活客栈、咖啡屋。在闻名摄影工作室的南边，有一条短短的小巷，小巷直对一副厢房式的木门，门柱和门板已经发灰、剥皮、掉漆，古老的似乎有些年代。走进小门，迎门一面墙，墙上有佛龛，但没有供奉什么佛，只是一个砖雕的图案，是鸟是鹰，看不明白。走下台阶，绕过一颗歪脖子老柳树，向左一拐，就是小竹林，竹林下放着一对炕桌和小木椅，桌上放着茶盏和一尊小雕塑。留恋是留恋，竹林很小，不容多待。再向里走，就得向右拐，这一拐，真是眼界非凡。碎石铺路，穿过竹林，竹林下有射灯，一边还有水声，再走三五步，就看见一个不大不小的池塘，池塘里锦鲤穿游，很是自在。靠池塘是一排民居土房子，房子的门上挂着门帘，门帘像是农村媳妇进门时刚挂上的，其上鸳鸯戏水或者荷花游鱼，都很有味道。要到这些房子前面去，必须跨过池塘，而池塘一步难过，主家就在池塘上打了一条宽宽的青石板，走过青石板，我看到生活客栈几个字，我问服务员，这是怎么回事。她笑着说，我们的老板和陶乐庄的是同一个人。我问是不是咸阳人。她回答，是咸阳人，老板叫郭兴海。我忽然想了起来，在上古村置办一套院子，收拾得经典古朴，有玻璃房、有壁炉、有草地、有池塘、有山坡，小小的院子，就像一个自然田庄，很有意思。在修建的时候，我曾经走进去过，见过一个戴着眼镜，几乎留着光头的中年人，他就是郭兴海，亲力亲为，似乎在收拾自己的家。怪不得这个生活客栈别有洞天。从土房子向上看，有三层环绕，要上得二楼，从水塘上架有一幅斜梯，梯子两边绿萝盘绕，从上而下，从下而上，把个二楼、三楼装扮的神秘、自然、意味无穷。

我沿斜梯径直走上二楼，有一条桐乡里首的楼道，楼道一侧是木刻八仙图，一边是悬挂着分红门帘的住宿房子。房子里有炕，也有床，不同人有不同的享受。在楼道的拐弯处，放着一把老木斗，像是刚刚用斗搬运过粮食一样，黄灿灿的玉米和颗粒饱满的麦子就在眼前装满囤，堆满仓。谁家媳妇的欢笑从田间飘过，谁家汉子的秦腔在旷野跳跃。

郭兴海真是一个懂生活的人，他看透了人在当下需要回归的趋向，回归宁静，回归田园，回归简朴的生活，他就把关中传统的农家生活方式恢复到袁家村。如果看到三楼门帘上的绣图，你不喜欢都不行。在每一层的拐角处，墙上都贴着农村妇女的剪纸，大胆、离奇、古怪，很有情趣，会把人勾引到神农时代。穿越历史，体验嬗变，人在宁静中会找到生活中的自己。

和闻名聊天的时候，他说，这家客栈也是他们摄影工作室的摄影基地，很多人喜欢在院子里照相，或站在池塘边，或旁倚斜梯边，或半掀门帘，或低头沉思，总之，在这里，人们感到舒心。

也许这种宁静会使人抛下暂时的烦恼、或离开喧嚣的生活，或守住自己的真心，无论怎么样，都会使人精神闪光，思想纯净。能有这样的客栈，难道不是游客之福吗？

# 新村民张义民

在童济功或者王家茶楼，我们都会看到一批穿着白大褂的农村男女，穿行在喝茶人中间，周旋在寒暄之中。他们就是袁家村的按摩师和掏耳朵的技师。而统揽这支队伍的人叫张义民，一个敦实厚道的河南人，一个已经把自己融进袁家村的新村民。

张义民是河南驻马店人，来陕已经16年了。2004年初到咸阳，人生地不熟，整天骑着一辆破旧的自行车，带着马凳、一面白布，在广场或者街头给人按摩。咸阳人那时也非常拘谨，不懂得享受，也很少知道按摩会起到什么作用，张义民的按摩也就没有市场。为了生活，他和妻子又跑到兴平给人按摩，或者跑跑小生意，以维持简单的生活。这样的日子熬到2009年，他听说袁家村开了古镇，有茶楼，有戏院，就跑到袁家村，向村里提出他要开一家按摩店的想法，村上郭占武很有眼光，觉得人不仅仅要奋斗，还要有优质的生活。就同意了老张的请求，同时建议老张组织一只按摩团队，在茶楼给游客按摩。

张义民那天真是兴奋了一晚，他没有想到，袁家人如此大度，给他一个外乡人如此大的面子。他回到上古村租住的屋子，和妻子商量，要有一只按摩团队，必须先找到一些核心人物，懂得按摩，能带领大家共同学习，一块儿干事业的人，他先想到了自己的妻子、妻家人、自家亲朋，只有先组织起来，再招募临近的村民，进行学习、培训，团队才能形成。老张这样想，就这样干。时间不长，从河南来了一批会按摩，人勤快，无是非的老年男子以及长相福气的中年妇女，他们入驻茶楼，剧院。起初，生意不怎么好。随着时间的推移，坐在茶楼的游客觉得看着茶楼的焰火按按颈椎、腰椎、脑袋，也是很惬意的事情。看着茶楼的焰火，想着未来的日子，张义民脸上露出了笑容。这是他来到陕西，来到咸阳，来到袁家村最灿烂的笑容了。

张义民是个有心人，看起来微胖发福，浑圆的脸蛋上凸显出饱满的样子来。在他，这是最好的时代。说到他的按摩和针灸，他都笑了。他说，刚结婚不久，自己觉得腿疼难忍，不知所措。家穷，看医生很难。就先去医院询问，知道自己得的是坐骨神经痛的时候，他就买书看，懂了电烤、针灸能解决问题。而电烤只能到医院，针灸自己摸索摸索也就会了。他去医院买了一包针，照着书本找穴位，然后按提示或要求把针扎进自己的肌肤。只是三针，拔针后，他感到舒心轻松了。在扎针的同时，他自己依照穴位，自己给自己按摩，第二天，浑身清爽，他感到针灸的神奇和疗效了。

再后来，妻子生第二个闺女时，腰疼得不行，就想让老张给她针灸。老张问妻子，怕不怕。妻子说，你尽管来，怕什么。老张仔细研究书本所说的穴位，治腰疼可以在手上，也可以在脚掌上，也可以在腰上，只要穴位无误就有好的疗效。老张大胆地给妻子扎了三针，妻子说，腰部在发热。张义民也不知是怎么回事，当晚，妻子睡得很香，他却一夜难眠。他怕自己的针把妻子扎出什么问题。没有想到，第二天，妻子说，轻松了，不疼了。张义民合掌在前，默默祈祷，祖先的中医，怪神的。

张义民的按摩针灸完全是自学而成，在茶楼喝茶的时候，他也是老书记郭裕禄的私人保健医生。老书记一生艰辛，拼命干活，人老了，就落得浑身不自在。老张给书记按摩按摩腿，书记就认为老张按摩得最好。老张的手艺改变了书记的生活，使他活得清逸、自在、快乐。

张义民说他是袁家村的新村民，一点也不假。

他的女儿一个在珠海打拼，一个把户口落到了袁家村。老大吃了公家饭，老二自己打拼。老张在袁家村，二女儿去了忻州，在忻州袁家村开了按摩店，组织了按摩团队，一时间，风声水起，干得红红火火。

为了尽孝，老张把自己的老娘从河南街道了袁家村，住在了自己在袁家村社区的家属院，和袁家人共同呼吸着九嵕山带来的神气，感受着渭北高原带来的无极。

这就是袁家村的新村民，张义民。

# 烟霞书院

　　我曾经梦到过烟霞书院的规模和样子——朱红色的院墙，灰砖蓝瓦砌成的墙脊，红枫与雪松遮荫的院子，上下台阶的院落布置，上台有七层藏书楼，有灰砖蓝瓦构成的大礼堂，支柱是赤红色，礼堂是宣讲传统文化的场所，也是专场文化主题讲座的宝地，台下是读书室、研讨室、会议室、食宿、住宿和一处文化广场。大门口有孔子的雕像，二门口有刘古愚的雕像，模糊中似乎还有道德经的铭文刻在露天的一块巨石上，石头立在上台还是下台，已经极易不清楚。

　　袁家村打造的烟霞书院，在书院街的东南方位又折回的半道上。书院街很不规格，有东西走向的正街，正街的西南侧有伸出的一条书院街。而东尽头南拐，有一条东南走向的书院街。他们彼此相连，只是出口不同，正街的最西，就走出书院街了，眼前是大路、苹果园和远处崔巍的九嵕山。西南那一条出口，就和静心谷成为邻居，直面的秦琼的大墓。而东安出口，向东拐，就直达作坊街，其间有一空大院子，那里就是王家茶楼，而直面的是小吃街，西归是肯德基、甜食店、左右客的地盘了。故而折回，就是从书院街东南口再金书院街，踏上十几个台阶，就可以看到新疆熏衣草的招牌，手工琼锅糖广告，手工锅巴和茯茶店文字介绍。如果仔细一看，在这些门店的遮蔽中，有一处缩进去的地方，一个小小的木门，木门上的门楼被绿植环绕，木门上挂着一把铜将军，向门楣上细看，几个遒呀的文字凸显出来"烟霞书院"，这和梦中的书院真是天壤之别。

烟霞是个很有诗意的地名，这二字来自谷口隐士郑子珍的烟霞洞。烟霞洞在山地村的一条沟道里，传说汉人郑子珍隐居在此，他不慕世俗之名利，不图财不为仕，朝堂召唤，他不出洞，不下山，过着一种田园牧歌式的生活。他每天起来，烟雾缭绕，霞光闪烁。每天晚归，彤云铺展，翠鸟欢歌。过着一种自己种地，自己饮食的自然生活。他的烟霞洞也是郑子珍自谓也。他是谷口人，喜欢先贤大道，读书和种地是他最大的快乐。

后来，晚清刘古愚在此兴建烟霞草堂，设坛讲学。刘古愚是一代贤才，当时有"南康北刘"之说，南康指的是康有为，北刘当然是刘古愚了。维新失败后，他就返回故里。刘古愚是咸阳天阁村人，在天阁村没有停留多久，就游学陕西长安、兴平、礼泉、泾阳等地，在礼泉烟霞洞附建间草堂，开学堂，成为一代名师。

袁家村为了弘扬中华传统文化，为了纪念刘古愚，就在书院街修建了一个非常幽静的书院——烟霞书院。书院在魁星阁的视野中，在左右客的后院遮蔽中，大门紧锁，使我心情抑郁起来。好端端的书院，为何不开放？知道我后来见到老书记的时候，他说，那不是真正要建的烟霞书院，烟霞书院应当豁亮、透明、开放、文明。而一时又没有合适的地方来建一个真真正正的烟霞书院，就只好在书院街找一处僻静之地，先建起来，院子不大，只有一亩多，但竹林、书屋、读书还是有的。我没有进去，透过门缝，我看待一排排拴马桩，那是古时给骑马而来的读书人拴马的地方。再看，就只能看到半遮半掩的亭子、屋子了。经史子集消失了，之乎者也也没有，烟霞书院好似一位羞答答的少女，犹抱琵琶半遮面，总是叫人怀想、念想、畅想。

我期待袁家村的烟霞书院，真正成为游客心中的圣地，人们渴望静心修身的福地、时时牵挂的魂归之地。

# 你的帽子屋

这是书院街一家不起眼的帽子店，但因为店名起的很有意思，我就对此产生了兴趣。"你的帽子屋"，很亲切、很自然、很惬意。店面正对悟本堂，一排排休闲茶椅和圆桌摆在悟本堂的平台上，坐在上面任何一张桌子旁，感受着夏日的凉风，体验者九嵕山下别样的风情，然后看一眼你的帽子屋，似乎身边站着一位漂亮的女子。摇动着蒲扇，戴一顶礼帽，微笑着看你品茶。她看你的时候，你也在看她，不知是谁在欣赏谁，总是很愉悦很幸福。

这就是本真的生活，这就是生活的滋味。

走进帽子屋，四周都挂着各式帽子，有礼帽、鸭舌帽、皮仕帽、太阳帽、寸头帽、牛筋帽、游牧帽、取暖帽等，颜色有灰色、浅白色、黑色、紫色、乳白色、红色、天蓝色等，不一而足，五花八门。经营者是一个端庄的女子，那天戴着口罩，我始终没有看到庐山真面目。但她的眼睛告诉我，她很聪慧、伶俐。我进店的时候，她蹲在门前人造的小溪水边，正在浇灌她养殖的花卉，很是仔细、耐心。我们没有交流，她浇她的花，我看我的帽子，似乎时间暂时停止了摆动，一种凝固的思绪和飞扬的思想似乎都丢了。

我拿起一顶乳白色的遮阳帽，帽檐直硬，有椭圆形无线环绕。帽子顶端是类似行星表面的设计，有纹理、有气眼、有轨道。帽子的正前设计了一个独特的标志，他是把帽子二字汉语拼音的两个声母交织在一起组合出一个山岳起伏棱角分明的花纹，很是别致。我把它戴在头上，照了照镜中的自己，忽然发现，自己也有洋气、帅气、大气的底子和样子，一种自信油然而生。我似乎喜欢上了这顶帽子，就问女子，这顶帽子怎么卖。女子抬头看了一眼戴着帽子的我，太贵，不卖。开玩笑，再贵也有价位啊。女子回答，对你没有价位，你喜欢，就戴上走人，送了你。我惊讶，送我？是的，送给你。我疑惑，为什么？她笑着说，你这人，哪有那么多的为什么？要说为什么。这个帽子与你有缘。我看着她，还是疑惑。她似乎看出了我的心思。补充说道，这顶帽子我也喜欢，就是挂在那里一直无人问津，你是第一个喜欢它的人，也是第一个拿起这顶帽子，戴在头上的人，我也是看你戴这顶帽子，很有学者范儿，心里头只有一个字，送。只有送给你，我才感到幸福。我笑了，这是一个特别的女子，一个叫人不能不去仔细端详的一个女子。物有所值，值在相知。我更觉得有意思了，就问她叫什么，她说，叫我小七就行。我还是很执着，全名？她也爽快，王小七。嘿嘿，很有意思的王小七，一个叫人难忘的女子。

你的帽子屋，真是游客自己的帽子屋了。

也许，这是小七很快意的一件事情。从她的笑容，忽然轻盈的脚步中可以感知，她是一个爽快豪放的人，一个不仅仅卖帽子，更是以帽子为生的女子。她在干她喜欢的事情，喜欢天下人都能找到属于自己的帽子，戴在头上，如我那样，眉飞色舞或仰头望天，一副洋洋自得的姿态，给人精神、正气、帅气的快感。

在我离开帽子屋的时候，我一直没有看到她的真容，一只大口罩，遮掩得模模糊糊，但眼睛是纯真的、坦荡的、聪慧的。小七的帽子屋，也是你的帽子屋，一个叫人回味思悟的地方，一个令人遐想引起灵感的好地方。

你的帽子屋，一个不愿还原自己过去的守望屋；你的帽子屋，一个不愿直面人生或不愿看到世间浮沉的反思屋；你的帽子屋，一个找到另一个自己，活得洒脱自在的理想屋；你的帽子屋，王小七的心灵归一屋。

尽管我没有掏钱，但我懂得投桃报李的意义。临走时我和小七加了微信，并几次相约，想请她吃个便饭，以示谢意。但小七都婉言谢绝了。我明白，小七是一个不图回报的女子。我问她哪里人，她回答，山东人。怪不得，她得体、大方、爽快。一个听着涛声，看着大海长大的女子，在袁家村，找到了自己人生的另一半，成为真正的烟霞镇人，她感到自豪、亲切、心热。她爱她的故乡，她也舍不得黄土地上这块风水宝地，这可是大唐福地，是后世人难以割舍的一块宝地，不是一个物华天宝、人杰地灵可以概括的，也很难找到一句贴切的话来表达。小七的帽子屋，等待着帽子的有缘人。

人说帽子天下飞，财源滚滚来。而小七，没有发家，也没有暴富，过着平淡的日子，却享受着人世最美的心情，这也是袁家村人活出的滋味。

这也是我喜欢"你的帽子屋"的缘由。

# 伊帕尔汗薰衣草

在袁家村，如果你留意，就会闻到一种清香从身边飘过。这不是在任何地方都能闻到的。只要你闻到了，感到了，你就向四周看看，不经意就会看到"伊帕尔汗薰衣草"的招牌。只要走进店里，就会被熏香迷惑，似乎不在人间，而在天堂，一种缥缥缈缈的快感从梦的边沿滑落。当你睁眼看时，就会看到一个美丽的姑娘向你微笑，如盛开的紫色薰衣草，招人喜欢。这是我在书院街伊帕尔汗薰衣草专卖店的第一感受。

我不知道薰衣草是个什么样的花，店里的姑娘说，就是一种花儿呀。我还是很迷茫，姑娘笑眯眯地说，你是个怪人，这里只提供薰衣草产品，要想看看，到我们新疆伊犁的伊帕尔汗看看，那景色，那花海，你自然会明白很多。我笑了，不是人人都有可能去那么美丽而又遥远的地方看花的。你简单告诉我，我心中的花期就会来的更早，我希望的美梦就能成真。姑娘又笑了，笑得很甜。我看得出，她不是维族姑娘，但一定是在新疆长大的汉族女子。鼻梁稍高，皮肤润滑，眼睛透亮，小嘴很甜，叫人一看，就想多看几眼。姑娘有点不好意思，只是那么一下，又非常爽朗起来，这也许是新疆风情给姑娘的性格，她指着一个薰衣草做的香包，这个你喜欢，就带上，放在车上，馨香不断。我还是想知道这个如诗如梦的薰衣草，是怎么回事。姑娘很不好意思，我只知道薰衣草是半灌木或矮灌木，分枝，被星状绒毛，在幼嫩部分较密，在老枝上叶形较大，花冠色泽较暗。

这个花只有五个色系，紫色、粉蓝色、红色、粉红色、白色，闻闻花香，人就会清爽、豁朗、愉悦。我看着姑娘，姑娘会心一笑，就这些，要想明白，还是去一趟我们新疆，不但可以感受到祖国的幅员辽阔，壮美山河，也可以去我们伊犁的河谷、草原看看，在薰衣草花海看看，去薰衣草庄园住住，那你一定会收获多多。我开玩笑，能收获爱情吗？姑娘看着我，能啊。薰衣草就是在等待爱情，期望爱情悄然而至的一种花啊。我笑了，那是年轻人的事情，我已经超越了那个时代，只能静静怀想了。

姑娘也开玩笑，爱情不分年龄，只看缘分。不像花儿，有时限，而爱能有永远。那是在心中吧？姑娘说，只能在心中，现实很残酷，就像薰衣草，六月绽放，七月烂漫、八月枯萎，一年一期，只能有三个月的风情岁月。而人的爱一旦根植，心中就会铭刻一世。我忽然刮目相看了，这是一个有故事的姑娘，要不她能说出如此玄妙的话来。我庆幸这不期而至的伊帕尔汗薰衣草专卖店给我的惊喜，我感谢时光给我一刻难忘的袁家村之旅。在我离开时，姑娘送给我一个香包，我付费，她坚决不收。我有点不知所措。她先开口，就是一个香包，只是让你带着，给我们当一个宣传员，介绍给你的朋友，也许，我们会再次相遇。我不好再说什么，就挥手告别。她走出柜台，看着我，欢迎再来啊。

我走出门店，姑娘站在店门口。在她的身后的门框上，贴着一副对联，上联是"天山瑰宝西域香魂"，下联是"紫香沁馨温福万众"。

回头再看伊帕尔汗薰衣草店里的东西，枕头、靠垫、香包、吊坠、手提包，似乎都可以带上，送亲朋、自己用，都不错。这是我一闪而过的念头，我的视线还是没有离开这个来自新疆的汉族姑娘的目光，似乎像老朋友一样，挥挥手，彼此告别。

这就像薰衣草的花语，期待与等待，都非常美好。

# 古镇中医馆

在书院街，我看到一家中医馆，似乎是陕西中医药大学在袁家村开设的医馆。我当时没有走进去，只知道里面有一位女中医师，是非常严肃又非常可爱的一个医者。那天因为去拜访一位民间皮影艺术大师，就耽搁了。

后来，我经过康庄古街，在鼻烟壶文化馆的对面，我又发现了一家中医馆。那天，我骑着小电摩，穿过古街时，忽然发现中医馆里坐着一个娴雅淡定的女子，就停下车，在门口看了一眼。就一眼，馆里的姑娘起身前来，问我，是咨询还是看病？我笑了笑，就看看。最近颈椎不舒服，肩胛也难受，想看看。姑娘说，你来对了，今天是我们一位副主任医师坐诊，他来了，好好好给你看看。我看着姑娘，清瘦、宁静、淡雅，很是素朴，就有了几分怜爱。关切地问她，你是大夫还是护士？她也笑了，我是财务，在这里临时看门。我们有护士，你刚才可能看到，到小吃街买东西去了。我忽然想起，过古街时，一个戴着眼镜的小姑娘，向我招招手，就从我身边过去了。只是疫情期间，她戴着口罩，我没有看清人面，也许就是那位护士吧。那你们主人何时到呢？姑娘回头看看，快了，他从咸阳而来，路上可能耽搁了。我问姑娘，你们是中医学院下来的？姑娘指着店里一块招牌，上面写着"基层医疗帮扶，助力乡村振兴"。我明白了，中医是国之精粹，来自传统，惠于众生。几千年来，望闻问切，是中医法宝。针灸推拿，是中医传统。

把中华医术的精粹发扬光大，让他来自民间，又回到民间，使国民从中医上看到我们民族的优秀和文化的魅力。期间带来的身心的健康、愉悦，生活的幸福、滋润，那是多么好的事情。这种把中医馆开设在古镇的考虑和安排，是一种惠民政策的真实体现，也是把神秘的中医医术交付民众，使民众心里亮堂，看病舒畅的一种尝试。

在我和姑娘聊天的时候，后院走进一位中年人，敦实健壮，方脸宽肩，一只大口罩，一副文雅的金丝眼镜，把他直接带到了中医馆坐堂大夫的位置。姑娘说，这就是我们袁家村中医馆负责人仇主任。仇主任一看姑娘在介绍他，就起来和我握手。握手的瞬间，姑娘介绍，我们仇主任是医学博士，骨科副主任，陕西中医骨伤科医生集团创始人，治疗肩颈伤病可有一手。我说，幸运幸运，我的肩颈可有救星了。仇大夫很客气，在学在学，不敢奢望。就这样，在很短的时间，我和仇博士建立了良好的关系。他问我，主要什么感受？我摸了摸自己的颈肩，稍微疼点、犟点，就是不舒服。仇主任摸了摸，你是干啥的？我看了看姑娘，没有想到，姑娘的身边又站了一位戴着眼镜的姑娘，穿着白大褂，看着我。我一看，就是那位擦肩而过的姑娘，她看见我，也笑了笑。我在非常舒缓的环境中自然也很放松，就随口说道，搞文字的。仇主任说，是文人还是政客？我笑了，穷酸文人而已。仇主任忽然来了精神，我非常喜欢文学，自小就有过梦，后来，梦飞了，我从医了。但还是喜欢。我本是一个谦逊的人，在中医馆，我开明起来，姑娘可以上百度搜搜，我的大名董信义，一看就知。仇主任说，李宁，搜搜。戴眼镜的姑娘开心地回答，也是。仇主任摸着我的颈肩，给你扎几针？我说，可以。就在说话间，仇主任的手松开我脖子的衣领，我感到酥麻一下，他说，没事，放松，就酥麻了几下，他松开手，针已经拔了，感觉怎么样。我站起来，神了，一下子轻松多了，似乎也没有疼痛的感觉了。

李宁说，好呀，大作家到了中医馆，体验我们的中医针灸疗法。怎么样？我看了看，仇主任，谢谢，针灸也能如此神奇。仇主任说，中医博大精深，绵延千年，追本溯源，直达原初或者根本。我对仇主任说，你们的中医馆开到袁家村，实在是高妙。他笑了小说，你去过书院街吗，那里也有一家我们的中医馆，都归我们管。我明白，上下一家，方便游客和乡邻。

在聊天的时候，仇主任说他是富平人，喜欢古玩石头。我说，我也是，对自然中的奇石风景都喜欢。如果方便，邀请各位到我的怀竹山居坐坐，在竹林下品茶说笑，也是一大乐趣。仇主任问我是哪里人，我说，袁家村北邻，上古村人，我的怀竹山居就在老家上古村。那两个姑娘开心了，那我们很近啊。加个微信吧，我们好彼此联系。我当然高兴，打开手机，仇主任也加了我。李宁也加了我，那个姑娘加了以后，我才知道，她叫张盛可，一个非常娴静、素朴、美丽的姑娘。

正在聊的时候，中医馆进来了几个咨询的人，我看不能再耽误了，就匆匆告别。盛可和李宁送我到门口，仇主任说，抽空过来，再针灸针灸。我说，谢谢，怀竹山居见。

两个姑娘笑了。

# 问竹阁

试问天下之竹，何以坚挺，何以劲拔，何以气贯长虹？竹子无语，天地无语，时空无语。

竹子依然劲拔有节，直向蓝天。

这是竹子的使命，心性的使然。也是万物自身的精神，内蕴的力量。

提出这个问题，是在我走进袁家村一个名曰"问竹阁"的竹器店而产生的。那天，我和争武老弟一同漫步袁家村，无意看到这个问竹阁，觉得有意思，就走了进去。时间是黄昏时分，街灯初上。迎面一幅木板雕刻的出水芙蓉画吸引了我们，画拙朴、简单，但意趣很好。未及思量，店里走出一位素雅明媚的姑娘，把我们招呼进店。姑娘是我们本乡本土的女子，灵秀可爱。装束的简洁明快，一袭素衣，一双快眼，一体不凡，叫人未及驻足，就站在店里，凝固起来。

争武老弟拉起一根红木刮筋棒，在自己的脖子拉来拉去，似乎漫不经心，但眼镜却没有离开姑娘的视线。姑娘看着争武，似曾相识，试探着问，你是袁家村人？争武还没有回答，姑娘继续试探，你是哪家的老板，我见过。争武笑了笑，说了个"花田月"，姑娘很开心，我没有看错。你们想看什么，咱们村人，一切优惠。我问姑娘，你是老板？姑娘笑了，我能当老板，打工的。争武说，打工的能帮老板做决定？老哥，喜欢什么，看。

姑娘似乎遇到了老相识，很开心。我是初次见，就问姑娘，贵姓？姑娘说，叫我小玉吧。我一看小玉，真是冰清玉洁，人面桃花。争武看到我的情形，老哥，相逢何必曾相识，相遇随缘就是福啊。也是，在这黄昏时分，在这民俗风情村，能遇到一个美丽的姑娘，并和她有片刻的交流，也是一种幸福。

小玉有点不好意思，先生想看什么，随心看，随心挑，只要你喜欢，没得说。争武开心了，我们礼泉孩子实在，礼泉的姑娘可人，老哥，看吧。

我环视一周，疏密朗阔的空间，摆满了竹子的手工艺品，对于竹子做的锦盒、托盘、挂件、手工艺，我倒没有在意。我喜欢上了用竹根雕刻的几幅造型作品。我拿起一个达摩木雕，端详良久。天地之神性，人间之正道，在达摩的眉宇间舒展。那隆起的眉骨，直愣愣的眼神，容不得半点虚饰的表情，使我肃然。

小玉姑娘说，这还有土地爷、太上老君、八仙张果老，你喜欢，一切都好说。

我托起木雕的土地神像，虔诚地说，为什么我的眼里常含泪水，因为我对这片土地爱得深沉。土地是众生之神，随四季轮回，和生命结缘。只要勤恳，只要耕耘、只要撒下种子，来年的春天，田野翠绿，万物复苏，汗水与智慧的浇灌和滋润，一个沉甸甸的秋天就在眼前。

姑娘看出了我的心思，就用纸给我包好，放在几案上。争武看我的神情，似乎发现了一个新奇的世界。老哥，妹子人好，再选个你喜欢的。我看了一眼争武，笑眯眯的，很是可爱。而姑娘机敏一笑，似乎世界在她的掌控中，又似乎她在这两个男人之间是一道彩虹，样子非常迷人。

我看了看，忽然发现两幅文竹和竹节交错构成的竹节画，一幅是桂林山水，一幅是雪江垂钓图，很有雅趣。没有选择，姑娘就给包裹起来。买了东西，争武似乎还没有走的意思，姑娘也很开心，没事常来坐，这问竹阁是老板的，也是你们的。多会说话的姑娘，一句话，似乎十里春风不等人，只等方寸相识客。

离开问竹阁的时候，我还在想，问竹阁问出了什么？

劲拔的样子，只在竹子的生命中。直向云天，那是一种姿态和向往。人在世间，当有竹子的品相。就是做成工艺品，但韧性依在，竹节犹存。

竹枫之间，总有风铃的声音低回。

我看到问竹阁有一种灵气直达人心。小玉挥挥手，回头见。

# 御生堂里蝎子蹦

在袁家村,早就听说陈权宏是个大能人,中医世家,祖传秘籍,有一套拿手的绝活。对疑难杂症、心脑血管、肺心脾肾都有自己的偏方和特效。很多人慕名寻找,他往往隐于村巷,很难见到真人。

好在他也是一个出世之人,在袁家村作坊街西口。坐南向北开了一家"御生堂"。这"御生堂"可不简单,悄然独立,孤傲不凡。一座仿古牌楼,一间民国堂舍,粗棱棱的门槛,硬邦邦的大木门,实实在在的古砖贴地,蓝个英英牡丹雕窗,门前站着一个扎着纱巾的姑娘,窗台下摆着一笋筐油炸蝎子,完完全全的养生休戚福地。

走进大堂,一道木制屏风,屏风上松鹤展翅,云烟尽散。屏风两侧有一幅并不工整的对联。上联说:五谷百果酿琼浆舒筋活络;下联道:五毒百草祛风寒排毒养颜。此联道尽御生堂的初衷,也说出了陈权宏的心声。屏风前是古雅的供桌和一幅老式师太座椅,供桌上摆有悬壶济世的器皿、陶罐、一幅竹算盘、一架油灯碗。由此向左看,一溜桌子上摆着红枣归芷酒、双降木瓜酒、鹿茸补肾酒等数灌养生酒。紧邻其下是一圈木制座椅和门板雕刻的茶几,墙上是李时珍的药典或者家传的药谱。在这圈座椅上,我曾陪西安来的才女燕窝采访过陈权宏,他们谈论的是国医的精粹和文化的传承,至于深层次的问题我没有过问,因为燕窝在写一本新书,我不便泄密,就在他们采访的时候,迈出御生堂,在老豆腐作坊喝了杯纯正的豆浆，然后顾左右而言他，看我所看的风景去了。

在屏风的右侧，有一圈排桌，桌上摆放着大大小小的蝎子酒。而靠窗户的是一套油炸蝎子的灶具，一个姑娘在地上捡蝎子，一个姑娘在炸蝎子，两个人很是惬意。

炸蝎子的很认真，生怕油炸蝎子蹦出油锅，用夹子夹着、翻着、瞅着。而蹲在地上的姑娘很有意思，边捡边说，你蹦，你蹦，看你能蹦到什么时候。我看着姑娘，开玩笑地说，你别小看蝎子，你逗它们，它们就会蛰了你，那时，你哭都没办法了。姑娘抬头笑了，它敢。你没有看看，它们很小心，胆小的不得了。深怕我夹住他们，挤眉弄眼，给我好脸色。蝎子认识你？姑娘站了起来，老相识了。天天在一起，不认识才怪呢。我很疑惑，蝎子也通人性。姑娘似乎看出了什么，这小家伙也很聪明，我不在的时候，活蹦乱跳，我一出现，可乖了。说完，就把一笤筐蝎子端进里间。期间，我听到蝎子的私语，百毒克毒，独霸崖缝。蹦蹦跳跳，生命之舞。似乎蝎子对自己被油炸的命运并不畏惧，而是以欢乐的姿态面对即将发生的一切。天地似乎有一道闪光，把整个御生堂都照得亮亮堂堂。

所谓里间，就是在屏风后隔了一个小空间，在转弯处，还有一个旋转小楼梯，直达大堂的里间二层。二层是储藏药物、器皿、杂物的地方，也是陈权宏的私密之地。

姑娘出来时我问姑娘，你似乎不是本地人。姑娘很爽快，我是山东人。喜欢这里的山水和黄土，闻到黄土地味道，心里踏实。我又问，你们老板怎么样？姑娘说，好人一个。看似无语，心中有波涛。我惊讶，海边长大的姑娘，就是不一般。豁达、通透、直接。和陈权宏不一样，一个是天上飞的鸟，一个是地下扎的根。这就是人啊，地域不同、生性不同、文化不同，就会形成两个彼此呼应又彼此独立的世界，各有各的精彩，各有各的神韵。陈权宏受之祖传，有一定神秘。这神秘是与生俱来的一种家传，也因为对中医的喜欢和深爱，对祖宗的膜拜和归望，他的医术被传奇了，被神化了。

尽管如此，袁家村的街巷，人人都知道陈权宏，人人都知道御生堂。日咽三个活蝎子，筋骨如铁健步飞。油炸蝎子尝一口，面红耳赤身子轻。说是说，御生堂的陈权宏，依然过着隐于街巷，生于庙堂的生活。看似无言，实则心在袁家村，人在烟火渺渺处。

那么，活蹦乱跳的蝎子呢，和山东姑娘斗智。

# 袁家酸奶

早在小吃街，一家不起眼的门店，一个有想法的袁家人，几经周折，研制出鲜美、醇正、绵柔、爽口的酸奶，凡到过袁家村的人，无不排队购买，带回细品。

这个人在袁家村创业的历程中留下了淬火浴身的传奇。他原来是一名司机，后来到袁家水泥厂参与村镇经济建设，因为一场安全生产事故，一条腿被碾碎，身心遭到极大的伤害。袁家人没有被击倒，信念和追梦的精神在昭示着创业中的袁家人，村书记亲自过问，全村人共同关心，使其从厄运中站了起来，继续为美好的生活奋斗。

袁家民俗风情体验村初创的时候，他发现商机，明白随着社会的发展，人的需求、人的渴望，就自学、拜师、钻研，终于研制出用鲜牛奶、蔗糖和活性益生菌精制的独到美味来。

后来，酸奶的名气越来越大，酸奶天天供不应求，合作社的经营已经不能适应市场的需要，袁家村的决策者就动了心思，扩大规模，再上台阶。由专人负责，指定奶牛场供应鲜奶，聘请科技人员把关活性益生菌的生产，形成配套设施、系列产品，设立专营店，打造品牌。

于是，才有了作坊街坐北向南的那座豁亮、宽敞、复古式酸奶制作经营门店。在这条街道上、老豆腐坊、辣子铺、醋坊、老油坊、面坊、粉条坊，像一道珠光宝气盈人的神仙街，看似古朴、简约、凝重，其实灵动、生色、发光。这里，是传统农耕文明和现代文明碰撞交汇的地方，那些穿着短裙，扭着细腰的城里姑娘，总喜欢在这里留连，她们要一碗豆花，嘶溜一吸，然后手持一个大油饼，把它咬成月牙状，招摇而过。看见酸奶坊，齐啦啦跑向前，一人一杯酸奶，打开盖，拿一把小木勺，轻轻一舀，慢慢放进嘴里，然后仰头一吸，哈哈，美扎咧。

曾经那个袁家人，偶尔也出现在作坊街，他是开心和欣慰的。年龄已经不允许他站在门店前招呼客人了。但他站在作坊街的路中间，看着买酸奶的人，一种幸福感涌遍全身。

这个世界就是这样，英雄代有才人出。如今的酸奶店，已经是一个名叫何林的年轻人在管理。他年轻稳重，犀利厚道，从不轻易表态，也不自卖自夸，总是默默地走进泾阳奶牛基地，看看奶牛生长、不断挤出鲜奶，亲自检验每一份进店的蔗糖、益生菌以及山泉水和其他配料的质量，他提倡绿色产品、满意乳品。让客户放心、舒心、开心。

提到袁家村，没有人不提袁家的酸奶。袁家酸奶似乎已经成为袁家村的形象品牌。这一品牌，不仅仅是酸奶的标志，也是袁家人致力富民政策的一种落地和延伸。

在袁家村作坊街，就业的几乎都是附近赋闲的村民，他们在打理自己生活和家庭的同时，到袁家村就业，成为老豆腐坊的从业者、酸奶店的服务员。而由酸奶带动的奶牛养殖、鲜奶生产，使得一方百姓腰包鼓起来了，生活的滋味悠长了。

走进袁家村，总会看到提着酸奶盒的游客，彼此寒暄、说笑。站在树荫下，总会看到姑娘或者小孩，品尝酸奶的样子。那是一幅幅乡村幸福图。不是画家的手笔，却是袁家村的奇迹。那是一首首生命的欢乐颂，不是诗人的杰作，却是袁家人心灵的赞歌。

# 老马的指法

　　早晨起来，颈肩感到非常不舒服。尽管竹林里的鸟儿在欢叫，园子里的月季又烂漫起来，但我似乎没有看到。心里的姜姜草在风中东摇西摆，门外的向日葵已经饱满，就是爬在冬青上的南瓜蔓似乎也没有激起我的兴趣。身体的不适改变着早起的心态，我就想跑到袁家的王家茶楼，叫一个按摩师傅给我缓解缓解。

　　心急，就去得早了。茶楼的烧茶人正在整理桌椅，一隅的椅子上坐着几个穿着按摩服的人，我走上前去一问，他们说，是掏耳朵的。按摩师傅九点半后才到。而此时是早晨九点。我无趣地走到一旁，坐在空阔的茶场，要了一壶茯茶，独自品味起来。

　　也不知喝了几杯茶，独自一人，享受着早晨那份宁静中的疼痛。不知不觉，一个人走到了我的身后，问了声按摩吗？我未及思索，点头。来人给我肩上铺了条毛巾，然后手指已经按到了肩胛骨的柔软处。

　　我不知道她是谁，就想回头看看，她说，安静。听声音，是一个中年妇女，但音色纯净、像干爽而又润泽的柳条从水面轻轻划过，很是舒服。因为还有时间，按摩和搓揉需要一个过程。我就问女人，是附近村子的？女人似乎也见得多了，没有半点羞涩。烟霞镇的，说了你也不知道。她完全把我当游客了。

没有想到，我是本乡本土的村民。我问哪个村的？她笑了，兴隆的。我说，是狼窝堰的。她惊讶，你知道狼窝堰？那是兴隆，但那是东兴隆。我是西兴隆的，从博物馆那里下去，几步路就到了。

说到狼窝堰，似乎一下拉近了我和她的距离。这个名字，是四十年前，人们对兴隆的称呼。那时，狼窝堰也叫三塚橋。那里有唐朝名将李靖的墓园，墓园由三个塚疙瘩组成，人们就把这个地方叫三塚橋。三塚，是李靖功绩的象征。三个塚疙瘩连在一起，形成阴山状，也是为了表彰他阴山之战的战绩。现在，这里已经成了赫赫有名的烟霞镇了。

女人说话时，似乎有一只快乐的鸟儿在周围飞来飞去。看样子，她已经是袁家村的老熟人了，对兴起的关中古镇袁家村，他很是感激。一个袁家村，富了一方人。她来袁家十个年头了，早起来，晚回去。每天在这里过着神仙一样的生活。我好奇，神仙一样的生活？她说，可不，过去早起贪黑，一天是一个光板。地里的庄稼长得好，可包里瘪得难受。孩子想吃一颗水果糖，还得摸烂了裤袋。有时，就是摸烂了裤袋，也只能把孩子骂一顿，缺钱得很。说话间，她的手指似乎深深地按了一下，也许这是对过去日子的刻骨铭心。虽然按得重，但我感到非常舒服。就说，按得好，你是老手。我的脖子似乎松弛了，肩膀也软乎了。她笑了，只要你满意，我也开心。我们干的就是这活，不干则已，干就得用心。人都不易，咱不能糊弄人啊。

看来她是个实心人，从话语间我可以感到，她过得很幸福。我就问她，日子很顺吧？她揉了揉我的肩胛骨，还好。女儿在北京念书，儿子在部队当兵。老汉老实，把家里的事弄得顺顺当当，每天晚上回去，还给我炒一个两个菜，偶尔端来酒杯，也喝几口。我真是羡慕，这个女人，因为自己在袁家村有一技之长，赢得了尊重，赢得了丈夫的爱，她过的不是神仙一样的日子，谁是。

在说话间，她似乎又有一点不满足，要是再年轻点，我看，学个其他手艺，走南闯北，也不是不行。这话语，透出了一个女人对自己面对现实的些许失落，失去青春的些许遗憾。也只有当她处在袁家村，有了这十年的经历后，身心才发生了变化。这变化，不仅仅是生活，而是身心、思想、眼界。当她说到儿子时，就有点不满。那小子，在部队干的好好的，非要转业。我怎说都不行，年轻人，自己的儿子，自己都没有办法。想让他在部队多学点东西，好好锻炼锻炼，不要说有多大出息，就是国家需要，也能当一个勇士就可以了。可是，哎，年轻人，不好说。他心里有什么鸟儿，咱不知道。

我笑了。这个女人，真是不简单。不知不觉，他松开了手，站到我面前，说，我的服务结束了，如果不满意，我可以改正。我抬起头，这个时候才看清她戴着口罩的样子，眼睛透亮，眉宇间处处都是笑。我心里在说，一个幸福的女人。

就是这个幸福的女人，离开我时，我很恍惚，曾经扳苞谷、拔野草、割麦子、擀面条的手，如今像弹钢琴一样，在我的颈肩自由运动。运动结束后，我浑身都感到轻松了许多。

在她走到按摩师傅休息的地方时，我听到有女人在喊，老马，心情很好啊？老马就是给我按摩的女人，说老，其实也就年过半百，但她健步如飞，身子轻盈，手指灵活，指法高妙，经她一按，人似乎一下子就活络了。

在袁家村，这样的女人很多，他们白天在袁家村上班，晚上回去照顾公婆、老汉或者孙子，日子在甜蜜中多了几分浪漫。

这时我想到在炒菜的老马男人了，菜碟上桌，男人憨笑，老马举起酒盅，老汉，你也喝。说着，杯盏相碰，两眼相对。一杯下肚，这个农家小院心花怒放。

男人问，有啥好事，女人笑而不答。

# 油泼辣子

作坊街上人来人去，脚下的流水淙淙有声。早起的媳妇戴着头巾，系着围裙，正在擦洗店面的门窗、桌椅。东城门口有人唱着小曲，磨豆腐的桨板搅动着煮熟的豆汁，伴着豆香，街道上缥缥缈缈着油泼辣子的呛鼻味。

在陕北小院的正面，坐北向南开着一家辣子铺。不看招牌，房檐上、门柱上、灰墙上挂满了火辣辣的辣子串，红的发黑，黑中透亮，亮中闪光。叫人一看，发馋、发热、发愣。

在这辣子铺，曾经发生过这样的故事。韩窑的小媳妇喜欢上了陕北小院的后生。陕北后生喜欢辣子铺的油泼辣子，小媳妇常常把师傅剩余的油泼辣子送给后生。后生吃了油泼辣子，总喜欢看小媳妇的细腰,在她看来,小媳妇就像红透了的辣子,又辣又香。吃就吃吧,他不再喜欢陕北小院的辣子,总想着那剩余辣子别的味道。有一天,他把小媳妇送的油泼辣子带回陕北了长,母亲吃了儿子带回的辣子,晚上总是睡不着，梦里都想到袁家村来，当一个袁家村人，每天能吃上袁家村的油泼辣子。孩子知道母亲的心思，就把母亲带来袁家村，想把自己的母亲介绍给老板。老板一看陕北人，再看后生的母亲，人爽净、麻利，就收了后生的母亲，从此后，袁家村的辣子铺就有了一个温柔、勤快的陕北婆姨。这也成了辣子铺的一道风景，很多人不仅仅喜欢辣子，也喜欢看后生的母亲。哪怕就那么一眼，也感到幸福。

这辣子铺的辣子耐品耐吃，源于它的工艺。在王家茶楼的门前，有一个小广场，广场上经常围了好多人，他们在看毛驴碾辣子。碾辣子之前，先给毛驴戴着暗眼，套上鞍鞯，然后一声走——毛驴就拉着碾子，不知疲倦围着磨盘转圈，直到碾盘子上的辣子被碾成粉状，看毛驴的人才拉住毛驴的缰绳，让毛驴休息，自己清理碾盘子，把碾成的辣子面装进袋里，然后送到辣子铺。这碾辣子是有学问的，几个媳妇先把辣子角角倒进铁锅，然后用麦荐草点火，一人看炉中之火，一人搅动锅中辣子。火要微火，搅要慢搅。直到锅中辣子发亮、飘香。焙好的辣子，才能送到碾盘子上，这样辣子味道绵长、厚实、耐品。

而要做成油泼辣子，那还得以特别的手法进行炮制，而且各家有各家的绝活。袁家村的油泼辣子，有专人制作，先把辣子面和预先调制的香料准备好，把精盐、调料、辣子面搅拌，盛在瓷盆之中。然后，把袁家村的菜油倒进铁锅，微火烧开，用铁勺舀烧开的熟油，泼到瓷盆中，一阵滋滋啦啦的声音过后，香味透心的油泼辣子大功告成。最后，装进瓷瓶里，贴上袁家村油泼辣子的商标，就可以摆到门店的橱窗和案板上了。

吃过袁家村油泼辣子的人这样说，过去老陕辣子一道菜，现在袁家油泼辣子勾人魂。一个外地来的游客听人说袁家油泼辣子味美辣香，不吃后悔，吃了就上"瘾"了。就买了一瓶，打开盖子，鼻子里酥香乱跳，心也蹦了起来。他赶忙拉出一块在小吃街买的锅盔，撕下一块，舀了一勺辣子盖上去，然后大口吞食，一股辣子油流出嘴角，游客大叫一个猛汉，我的妈呀，辣香辣香，火烧火燎，似乎遇到了一个猛汉，在心里横冲直撞，叫人不知魏晋，身在何处了。

# 一亩三分地

很早我写过袁家村的"一亩三分地",那篇文章用的是诗意的笔法,骈体的文风,把个农家乐描绘成人间胜地,休闲福地。可惜,现在怎么也找不到那篇文章了。

要说这"一亩三分地",是袁家构建最早的一所田园风光的农家乐。就是院子不大,亭台修竹相映成趣,也遮掩不住田园的景象。现实中的田园视野很小,但心中的田园山水连绵。入住其中,似乎就进入了一片童话世界,鸟鸣山更幽,水流人心静。这所农家乐,在袁家村酒吧一条街的西头,出得门来,就可以看见现实的灯红酒绿。特别在傍晚,音乐四起,歌声缠绵,少男少女好不青春。走进"一亩三分地",古旧的门厅,农家的老式木门、两边贴着喜联,上联是"春华秋实巧烹四季味",下联是"人杰地灵福泽八方客"。入户迎面是一尊照壁,照壁中间砖雕着一副龙盘祥云,四海升平的太极图。那砖雕的龙头,微微翘起,眼睛看着门外,龙须飘向浮云,一副喜迎贵宾,福瑞临门的兆头。进门向左右一看,古槐参天,华盖遮阳。照壁后挺拔着一拨翠竹,给人一种骨节硬朗,劲拔向上的精神昭示。入得院子,脚下流水赋曲,头上枫树婆娑。一片石板与草地间隔的平台上,放着桌椅,茶具。可以想象,人坐在院中,飞鸟划过,菜肴飘香,几杯薄酒下肚,几番暖心的话语如蝶飞舞,那个酣畅,那个惬意,那个舒心,不是神仙胜似神仙。

酒微醉，人朦胧。有人忽然说道，这"一亩三分地"，是不是明代皇帝祭天的那个地方。如果是，我们也当一回"皇帝"，在自己的圈子，干自己喜欢的事情。有人站起应和道，哈哈，这里也是我们的势力范围，我们的圈子。我们的圈子我们做主。

　　是啊，在"一亩三分地"，吃住玩，游客就是上帝，谁来谁就是这里的主人。可以入住西楼，也可以入住北楼。可以在亭子下对酒当歌，也可以在五角枫下吟诗作赋。那院中的"一亩茶园"，也是来客品茗论道，闲话桑麻的好去处。如果登上二楼，西望炊烟袅袅，原野葱茏。那钻天杨、那苹果园、那新落成的村庄，给人空旷而兴隆的气象。如果扭头北望，崔巍壮观、蜿蜒起伏的九嵕山，把整个北方打扮得厚重、伟岸、辽阔。如果回望袁家村，一切尽收眼底。谁能想象这个曾经荒芜的山坡，这片曾经落后的土地，会在一夜春风中万象更新，涅槃新生。

　　我喜欢到"一亩三分地"的院子坐坐，一个人，在清晨，新雨后，什么也不想，什么也不干，就坐坐，不知不觉中，人会产生一种幻觉，似乎有仙女飘然而至，似乎自己也变成了神仙。

# 五福堂

进入康庄老街，在中草药味和鼻烟味的间隙，偶尔会闻到一股麦香味，似乎从地缝里飞出，又似乎从空中飘来，叫人极易回到过去的乡村。

在那时，麦子面是村民渴望的一种奢侈。记得我小的时候，想吃麦面做的馒头、擀的面条，那是想都不敢想的事情。就是吃了白面馒头，或者擀成的面条，晚上做梦都是馒头、面条，口中的余香绕梁三日，最后一口怎么都不想咽下去，多想永远留在舌尖。可是，那是不可能的。直到八十年代初期，街道上的麦面香才铺满地面，弥漫在空气中，叫人晚上睡觉都在偷着笑。

这种味道，是原生态的自然流露，在城市，是闻不到这种独特的麦子香的。在康庄老街，这种味道飘然而来，叫人惊喜，叫人难忘。

寻着这味道，我走到了五福堂的门前，一眼看见年代久远的一件农具——摇播机。残损的木轱辘、残损的播机箱、残损的手推把，给人怀旧的启迪。想那年代，前面是牛拉绳，后面是播种的乡民，一声吆喝，牛在土地上吃力地向前奔走，乡民在手推播种机的时候，还要有节奏地摇晃，这样，种子从播种箱的底部落出，落在轱辘前的犁铧沟里，手推车的箱盖下，有一道刷土板，播种机过后，麦种子就被泥土覆盖，白露过后的个把月，耕种的土地一片绿色，毛茸茸、脆生生、绿汪汪，好像大地铺了一层地毯，天地为之一新。

走进五福堂，三个量粮食的木斗，扣在一道门板上，不知是原本的摆放还是一种展示，总给人自然的亲切。再看正前，案板上堆放着三袋袁家村品牌的面粉，后面是席子围成的粮囤，叫人有回家的滋味。这滋味，被案板下的秤杆和秤锤一过，更有酸辣苦甜的味道涌上心头。还没有回过神来，里间的摆设让人五味杂陈，不知身在何处了。

里间没有开灯，暗影中陈列着一套磨盘子，石碾子上放了两层磨盘子，粮食倒在最上层，从中间的空隙流到第二层，上层磨盘的楞面中间，有一道木杠子，人手抓木杠子，推着转圈，麦子被两层石磨盘磨成碎末，然后倒进筛子笈筐里，筛出麦糠、麸子，筛子下面就是面粉了。这是最原始的磨子，也是最生态的磨子。低温磨面，低温加工，绝不影响麦子的醇香。袁家村的面粉虽然不是这磨子磨出来的，但他们采用了原始的手艺，在现代磨面机里，不添加任何东西，就是麦子，从田野收割、碾出、晾晒，然后直接磨成面粉。白就白，黑就黑，采取剥离工艺，留出一级粉、二级粉和三级粉，吃白的买一级，一般的买二级，稍黑点，那就三级了。

在磨盘子的周围，有间叉、木锨、镰刀、蛇皮袋子、席子粮囤和一盏气挂灯。在正墙上似乎写着一句标语：深挖洞，广积粮，备战备荒。在另一面墙上，挂着一幅毛主席画像。旁边有四个大字：五谷丰登。站在里间，完全不是站在康庄老街的感觉，而是回到农业合作化的时代，贫困是贫困，但人的斗志不减。日子是苦点，但人是乐观、昂扬的、向上的。这使我想到了袁家老村的那座庙宇，困难的日子没有香火，但庙宇的白墙上写的标语使人奋进——穷则思变，人定胜天。多么豪迈、多么壮气、多么鼓舞人心啊。

这就是袁家人的精神来源，也是袁家人走到现在的精神法宝。

现在的袁家面粉，有专门的加工厂。原生态的工艺，原汁原味的麦子香，留在了百姓的味觉里、然后穿过肠胃，使人觉得过得实在、活得实在、吃得实在。而五福堂，只是一个窗口，给我们打开思悟之门，人当以何种姿态活着，又以何种姿态面对未来。

# 大素女红坊

一块异形木板，雕刻着肖立书写的五个大字：大素女红坊，悬挂在康庄老街坐北面南的一所门店上。这个门店西墙突兀，伸出一臂长的墙裙，墙裙上有一块文字介绍，大意是说这个素红坊，是咸阳十三个县区刺绣、针挑、剪纸艺术的展示窗口，诞生过晋时民间艺人苏若兰和现代的剪花娘子库淑兰的一片福地。

在街面上，只要给前走一步，望一眼门店悬挂、展示、张贴的手工艺产品，人的热血会沸腾，心力会聚光。在门店的东墙上，有一幅很奇怪的标识，标识我没有看懂，但文字很清楚，妇女微家。什么是微家，门店负责人韩赛迎说，就是妇女交流的一个场所，一个民间艺人活动聚会的地方。在袁家，有五美家庭、五美妇女，妇女微家是咸阳妇联很早建立的一个民间文化组织，是引导妇女创业、顾家两不误的一项福利工程。

韩赛迎落落大方，站在康庄老街，她自身就是一道风景。剪寸头，杏仁脸，红润的肌肤，高挑的个头，穿一身花格格手工布作的连衣裙，显得年轻、美丽。似乎像他们家门前的打碗花，素朴、凝练、生动。说起她的家，娘家在韩窑西沟，现在和韩窑一沟一梁相隔的袁坡村。丈夫跑长途，她喜欢手工，2016年就来到袁家村，成为一个乡亲羡慕，公婆喜欢的手艺人。白天在袁家村，展示自己手工创意和技巧，晚上回家照顾公婆。回家时，带上袁家的肘子或者牛肉，让公婆感受新时代的新生活。她看我仔细欣赏他们门店的荷包、枕头、香囊、挂件，就向我走来。一边挑绣她的小荷包，一边向我介绍他们的门店。自从有了这个素红坊后，全国及省市妇联的领导多次来袁家村进行调研考察，对我们的大素女红坊给予最高评价。说这是一个民俗文化滋生、蔓延、生长的好地方。游客喜欢什么，我们就做什么。只要游客满意，我们就感到快乐。她说着，一手提起一个像菠萝一样的编织手提袋，给我展示。说这个东西游客蛮喜欢，有人说，菠萝是甜的，手提包是暖的，提在手中，有一种幸福的感觉。这种感觉是什么样的，我无法体会，但我看到，游客的脸上春风荡漾，我也感到舒心。似乎日子就应该是这样的，活着有生气、有感染力、有创造力。这似乎是妇女微家的初衷和心愿吧。

走进大素女红坊，十二生肖都有自己的图腾形象，绣在荷包上、鞋底上、裹兜上，很是传神。晋时的苏若兰能不能绣出十二生肖，我不知道，但她的手工艺却是天下一绝。当时的皇帝喜欢龙，她就把龙盘在顶天柱上，或者飞腾在云雾深处的皇宫阙楼上，然后绣在龙袍上。而她誉满天下的不是绣龙图，而是她的回文诗璇玑图。苏若兰本名苏惠，若兰是她的字。自幼聪颖过人，十岁就善琴书画长刺绣。她是咸阳武功生人，和渭北的库淑兰都有非凡的经历。若兰因爱刺绣回文诗璇玑图，因璇玑图而名垂世间。库淑兰因伤而生剪花娘子，成为神奇佳话。也就是一摔，从黄土崖上摔倒在崖底上，起来后就要剪刀、要红纸，口中念念有词，一剪刀下去，剪花娘子自身画像活灵活现在世人面前。苏惠身处的那个时代没有传媒，她的芳名却为民间传颂，后世铭记。而库淑兰遇到了一个好时代，广播、电视、报刊的相继宣传报道，让库淑兰走出了国门，成为具有世界知名度的"民间艺术大师"。她的弟子都是旬邑乡村的妇女，一个个都得到了库淑兰的真传，剪出的作品也都各具特色。在袁家村，韩赛迎很自豪，她看重她的大素女红坊，每一针、每一线，都寄托着她深深的爱。正如西墙上生长的绿藤，根扎在砖缝的泥土里，枝叶伸展在墙上，沿着砖缝、缺口，攀援直上，寻找那一片蓝天。那种韧劲和执着，成就着生命的气象，给人活着要有生气、活力、追求的启示。

# "可多"可多

"可多"是一个连锁电商兼门店的名字。出现在袁家村，感到唐突。我多次在康庄古街看到过这个招牌，但始终没有走进去。因为透过玻璃橱窗，我看到的是现代与潮流涌动中出现的浪花。一件件精美的礼品、一个个奇怪的构图物件、一排排大小不一的商品，叫人不知眼花缭乱，不知归去来兮。

走进这家店面，是在一个傍晚。黄昏的步子走得匆匆，古街上的门店关门的关门，而开门的都灯火闪烁，给人夜幕下星光一点照亮心的快感。在老田写真轩聊了一会儿艺术创作，看了一阵对面的阿拉伯沙画艺术馆，孟加拉国的小黑依旧认真地做着瓶装沙画，无意间看见可多店里坐着一个姑娘，很是沉静，就来了精神。随心走进店里，摆设的货架上挂着一块小黑本，黑板上写了一句话，顿时叫我眼前一亮。

人生的道路上并不是每一个人都能一直与你同行，有些人需要轻轻放下，有些人需要深深拥抱。

这话说到我的心上了，我觉得这话说得奇妙，说得深刻。看似平淡，意蕴深长。我就问姑娘，这话应该是你的体会和感受。姑娘抬起头，眼睛里满是喜悦。稍停片刻，似乎是思索，似乎是疑惑。姑娘说，你怎么会感到是我写的。我笑着说，你是一个有故事的姑娘，故事的根脉就是这一句话。姑娘也笑了，说，人的一生就是赶考，同行的可以给你帮助，也可以给你难堪。如果稍不留神，自己都不认识自己了。我吃惊，这是一个有阅历、有顿悟、有反思的姑娘，有一种超出她的年龄的积淀和思考。

姑娘长得普通，在人群中都很难叫人留神。但她沉稳而干练的样子，使人难以忘记。在谈到袁家村时，她说，这里不适合年轻人创业，节奏太慢，节拍沉寂，人不警惕，就会平庸、就会生长惰性、就会只知享乐而忽视创造。我忽然有点不相信自己的耳朵了，一个不到三十岁的姑娘，有自己独特的认知和思考，而思考的问题不是自己的存在性和激发性，她看到了一种去向，一种外化而又缠绵的念想，一种需要引起人们共同关注的问题。在她看来，这里的人富裕了，满足了，就忘记了心灵的呼唤，忘记了创业时期的艰辛和执着。只知享受幸福，而不思考幸福到底能持续多久。她是看到了乡村文明中急需强化的因子，明白人在世间存在的意义和价值。她是一个非同寻常的姑娘。

我问她来自哪里，她说西安。大都市的女子，看到了乡村潜在的危机，面对危机，她试图以自己的"可多"，去影响一座古镇，一个地域的文化和观念。而现实告诉她，这是非常难的。她于是产生了疑惑，又重新回到自己的"可多"，实实在在感受一下嬗变与涅槃新生的魅力。

我不知道她的智慧来自哪里，对她的成熟与老到感到捉摸不透。她似乎看出了我的心思，说，我要感谢我的导师，一个长我两三岁的诗人，他的诗与小说，使我不敢愧对自己的灵魂。他的经历和人生，使我看到了风的力度和海的深度。他叫泽婴，一个魔幻现实主义诗人，在诗与小说走到高山的时候，忽然来了个华丽转身，成了一名电商职业经理人。

泽婴，我看过他的诗，在泥土深处扎根，在蓝天上行走，在潮头向旭日招手，在沼泽地向高原微笑。诗的触角能摸到人心的底部，诗的向度足以温暖被冷冻的灵魂。姑娘和泽婴有过交往，他的可多是受泽婴影响而走向了袁家村。

姑娘名叫张琳，独立的影子都有温度。

在我和她交谈中，我被她所吸引，所感化。不自觉地触摸着她店里的商品，唯美与精致是她商品的标签。但来袁家村的人似乎都忽视了可多的存在，就像我当初一样，无数次走过康庄老街，但就是没有走进可多门店。

后来再去袁家村，总是看不到张琳了，隔壁的孟加拉国小黑说，回西安了。我问。不回来了？小黑说，去办事，回来。我期待与张琳第二次见面，因为那个傍晚，我们仅仅是第一次接触，交谈和交流的时间和机会不够，我很想和张琳有一次对酒当歌，邀月看花的交流。也许，"可多"可多，但机缘是不是在，我很难说。

# 张氏皮影

一个小小的门店，极不起眼的标识：张氏皮影。

也在康庄老街，西隔壁是百扇坊，东隔壁是古董店，坐南向北，和永泰和是对门。那天路过康庄老街，无意看见张氏皮影店的门敞开着，里首靠西墙的老桌子里坐着一个戴着老花镜的老人，仔细地雕刻着一张牛皮。他很入神，以至于我走进店里他都没有抬头。我看了一眼四周挂满墙壁的皮影图影，很是诧异，构图奇巧、刀工精细、人物传神，就是一幅古代女子的皮影肖像，都能使人产生心跳的感觉，何况融入了雕刻者思想与感情的皮影呢。

也许我的脚步影响到了老人，他抬起头，卸下眼镜，看了我一眼。我急忙说，我是受皮影戏熏陶热爱文学艺术的。看见你，感到亲切，就想和你认识一下。老人笑了，现在很少有人看皮影戏了，但我自小爱这行当，受家传影响，走南闯北，老了就只能坐在这里，刻刻皮影图影，让这个民间戏种能延续下去。老人看来也是寂寞了，我的话语触动了他的内心，他掏出纸烟，让我。我赶忙拿出自己带的香烟，给老人递了过去，同时掏出打火机，给老人点上。

我问老人，你是皮影戏的传人，应当到我们上古村演出过。老人笑了，说，我父亲在的时候，我随父亲多次到过上古村，上古村现在还有我熟悉的朋友。我笑了，那你是不记得的，那时，我最期盼的就是皮影戏的马车来到我们村，一到晚上，一张白锦布，支撑在马车上，然后一个汽灯，几把琴弦、锣鼓、板子、笛子、唢呐，一声吼叫，白锦布上出来了骑马的将军，坐着龙椅的皇帝或者穿着长袍的姑娘，那个场景，至今难忘。

老人说，我们家的皮影戏是继承弦板腔张三皮影的，张三是弦板腔的创始人，这在我哥写的《弦板腔皮影戏史话》里有论述和记载。皮影戏，又称"影戏"或"影子戏"，以兽皮或者纸板做成的人物剪影在灯光照射下用照亮布进行演绎，是中国民间广为流传的傀儡戏之一，起源于西汉时期的陕西。起初有东部的碗碗腔和西部的阿宫腔、西部道情、眉胡等唱腔，后在清代时期，由礼泉药王洞东张村"大丰盛"皮影剧社第一代演唱人张三独创，这有清咸丰七年（1857年）的演唱本《白马坡》和咸丰十年（1860年）的《热河救驾》为证。在这两个戏本的封面上都印有"大丰盛"皮影剧社的麦穗图章，并写有"张记"二字。两个剧本的用纸均为清代民间通用的黄麻纸，轻柔而韧性很强。剧本中的道白文字没有近代通用的标点符号，用的是古时的断句符号，在每一句话后面画一圆圈，从两个剧本的场次排列规律和唱词结构来看，与现时的弦板腔剧本一般无二。这两个剧本是弦板腔皮影戏现存最早、最为重大的物证，依次可以认定老张三是弦板腔皮影戏的开山之祖。

弦板腔的器乐中最为特殊的是二弦、三弦和板子。当然少不了打击乐和吹奏乐。只要板胡和二胡一拉，打击乐一响，皮影人人出现在光照的影子布上，台下就喊了起来，甚至也有鸣炮祝贺的。当年在我们村演出的时候，村民自发组织，买鞭炮、糕点、糖果，在庆贺中慰劳演出的艺人和剧社同仁。

这是老人的哥哥张志荣所著《弦板腔皮影戏史话》里所记载的。老人叫张志合，他的父亲叫张国正。在我们上古村，至今都流传皮影艺人张国正"嗓子可以吼天动地"的说法。可见，那时的弦板腔皮影戏深受乡民喜欢。我就是在那个时候，从皮影戏里知道"三国有个诸葛亮，蒲扇一摇喊断桥。"也是从皮影戏里明白故事影影真有趣，一曲三折说天下的道理。可见故事和民间艺术，也是传播文化、教化生民的好办法。

张志合老人钟爱皮影，他已经是他们家族第六代传人了，他们祖母的祖母，就是从老张三那里取的真经，成为弦板腔皮影戏真正的传人。到张志合手里，传媒、影视、手机等现代快捷传播方式已经使皮影戏走到了低谷，演出和观看的人愈来愈少，老人只能静坐袁家村的张氏皮影店，雕刻皮影，给喜欢传统艺术的人提供拙朴、本真、形象的话本和皮影影标本，可张贴、可装裱、使人静观而生意趣。

张家皮影，传之久远。他哥哥张志荣的著作是弦板腔皮影戏追根溯源的话本。他父亲的徒弟和张家弟子都被皮影戏所熏陶，他女子曾经热爱皮影，后因出嫁而丢掉了家门绝传，他儿子张朝飞虽然工作在秦岭之南，但始终没有放弃对皮影的热爱，为此还到北京清华深造了一段时间。张家一门，在关中礼泉成为皮影艺人中的佼佼者。就是在袁家村，张志合皮影依然是游客喜欢的收藏品。

走出康庄古街，我似乎听到了皮影戏的弦板腔在老街低回。原来，向里走数十步的茶楼一边，就有一个小舞台，每天给游客演唱的也是弦板腔。只要听到弦板腔，人似乎进入了一片茂密的森林，风从林中吹着哨子，逍遥而过。

那种心灵中泛起的波澜，掀起一阵阵浪花，给海天一线处，一轮喷薄而出的旭日。

# 百扇坊

　　我去过百扇坊好多次了，一方面，那里的扇子花色图案奇特，样品繁多，花团多样，另一方面，那里的守店人都是非常精巧的小女子，灵性、朴实、率真、可爱。看见她们，就好像走进春色烂漫的月季园或者百合园，每一朵花都鲜活、灵动，湿漉漉、鲜淋淋，叫人一看顿生怜爱。

　　百扇坊屋子很小，和扇子的奇巧、精致相媲美。走进百扇坊，守店的女子就站起来，满脸是灿烂的笑容，话语是软软的、细小的、脆生生的，一听都令人动心。扇子有团扇和折叠扇，花色有印制的，也有画家画出的。在百扇坊，我喜欢画家画出的扇子，那是有个性有心性有个性的扇子，也是有精气有神气有鬼气的扇子，一朵花，一个人物，都是生动的、传神的、有韵味的。画家对生活的热爱，对生命的礼赞、对美好生活的描绘，都是思想和情感凝聚瞬间的闪光。这个百扇坊有一个驻店画家，名字叫宋朝会，别名大谷，他是老板的美院同学，曾就职于中国美术报，现生活工作于西安。画扇面，是很多画家寄情与小品画而刻意为之的艺术探索，大谷在扇画中，题材多是古代女子娴雅情调的生活场景，简笔勾勒，速写达意，同时，大谷也喜欢画中四君子，尤以兰草为爱。他的兰草，清逸潇洒，风中劲动，给人舒朗大观的自然心态和超然物外的逍遥活法。这在袁家村，其实是非常有意义的。

　　坐在百扇坊的半圈椅上，看着室外梧桐树下的台阶路，恍惚间似乎看到杜十娘从梧桐树下走来，手中摇着团扇，不言不语，使人捉摸不定。一种谜一样的故事从深邃的岁月走来，只有端详、品味和欣赏了。

守店的女子说，有的人喜欢团扇，他们似乎从团扇中能找到自己心灵的寄托。有的人喜欢折扇，在一开一合中，他们体味的是人世的多变和生活的多彩。而我喜欢画家画的小折扇，打开后就不想折起来，摆在案头，看着画面上一团玫瑰或者牡丹，心中满是春天。

在古代，千金小姐都喜欢手中拿一把团扇，外出时，就用扇子遮住半个脸面，生怕自己的容貌暴露在陌生的世界面前。

《西厢记》里崔莺莺就喜欢手拿扇子，那是一种女子害羞、青涩、胆怯的表示。古时的扇子舞、扇子会都是这种文化的绵延。

人们喜欢扇子，因"扇"与"善"谐音，扇子也寓意"善良""善行"，是作为礼品赠送亲友的最佳物品。手执一扇，求的是自我本心，念念向善。善心生佛缘，莲花香逸远。这世上本没有信仰，若人人向善，人人皆为信仰。信仰是一种精神追求，也是一种精神坚守，以善心求得信仰的诞生，以生命的本源求得信仰的尊贵，以一生的信念作为信仰的保障，那么，信仰就可以改变一个人的命运，是一个生命在延续中灿烂发光。这也是扇子与人的本缘。

走出百扇坊，心中总有不舍。

离开百扇坊，人似乎还在善念诞生的瞬间。

如果到了康庄老街，不去百扇坊，那是一种莫大的遗憾。而去了百扇坊，一种怀想、思念和对美好生活的期盼总在灵魂世界的彼岸召唤。使人浑身来劲，脚步加力。

# 爆米花

在王家茶楼正门外的小广场，立着一个秋千，过去也有人荡来荡去，现在已经无人问津了。秋千的绳索高高甩在一边，身旁的柳树舒展着自己的细腰。

在柳树下，有一个摊位，似乎是在集市上，摆着爆米花、爆熟的黄豆和大米花，摊位上也有各种小孩的玩具，摊位后是一位和蔼可亲满脸堆笑的女人。看样子，也一个是有孙子的人了，但样子很青春。穿着桃红色上衣，扎着雪青色领巾，看人的样子很是喜庆。在他身后的地上，摆着炸爆米花的机子，一副铁炉子，架在炭火上旋转，而旋转机器的是女人的丈夫，在袁家，他叫他老汉。老汉也不老，和我是老同学，人长着一副苦相，但看人和媳妇一样，总是喜庆。他蹲在地上，一手摇着炉子把，一手拉着风箱，一边看着手上的表。看样子，一锅爆米花要出炉了。说话时，他提起爆米花机子，一脚踩着机子的下首，一手把一根铁把手插进爆米花机的插管，然后身子一斜，用力一拉，砰的一声巨响，烟雾腾起，爆米花机子倒出一席热乎乎的爆米花，一瞬间，空气里四处弥漫着玉米的清香。

这砰的一声，勾起了我小时候的回忆，想当年，村里来了爆米花的人，家家户户都是欢笑声，特别是小孩，不仅仅喜欢吃爆米花，更是喜欢听那砰的一声巨响，似乎那响声，就是少年迈步起跑的号声，也是开始追梦的叫声。那个时候，不知道追梦是什么意思，但我们明白，人是要长大的，人在长大的时候，是要有所想有所望的。哪怕是当一个铺路工，总是有想法的。每次爆米花的人来的时候，我们帮忙卸铁炉子、帮忙点火烧炭、帮忙把爆米花的铁笼子放在一边，似乎和爆有关的一切都是我们自己应该做的。记得为了吃上第一锅爆米花，我们采取排队、抓阄或者滚铁环、打弹弓取得名次，如果不行，就在田野赛跑或者上树摘树叶，总之办法想尽都是为了吃上第一锅。谁要是吃上第一锅爆米花，谁就成了众人羡慕的对象。那个年代，还有比这个更快乐的事情吗。

在袁家村看到爆米花机，就是想保留乡村记忆、童年记忆。一个远离乡土、远离过去的人，他心里能踏实吗？在袁家，爆米花摊位的出现，不是偶然，这是袁家人在民俗体验中选择一个应该保留的民间文化。关中人种植的粮食无非就是小麦和玉米。在食粮紧张的年代，只要能吃到玉米面都是很开心的事情了。爆米花机一转一烧一爆，玉米开花，烂漫多姿，香味四溢，叫人难忘。特别是爆米花吃起来先酥后脆，口感十足。在民间，深得百姓喜爱。而最最喜爱的当然是少年们。我至今想起来，都是很幸福很快乐的事情。何况在物质丰富，人们的生活发生了巨大变化的今天，那些从没见过爆米花的孩子，在袁家村看到这吓人的爆米花，不兴奋那才怪呢。

我每次经过他们夫妇的爆米花摊位的时候，他们都要叫我带上一些爆米花，每次我都推辞，但心里，还是想带一些的。只因为在袁家，那已经是奇缺的商品，我就不好意思带了。离开时，我还是有点依依不舍，虽然是说笑或者骂俏，但爆米花还是开在我的心里，不愿品尝，只想观赏。

# 粉汤羊血

袁家村的小吃很多，而粉汤羊血是很多人的最爱。

粉汤羊血馆在小吃街的最西头靠南面北而建，一口大锅，一盆羊血、一筐粉条、一堆切碎的小葱和香菜，构成了粉汤羊血的基本材料。而佐料，自然有熟油、盐醋、香料、大红辣子和他们家的独门拌料。

每次吃粉汤羊血的人都排成长队，从店门口，到街道上或者一些商铺的门口，吃的人或者坐在店里的桌子上，或者蹲在路边的树荫下或者站着端着大老碗，吸溜吸溜地吃着。坐在桌子上的人很少悠闲，而蹲的站的，吃得头上冒汗，满脸是水，吃完后似乎还在回味，偏着头看着依然在吃的人。

粉汤羊血中的粉是红苕粉，金丝、顺溜、畅口。粉条是袁家村自己加工厂加工的。厂子在袁家村村东的旷野上，一排排垂吊的粉条，在阳光下晾晒着，工作人员很小心地收着晒干的粉条，打成捆，放进仓库，然后用抽风机给库房输气抽气，使库房中的粉条始终保持红苕原初的味道，保持晒干时的自然模样。而羊血，是羊肉馆宰羊时提供的新鲜羊血。每次采集羊血时都要抽样检验，以确保羊血的纯净和本真。所有材料都出自袁家，绿色环保，人人放心。

在吃粉汤羊血的人群中，我看到喜欢吃这一口的大都是女性，尤以少妇和中年妇女居多。我猜，也许粉汤羊血的酸辣香与女性性格有关，她们性格中的某些特征正好与粉汤和羊血契合，这种契合是一种刺激和陶醉，身在其中，才有所感。

我见到过有个西安来的女人，听她和人闲聊的时候说，她光爱吃这个粉汤羊血，一两个礼拜没有吃，自己似乎都过不下去了。没有办法，在西安找了一家，一吃，真是失望。只有袁家村的粉汤羊血，才是真正的粉汤羊血，吃了过瘾，都有些忘我了。说着，女人哈哈一笑，再来一碗。

我没有吃过粉汤羊血，也不好说什么。但我老家怀竹山居隔壁家媳妇是粉汤养血馆的工作人员，她每天天蒙蒙亮的时候，就骑着电摩去了袁家村。为什么去那么早，她告诉我，叔，早开门，早洗羊血，早收拾粉条，才能在游客来的时候，给人家端出香喷喷的粉汤羊血来。我问，这个有什么好吃的？她说，叔，吃起来就那么回事，但吃完后，你会有想法，这东西什么滋味，真叫人不舍。我哈哈一笑，是这样吗，她说，叔，你抽空过来，免费品尝一碗。我自言自语，免费？她说，我请客，你来就是。我一看她自信的样子，心里顿感酣畅。

在袁家村，像她那样的人不少，白天在袁家打工，晚上回家照顾家里。真是实现了两不误，过得开心又幸福。

# 油坊董万东

去过油坊的游客，都记得在各式油桶后面的桌子后，坐着一个慈目善面的老者，年龄已经过了古稀之年，依然坚守在油坊岗位。看起来他在经管油坊前台，实际他的眼睛在注视着腾飞的袁家村。

他是一位喜欢文字的人，在乡下，他是一个地地道道的农民，是一个有着三儿一女的父亲，也是一个有着四个孙子的爷爷。日子艰辛，生活简朴。在袁家实现华丽转身的第三个年头，他来到袁家，当了一名每月有收入的油坊临时工。

在袁家的日子，他留心生活，观察现实，经常用手中的笔在账本上、纸烟盒上、包油饼的麻纸上抒写自己的感受，记录袁家村发展的故事，回到家里，再整理到本子上。一日接一日，一笔一画，写了数十万的文字，后来在袁家村一位郭姓副主任的奔走下出版了一本名曰《向往》的书。书中不乏精彩之处，但总体而言，以故事为主，虽用的散文笔法，但文学性尚需强化。但从书中可以看出，他是一个有追求有向往的人，向往袁家的明天，向往人们都能够过上幸福甜蜜的生活。

他是袁家村邻村上古村人，在上古村，他是一个兢兢业业的农民，从不和人高声说话，默默承受着土地的重负，从种玉米、小麦、大豆、高粱到点瓜栽树、蔬果套袋、销售苹果，他是一心一意，从不马虎。但日子还是清贫，生活还是艰辛。特别到晚年，他三个儿子，唯有长子身体健康，老二和老三，一个曾经患过痴呆症，一个患有脑溢血，走路都十分困难。这样的现状，使老人身心交瘁，压力剧增。但日子还得继续，孩子们的生活还得照顾。在三儿子恢复治疗过程中，他每天黎明，陪着儿子在乡间走路。虽然一拐一瘸，但必须坚持。他一手扶着儿子，一手提着凳子。不扶，生怕儿子跌倒。一旦跌倒，那后果不堪设想。凳子是怕儿子走累了，在路边休息所用。看着这对父子走在马路的背影，我的心里不仅仅是祈求和祈福，更多的是伤和痛。一个老人，在自己已经老眼昏花，很多时候身心疲惫的情况下，还不能放手，还得帮扶儿子，老人的日子能轻松吗。

经管完儿子，一个人又拉着车子，跑到地里，捡拾柴火，拉回家，然后抖抖身上的灰尘，匆匆忙忙走到袁家古镇，开始他一天的工作。随着年龄的递增，袁家人考虑到老人身心需要休养，就叫老人回家。可回到家里，老人能休养吗。

尽管政府给两个儿子办理了低保，但一大家子的生活依然是个难题。靠土地的微薄收入，很难养活一家人。老人只能背负着生活的重压，艰难地向前奔走。人的精力必经是有限的，生活的皮筋不能总是拉得太紧，精力耗尽，皮筋拉断，老人走到人生的极限。两天前还看见他扶着儿子走路，也看见他从苹果地里捡回干枯的树枝，剪裁掉下来的枝条，早晨醒来，却听到了老人离世的消息，心里猛地被石块砸了一下，疼痛难忍。

在老人的追思会上，袁家村来了人，他们带着老人的著作，祭奠老人。郭副主任临走时说，多好的一位老人，一位爷爷，在袁家，必将留在岁月的纪念碑上。

这个普通平凡的人，就是油坊董万东。

# 扁豆面

　　到袁家村小吃街去，有一种小吃，我是非吃不可。吃过的人都很难忘记，只要再到袁家村，必吃这个小吃。几次带人走访袁家村，老书记也总给人推荐这个小吃。吃过的人都会放下小碗，哎呦一声，那是舒服酣畅的快感。吃完后还要感慨一声，这个扁豆面啊！

　　这是惊诧舒畅的回味，更是甜蜜的解读。扁豆面基本主料就是扁豆和面片，辅料就是小葱炒豆腐和各种农家调料。对于扁豆，现在的孩子几乎都没有见过，城里人也不很清楚。其实，扁豆取自扁豆角，一般生长在北方。

　　小的时候，在偏僻的地里或者不宜种麦子和玉米的地头、土梁上，种些扁豆，秋季成熟时，鲜嫩点，外皮摸上去非常有质感，非常细腻，并且会有轻微的起伏，而且豆荚肉质较为厚实，可以炒着下饭，也可煮着直接去吃。而生长老了，就剥皮取豆，豆子扁平，黎红，像是小孩的纽扣，样子十分可爱。

　　而扁豆面的面，是用不参加任何制剂的面粉和拌，经揉、醒、擀三道手续后，切成麻叶状，放在案上。然后用一道湿润的展铺盖上，以保持面片的鲜、软、筋。

　　面擀好前，先煮熟扁豆，待锅里豆香飘起，然后下面，第一次煮沸后，放入事先炒好的葱花小豆腐，然后放进农家调料，再倒一勺食醋，滴几滴香油，再微火稍煮，就可以舀到碗里，慢慢享用了。

豆香和着面香、随着小葱炒豆腐的鲜香，进入喉口，似乎享用的不是面食，而是灵丹妙味，叫人闻闻，都想美美地吃一碗。

小时候，母亲也给我做过扁豆面，每一次都是一碗，想吃第二碗，锅里已干干净净了。那时，不要说吃扁豆面了，只要有面吃，那就已经很满足了。二十世纪六七十年代，正处于困难时期，日子虽然苦，人人斗志昂扬，个个干劲十足。现在，人们好东西吃得太多，找不到美食，甚至口中的美味使人已经麻木，似乎鱼虾海味、飞禽走兽都不足以使人激动了，但到了袁家村，就这一小碗扁豆面，确实使人感慨、激动、难忘。

听老书记说，做扁豆面的老两口是原来给袁家剧团做饭的老人，他们人爽净、麻利、待人和善，深得剧团成员的喜欢。剧团散了，他把老人招到小吃街，做起了扁豆面。一个小小的门面，老两口一年可挣到二三十万元。几年下来，家里新房、汽车都有了，老两口的微笑成了小吃街的幸福写照。我每次看到，都非常羡慕。将近古稀之年，还那么朗阔、豁达、自如。老婆子的身上还是那老式扣紧衫，看人的目光还是那样真诚、亲和、温顺。很多游客都称她是公民妈妈，中国母亲。

我看老两口坐在门店前的样子，就感觉到什么是幸福、什么是甜蜜了。

# 妹子小薇

小薇是我爸爸的女子，初中毕业在家里待了多年，后来嫁给同村五队一个男孩。不出几年，有了一儿一女，儿子精干，女子漂亮，小薇的日子也算过得活泛。

小薇在家里待的时候，就很勤快，和父母种庄稼，包苹果，深得邻里喜欢。青少年时期没有烂漫的生活，诗意的远方，就是陪着父母，在泥土地里拔草、种菜、拾豌豆、捡落果，过得平平常常。成家后，善待公婆、孝敬父母，对子女特别呵护。有时候，小薇也很不愉快，但她不知道为什么，就是不愉快。也许生活的重复，日子的单一，使人徒生烦恼，但那也是一阵，过去就过去了，日子还得继续。

直到小薇到了袁家村的童济功茶楼，脸上才多了笑容。我每次走到茶炉，都看见小薇穿行在茶座之间，给游客倒茶添水，给客人介绍袁家村的风情和故事。至于这故事的来来去去，只有小薇知道。因为，她常常沉醉在自己给人讲的故事里。小薇白天在袁家村上班，晚上回家照顾老人和孩子，日复一日，小薇忽然觉得生活很有意思，忙是忙点，累是累点，但她很快乐。在袁家村，一起打工的姐妹互相交流，彼此帮助，小薇觉得自己有了组织，有了一个更大的家园，似乎精神也饱满了，人也有了气象了。

回到家里，孩天一天天成长，一天天懂事，小薇的世界似乎一下子从井底到了原上，山花烂漫，四野升平。看天，高远蔚蓝，如果有一丝白云飘过，那更是惬意。

时间过得很快，小薇在袁家村打工的日子已经过去了数十个春秋，儿子已经上了大学，女子也上了初中。过去回家，现在每天晚上要去县城，陪女子读书。天天如此，辛苦是辛苦，但小薇过的很充实。

前几日我回老家，看到小薇开了一辆黄颜色的小车，迅速从我的身边过去，我很惊讶，这小女子，什么时候都会开车了。小薇也看见了我，就停了下来，看着我，笑着问，哥，才回来。我看着小薇，自信大方的样子，我心中默默祈祷，感谢这个美好的时代，袁家村改变了一个乡下姑娘，使她的人生发生了突飞裂变，现在看来，完全是一个城里姑娘的样子，尽管已经是两个孩子的母亲，但她呈现给我的依然是舒雅娴静和落落大方的都市女性形象。我看着小薇，赞叹地说，妹子，可以啊。她微笑着说，哥，晚上要到县上陪女子，来回方便点。我叮嘱着说，开慢点，先回吧。她挥挥手，一脚油门，车子消失在我的眼前。

有一次我感到脖子僵硬，很不舒服，就跑到袁家村的茶楼前，想找一个人给我按摩按摩。没有想到，碰到了小薇的夫婿小明，小明问我干什么，我说明来意，他拉着我，坐到一把藤椅上，哥，我来。我一看，小明穿着白大褂，我明白，他也是按摩师。我没有推辞，小明就给我按摩了。在按摩中，我对小明说，小薇一天很辛苦，你要多帮点。哥，你放心。我俩一条心，在袁家，能照顾家里和孩子，也能有可观的收入，过上几年，也想到县城买套房，冬季来了，也把父母接过去，让他们安度晚年。这个话，小薇好像也说过，看来，这两个孩子，已经有了自己生活的愿景，我祝福他们，日子幸福，一生平安。

这就是我妹子小薇的生活，因为袁家村，他们的世界更精彩，他们的人生更丰富。

# 侄女文华

我三弟有两个女子，老大叫文华，老二叫立华。大女子文华起初在袁家村酒吧一条街给人打工，也算是一个有一技之长的人。老二在礼泉读书，今年总算圆了她父母的梦，考上了烟台医学院。两个女子都很可爱乖巧，每次回家看见她们，我都感到十分快乐。

侄女文华在袁家村酒吧打工的时候，是酒吧的调酒师。经她调的酒水，客人都十分满意。不仅仅是口感，也有色泽、质感和梦幻。

原来，我对这孩子给予很大希望，可是，这个希望让文华自己给毁了。当年在读高中的时候，我心里总在想，只要我文华考上大学，她要什么，我都会给她什么。当然，这个孩子不是贪婪之人，她不会要求我登天揽月，也不可能让我下海捉鳖。在我能力所及的范围，我都会给予。但没有想到，在读高二的时候，她忽然不想念了，这似乎不是一时冲动，而是去意已决。那天傍晚，三弟打电话叫我到文华读书的高中去一趟，我没有犹豫，很快到了学校，我看到三弟和文华站在校园的路灯下，我急忙走过去，三弟说，文华不想读书了。我惊讶，不读书想干什么？三弟看着女子说，哥，我没办法，她不想念了，我怎么说都不行。我看着文华，摸着她的头说，文华，遇到什么困难了还是和同学闹不愉快了，文华摇摇头。那是为什么？文华迟疑很长时间，怯怯地说，就是不想念了。为什么？文华没有犹豫，果敢地说，读不进去。

我心里急，就发了火。念不进去了就不念了，那以后干什么？她说，伯，我想学门手艺，能生存就可以了。我看着文华，不知说什么好。我心中对孩子的希望，瞬间化为泡影，我很失落。就断然下了指令，文华，无论如何，要把高中读完，要不，我以后就没有你这个侄女。文华看了我一眼，我也不知是什么意思，那天晚上，她还是回老家了，中断了学业，这是我心中的痛。后来，我是见过文华，她依然叫我伯，我能怎么样。还是很关切地问她，现在怎么样？文华说，她学会了调酒，在咸阳一酒吧当调酒师。再后来，她去过宝鸡、去过西安，不知什么原因，袁家村酒吧街兴起后，她又回到袁家村，当了一名调酒师。

在袁家酒吧一条街打工的时候，我很少见到文华，我回去的时候，她往往晚上上班，白天上午休息，下午又早早到了酒吧。要是想她了，我就去酒吧街转转，装作无意的样子，看看忙碌的侄女文华。文华看见我的时候，也很惊喜，拉着我的手，让我在酒吧坐坐，她要亲自给我调一杯梦幻巴黎，我推辞，伯不会喝酒，只要你好就行。文华看见我离去，有点依依不舍，站在风中向我挥手，我忽然发现，我家文华长大了，懂事了。

去年，文华告诉我她想接手一家酒吧，自己当老板。我有点不相信。她再三告诉我，是真的。果不其然，在我再去酒吧街的时候，就看到她站在一家酒吧的吧台后，微笑着招呼客人。她的样子，可爱淘气，但又不失老板风范。

今年暑期，立华高考完了后，就去她姐姐的酒吧打工，一旦考上，她姐姐会给她换手机、买新衣。而我则答应给孩子买台手提电脑。在打工的时候，我去看了看我家的两个女子。走进袁家村，无形中我有一种自豪感，这不仅仅是因为我写了一部长篇小说《袁家村》，更重要的是，我家女子是袁家村一位名副其实的小老板。

走近文华的酒吧时，已是华灯初上，音乐响起的时候。我看见立华站在酒吧外的卡座前，手背后，人直立，很是规整。看来她已融入到袁家村的酒肆喧闹之中，尽管她还是妙龄少女，但她的样子，很是大方。我还没有走到她的身边，她就看见我，跑过来，拉住我的手，直到把我拉到她姐姐的酒吧里，落座，倒水，问候。我笑着说，文华，你可以啊，两天半，就把立华培养成了。立华很骄傲，伯，这有啥吗，我也会给你调酒的。可惜，你不喝酒。说着，就是欢快的笑声。而我的侄女文华，则显得很自如，招呼着进店的客人，回头报我一微笑。此时，我方感到，人生的莫大快慰。毕竟，孩子们长大了，懂事了，会生活了。

立华去上学的时候，文华亲自送她到烟台。走的时候，我招呼亲戚和两个孩子一起吃顿便饭，也算给孩子践行。在酒桌上，文华跑前跑后，给亲戚倒茶倒水，立华有点不安，似乎是太隆重了，就是上个学，自己却得到这样的礼遇，她站起来，笑着说，谢谢，我会好好读书，好好努力的。亲戚们也很高兴，尽管三弟和弟媳没有在身边，但孩子感受到了亲情的可贵和温暖。在立华说完谢谢以后，文华站起来说，真的要谢谢大家，我爸我妈在外打工没有回来，但我伯亲自给立华送行，我不知说什么好，伯，谢谢。说完，文华向我深深鞠躬，我感到，我家文华真的长大了，成熟了。

在袁家村，侄女文华已经融入袁家村的乡俗文化和酒水文化之中，成了一名地地道道的袁家村人。尽管她住在上古村，但他生活和工作的大部分时间都在袁家村。袁家酒吧一条街，有了我家文华的小酒吧了，她请的演唱歌手唱到——我的梦我的梦都在这里，一切的一切都需要开始。只要我们心中长出翅膀，让梦飞翔，飞向远方。

# 静若止水

深秋的袁家村，充满着神秘和浪漫。

在秋雨过后，我独自走在袁家的古街上，一切都显得肃然得体，优雅娴静。

在一条南北古街上，我听到悠扬的音乐穿过屋檐下的古槐和梧桐，在我的身边回荡。我循声找去，在一家非洲手鼓的门店里，坐着一个孤独的姑娘，似乎只有手鼓和琴弦陪伴着她，从音乐的深处，捕捉心灵的闪光。

我很好奇，走进她的门店。她没有言语，只是微笑着看着我，似乎在打招呼，似乎在说，先生想看手鼓还是想买一把小提琴。我看不清她的容颜，一只口罩，把一个神秘而令人畅想的姑娘推到我的面前。只看见她的眼睛，灵性而聪慧，似乎那双神性的目光会说话，叫我驻足不前。

她叫静若，来自县城，祖籍彬州，现嫁到了烟霞的西里村。她在袁家村已经待了五六年了，彬州的乡音荡然不存，倒是礼泉的口音颇为浓厚。我问她，在袁家村最大的收获是什么？她微微一笑，掀了掀土灰色的鸭舌帽，看了一眼我说，离家近，能照顾家人和孩子。我惊讶，你已经成家了？她侧了侧身子，我的叔啊，你还当我是一个大姑娘呀。我也笑了，一个小姑娘。她嘿嘿一笑，随风已去，不可追了。我抱过一个手鼓，双手拍了几下，她说，你很有音乐感。我问她，那你不也有吗？她站起来，没有，只是懂得一点，可以哄孩子。那你的收获不仅仅是你说的那些了。她看着我，似乎在问，那还有什么呢。学会一点音乐，知识面宽了，心底亮堂了，视野开阔了，心情愉悦了，精神丰富了，这些，难道不也是很大的收获吗。

静若看着我，目光充满着惊喜和惊讶。叔说的是，这些我却没有想到，你一说，像是那么回事。

我又问她，姑娘，你的那一位在哪儿？她说，打工，在很远很远的地方。那你一个人照顾家庭，也不容易。静若似乎已经习惯了这样的生活，她对我说，白天在这上班，晚上回家照顾两个老人和孩子，忙是忙点，倒很快乐。累是累点，倒也不觉着。日子本来就是这样，每个人来到世间，都有自己的命。命中注定人是要受累的。只要活出自己，能活得习惯，那也是好事。

静若说这话时，很平静。说完后，她看着深秋的街道，初冬的气息扑面而来，但在这个小店，我依然感到春风十里不如你，静若。

袁家村，像静若这样的姑娘或者媳妇很多很多，她们习惯了这双重的生活，也在这双重生活中学会了善待自己，爱护家人。同时，在待人接物和与人交流中也学会了思辨、进退和换位思考。总能以平常心面对生活中的一切，似乎人也爽朗了、达观了、体面了。个体的价值和时代的闪光同时汇聚成一个光源或者一个高地，给来者以惊喜，给自己以慰藉。

静若如此，她不喜不忧，不浮不躁，安静地坐在非洲手鼓店，像是一个符号，一个象征，自然呈现着袁家村的宁静和美丽。这使我想到静若至水这个词，给了我无限的旷野和蓝天。

我明白，静若沐浴在袁家村的乡村文化与时代精神之中，不知不觉，她自己也成为一棵树、一朵花，以自己的姿态，丰富着一个春天。

我更清楚，她心中的爱如同月辉，而非阳光。以流水和月晕的方式温暖着家人和孩子。在袁家村这个充满机遇和梦想的地方，她的翅膀没有渴望高远，只是以女性的触角感受着袁家村带给自己的祥和、快乐。

　　活得自然、活得真实。尽管我还没有看到她的真实面目，但我看到了她真实的心灵。

　　静若止水，入诗萌生。

# 镜花缘

　　在书院街一处僻静的地方，我看到了一家名曰"镜花缘"的摄影棚。这应该是袁家村第二个民俗摄影店，影响最大的当然是闻名的民国风摄影棚，那些激愤的青年、国民的忧患、世纪的情怀，都会在闻名的店里找到现实的表现。而这个镜花缘，则是以汉唐服饰为装点，还原古代男子的威仪、女子的柔美、给时代以怀古的机会。

　　我走进镜花缘，满目的汉唐服饰给人唯美和追思的况味。店里中间有一道一人高的南北向屏风架，东面坐着一个没有任何感情的女孩，她沉浸在自己的世界，面无表情，似乎还有点幽怨，没有抬头，忙活着自己的事情。坐在西侧的一位女性，显得斯文大方，她站了起来，扶了扶镜框，笑对着我，照相吗？我报以微笑，老男人，没有照相的欲望了。她笑了，你不老啊，就是老了，也有自己的风格啊。没有关系，不照相，看看也可以。意思是欢迎，并没有拒绝。

　　我就迈步入室，她也随我的节奏挪动着自己步子。无意看见她的后面有一道门，门上写着"照相景地，闲人莫入"。我很好奇，透过玻璃，我看见果园、北部的山系。就走到门前，她很热情，想进就进去看看。说着，她拉开门，我就随她走进景地。后院有摄影场地、景棚、自然场景。在场景的里首，有一道栅栏，栅栏外，是荒落的果园，有些果树常年没有修剪，已经枯死，一个个树杈、树枝、树冠，都成了一根根或粗或细的线条，扎根在荒草萋萋的黄土地上。而远处的九嵕山依然巍峨俊俏，尽管秋雨过后，有点烟雾袅袅，但依然不失山的威仪和塬的辽阔。她看我看得出奇，就给我说：她也喜欢站在这里看山看塬，在这里，她似乎找到了自己生命的原点。我好奇，你是西安的。她笑着说，是西安的，但现在特别喜欢这里。这里安静祥和，没有人潮、没有车喧、更没有人事的烦扰，人能真实地面对自己。有照相的给拍拍照，没有人的话，干点自己喜欢的事情，或者翻几页书，或者在早上或者傍晚，坐在这后院，神仙请我，我都不会去。我怕神仙下凡，找事。我哈哈一笑，似乎我们是老相识，她很自如也很洒脱。我知道她应该是一个知识分子，要不，境界不会如此。果真，她曾经在省教育厅干过，也当过老师、搞过研究，但现在就喜欢悠然见南山的生活。我也进行了自我介绍，说自己是附近上古村人。她很惊奇，她曾经也有过想法，想在上古村给自己盖一处院子，像闻名那样，有自己的农舍，过一种田园生活。可惜，只是一时冲动，后来也就放弃了。毕竟，一大家人都在西安，没有他们也不行，人啊就有很多不舍，很多无奈。想透了，也就一切都可以舍去，保持一颗真纯的心，一颗向善向美的心，也就活出滋味了。

我看出她的自信和洒脱了，心中也非常喜欢这样的人，有思想、有品位、有格调。我没有想到，袁家村，卧虎藏龙，一处僻静的镜花缘，竟有如此孤傲、冷静、深刻的女人。

我想到了古戏《镜花缘》，如一场虚设的梦，在我的脑海一晃即过。而这个女人，却给我留下了很深的印象，在我离开的时候，她那高挑的个头、齐修的短发、飘逸的神态，始终萦绕在我的心中。一束古装，难以遮挡她时尚的印痕。一处风景，藏不住她秀美的神情。尽管那个女孩依然没有表情地坐在那里，但我似乎没有注意到她，倒是这个中年女性，她的雅气和辉、她的斯文大气，给我以诗中滋味，唯我自知的快感。

重新走到书院街上，袁家村的天空似乎放晴了，云隙间的一道亮光使我心头一震，雨季该过去了，晴朗的日子正在向我们走来。

# 东门口摆摊的三元

在袁家村，小东门口靠北墙临西，有个摆摊的商贩，人魁梧健壮，憨厚可爱，有几分慈祥和安和。他一般不吆喝不叫卖，就是静静地坐在摊位里，等待着顾客。偶尔也用期望的神情在人群中搜寻，看看有没有想买东西的游客走近自己的摊位。

他坐在那里，很是认真。脸上总有亲和的微笑，使人极易想到弥勒佛，开怀一笑，笑天下可笑之人。其实，他的笑，包含很多东西，也许是笑自己，一个大男人，也曾志向高远，怎么甘心做一个沉默的商贩。也许，更有深意，开心一笑，总比愁眉苦脸好，在家门口，足不出镇，就可以得到生活的满足，人活得实在，平和，不也是一种幸福吗。何况，袁家村给了自己这个平台，在卖货的时候，也能帮助到家人，看到各色人等，还能享受生命的快活。

这个男人叫三元，是我中学同学。我们曾经在上古中学求学，他很敦实，自小就健壮，善于武功，勤于农事，中学毕业就没有再上学，直到我在袁家村见到他时，我都不知道这几十年他是怎么过来的。我见他时，他也很惊讶，几十年虽然如过眼烟云，但我们彼此还是有点牵挂，毕竟同学一场，又是邻村人，在不见的几十年里，偶有消息，也是断断续续。他问我我问他，都是寥寥数句，因为要卖东西，交流都是表层的，没有深入。我看着他摆的手枪、玩具、拐杖、荷包等东西，心里满是喜欢。听他说，他儿媳也在附近摆摊，他是给儿媳打工，我开玩笑，好公公，好男人。

他打趣地说，没有办法，娃照顾不过来，咱现在也没有多少事情，帮帮儿媳，也是为了一家人和睦美好啊。

后来听说，三元也真会拳脚，也曾经轰轰烈烈过，有的人还想请他当保镖，他婉言谢绝了。他的性子不是一个好事的人，也不是一个想惊天动地的主儿，他喜欢安和平静的生活。尽管浮华的社会给了他很多诱惑，甚至一生的享乐，他都不愿意。他说，自己是农民的后代，明白土地的分量。也知道一只麻雀只能拥有树林和田野，过多的想法只能害了自己，祸及子孙。因而，他喜欢坐在袁家村的小东门口，当一个摆摊的人。

同时，他也告诉我，他毕竟当过兵，在部队锻炼过，他不会忘记当兵时班长说的话，军人当顶天立地，敢作敢为，军人当思恩报国，终生不悔。当一个军人，就必须承担军人的使命和责任，逃跑和倒退，畏惧和退缩，都是军人所不耻的。他听进去了，也牢牢记在心里。因而，就是坐在袁家村当一个商贩，他都给人凛然的正义感，这是我所喜欢所敬重的。

只要到袁家村，走到小东门那里，谁都会看到他，我的同学三元，笑眯眯地看着游客，安然地坐在那里，脸上的微笑，叫人难忘。

也许生活本来如此，平平淡淡，却有滋有味。也许人生本来如此，风风雨雨，却日久弥新。

# 在童济功茶楼聊天

傍晚时分，穿过书院街，直到闻名的摄影工作室，看见闻名隐藏在电脑后，一顶米黄色的帽子和蓝色衣领，就把我吸引了进去。我直接坐到闻名身边的连椅上，闻名感到有人在旁，侧身一看，啊，董老师。惊讶与惊喜同时把闻名从他的手机屏幕上拉开，他站起来，倒水问候。几句寒暄后，他端了端纸杯说，水有点凉，咱到童济功茶楼喝茶去。我起身，他带路，我们经过王家茶场的门前，径直奔到童济功茶楼。

一路上，新疆的烤羊肉和很有节奏的音乐都没有留住我们的脚步，就是香气四溢的粉汤羊血也没有留住我们的目光，三五步就到了唐王手植槐旁的茶楼，闻名直接上楼，取壶、倒水、端茶点。我走到圆茶桌边，找一个位置，在冷风中，感受傍晚时分袁家村的风情。

我们坐定，闻名提壶倒茶，茶汤黑红，茶香醉人。我们品了第一口茯茶后，闻名和我不知因何话题谈起了诗歌。似乎是因为袁家村的人才，或者他对袁家村特有的感情。我们说到了袁家村童济功老板，当年一人骑着一辆摩托车来袁家打拼，几年天气，已经名扬四方，资产万贯。在民宿客栈，一个西安老板接待了一个留美归来的博士，没有想到，不到一年，这个女博士成了那家民宿的老板娘。就是那个网红画家田林，有很多女粉丝千里迢迢跑到袁家村，只想一睹尊容。听说还有女子和他私聊，想拥有他的未来。就说闻名，他来袁家村数十年，已经深深爱上这里的土地、风情、人物。他说，他在一首《初雪袁家村》的诗中写到这种融合和爱，我问他是怎么写的，闻名给我朗诵了两句：白雪染白了我的村庄，也染白了我的模样。我听后，真的被震撼了，看似平实，但一句"我的村庄"已把诗人融进了袁家村，他不是一个过客。他是一个真正的袁家人。而"我的模样"与村庄都被雪染白，那纯净、淡泊、坦然的情愫把人带进爱与爱同在的氛围中。闻名很自豪，也很低调。他说，他爱这里的一切，对人、对建筑、对生长的庄稼，他都好奇，尊敬每一个人，既是人有不足，他也会在人的不足中看到闪光的火花。

在闻名谈的正酣的时候，我的手机响了，是诗人野蒿。我邀约他袁家村，他正好在袁家村的邻村东周村，没有二话，不到十分钟，就坐到了我和闻名的中间。诗人相会，自然聊得最多的是诗。我对闻名的诗很是欣赏，不着华彩、不求绮丽，平实朴素的语境中，有直逼人的心魂的力量。闻名说："董老师抬举了，我文凭不高，就是用心写诗。心里怎么想就怎么写，也不知道自己写的到底怎么样，但自己心里清楚，我说出了自己感动的话，感动的不是别人，感动的是我。"野蒿插话说，这才是真正的诗人，诗人就是用心说话，用心表达自己对外在世界的认知和思考。我拍手，没有被这更精彩的诗论了。

不知不觉，我们谈了两个多小时，不知在说起什么的时候，忽然议论起最近看到的一场诗歌朗诵会，野蒿和我都有同感，整场诗会，能说上是诗的也就一两首，其余，都是为了赞颂而赞颂，为了歌唱而歌唱，空洞、呐喊、罗列概念，这是对诗的不敬，真是把诗的皇冠早就抛到九霄云外了。正因如此，我想到办一场2022年新春诗会。闻名听后很是激动，也可以办一场袁家村诗会。野蒿说，这是好主意。闻名提出，可以办第一届袁家村迎新春诗会。

我想了想，是啊，可以把袁家村作为诗歌的意象，把乡村振兴作为诗会的主题，把迎新春的喜庆作为基调，办一场有规格、有品位、有影响的诗会。

聊天聊到这个时候，真是酣畅、微醉、难舍。但夜风很冷，我们燃烧的心似乎无法释放，我就建议去酒吧街转转，舒畅舒畅，野蒿高兴，我也兴起，就不约而同，起身，和古槐告别，和高高悬挂的红灯笼告别。

一切都随缘而动，一切都在道中。

# 魁星阁

在袁家村书院街，有一非遗文化展览馆，沿着展览馆外的花径直入，就可以走到一处转角石级上，沿石级而上，三转四转，就登上一处平台。平台之东，有一古建蓬莱，木榫结构，阁楼西望。阁楼里供奉着一尊神，我不知其名，守护者说是道家之尊。

我看非老子、非庄子、何方神圣，看不明白。阁楼顶端有一副木匾，上书"魁星阁"。阁楼两侧有一副联，上联曰：世间学子争光辉一支笔点明万代鸿儒；下联说：天下人才以斗量半只脚踢开千秋文道。何等气势、何等威仪。

据说这个名曰魁星的人，哪个朝代、何方神明，无人能考。只说他是古时一个才高八斗的秀才，聪慧过人、过目即诵，出口成章。概因其相貌丑陋，满脸麻子，走路一拐一瘸，虽然多次取中进士，但却无缘上殿面试。虽如此，他不甘心，总在坚持，他相信总有云散花开时。果不其然，在一次考试中，他过关斩将，得中榜首。到了殿试时，皇帝要亲自看看他的文采，一看他的面相和瘸着的腿，心中不悦。皇帝问："你那脸是怎么搞的？"他回答："回圣上，这是麻面映天象，捧星摘斗。"皇上觉得这人有趣，又问："那你的瘸腿呢？"他又回答："回皇上，这是一脚跃龙门，独占鳌头。"皇帝很高兴，这个人机敏过人，不可小视。他又问："那朕问你，天下谁的文章写得最好，不得虚说妄言。"魁星答道："天下文章属吾县，吾县文章属吾乡，吾乡文章属舍弟，舍弟请我改文章。"皇帝大喜。在读了魁星文章后，皇帝拍案叫绝："不愧天下第一。"然后朱笔一挥，当朝状元也。这虽是传说，可见文章无颜面，只看丹心一片。不管为文者长相如何，要的是文采、智慧、学识。

在袁家村有魁星阁，当属天下奇观。大唐九嵕山下，人杰辈出，在这魁星阁上一站，九嵕山一览无余，历史的烽烟已化作落花流水，在袁家村风情古镇，文化的浸润，思想的洗礼，都随时光在魁星阁西望的瞬间产生。

后世很多学子，都渴望得到魁星的真传，纷纷来到袁家村，站在这魁星阁的前面，祈祷自己，心有灵犀，在叩拜魁星的时刻，心灵会发生一场风暴，把曾经的自己丢到原野，把新的自己置于高端，浮云尽散，光照天地。也许在发生嬗变的时刻，自己会获得上苍的恩赐，得一份机敏、获一份智慧。

站在魁星阁的东端，可以俯视袁家村古镇一隅，书院街的房檐上长出了红枫一样的叶子，悟本堂主题大楼凛然桀骜，太阳从云层中审入几丝光，整个古镇都亮堂了起来。在回望九嵕山的一瞬间，我忽然觉得，这几丝光，就是天地的预示，给生存者一敞亮，给奋斗者以高光。

在离开魁星阁时，我忽然觉得自己的心里升起了无数念想，想什么，只有脚踩大地的时候，也许才会明白。

# 左右客

穿过童济功茶楼，随着流水，看着太宗古槐，自然就看到坐北向南的一座明清建筑，门前有一平台，高达一米，沿台阶而行，厅廊宽阔，可放茶几、桌案，再摆几把藤椅，人坐期间，很是古雅。

记得刚刚落成时，我经常去那平台上坐坐。这一坐，就坐出感觉来。古来圣贤皆寂寞，惟有饮者留其名。自己不喜欢喝酒，倒喜欢喝茶。二三知己，深秋时节，看着红枫从眼前晃过，想着深处九嵕山下的袁家村，一种思古之幽情，怀乡之浓情随着茶盏里微醉的茶香，直入肺腑。西风瘦马，古道热肠，都在品茶的过程中涌溢了出来。

坐在这平台，看着过往的行人，人世的沧浪之水就会在眼前涌动。看似闲暇，看似淡朴，实则各有心思。或者放下当下的烦忧，给自己心灵放一个假，在袁家村美食里寻找童年的记忆，在品茶的瞬间感受生命的浪漫。或者离开都市的喧嚣，远离世间的争吵、暗斗、涡流，在穿梭中放下一切。凡此种种，都是人所需，心所求的。

这个明清建筑，最初叫茶楼，只从童济功兴起后，就改成"左右客"了。原来是消遣放松的场所，现在成了一所接待游客的旅馆。之所以叫左右客，可能是东来的西去的都是贵客，人不分前后，也无左右之别，平和相处，才是幸福。

这所建筑，是袁家村最早的明清建筑。在康庄古街建成后，没有呼应的建筑，古街显得寂寥，特别是傍晚。袁家人看到了建筑的比邻之美，呼应之美、和谐之美，就想在古街的东端，建一明清府邸。前有鼓楼或者厦房，后有庭院、深宅。而新建成的明清建筑，缺乏古色古香，更没有先人的灵魂，至于风貌，就很难提及了。怎么办，最好是整体搬迁一处明清古院，给人历史的沧桑和岁月的沉淀。最后，一切都是按照这样想，这样做的。这所建筑，是从山西整体搬迁回来的，跨越了时空和地域，使左右客更具有了历史和文化的情怀。

走进左右客，一所大厦廊厅，陈设明清古玩，有一吧台，有一长椅，有一古画，把个廊厅构建得古朴而不失大气，古雅而不失潮流。迈进二门，有一照碑，镶龙凤吉祥图案，图案四周，有暗胎古色，砖缝里也随意冒出几丝绿色植物，看后叫人赞叹不绝。再进，就是阁楼、堂倌、民宿了。住在这样的古院中，自己都会忘记自己是谁了。只有当夜静更深之时，透过窗棂，瞄到几颗明亮的星星，才会明白自己还活在当下，梦也太漫长。

走在袁家村，左右客是宁静的。

虽处闹区，人声嘈杂。但左右客似乎很是宁静，像一个待字闺中的女子，闭门不出，独唱蝶恋花，独绣鸳鸯图。

这在袁家村，也真算一景。只是明白的人少，造访者少。

# 酒吧街

谁曾想，乡下一个古镇，能像丽江古城那样，歌舞升平，动静相宜。只是，袁家村把这种氛围浓缩在一条僻静的街道上，麻雀虽小，五脏俱全。

袁家村的酒吧街，一溜地排开，面朝旷野，身处古镇北部，和九嵕山遥遥相对。在旷野之上，现在建起了民俗和书院街的南门，像净心谷、云端等民宿，都蛰藏其间。在酒吧街和书院街南门之间，有一景点，名曰秦琼墓。是那个家喻户晓的唐朝将军死后归葬之地。民间把他敬为门神，逢年过节，必请回家里，贴在门上，以求安宁。酒吧街就在这样的环境之中，夜晚来临，用歌声唤醒门神，在觥筹交错中呼应祥和。

来酒吧街的都是城里人，而且是城里的年轻人。偶有像我们这样的初雪刚上头的老同志，随意在酒吧街走走看看，感受一下少年的英气，体会一下时代的新风，也是很新鲜的事情。

我的侄女在酒吧街当调酒师，每天忙活到夜半时分，想见见她，或者有事和她说，我时不时会去她工作的酒吧找她。白天，她往往在休息，要见一回，也是很难的。到了酒吧街，她要给调杯酒，我拒绝。不是我不想尝她的手艺，只是我多年不碰酒。尽管朋友经常念叨，李白斗酒诗百篇，你一个文人不喝酒，文章从何而来。我笑笑，从心中来。

侄女很是能干，在袁家村酒吧街打工不到三年，自己也开起了酒吧。为了助兴，我带了几个朋友前去捧场。朋友到了以后，竟发出惊叹，袁家村也有这样的繁华地，灯火阑珊，歌声绕梁。大家坐静后，要酒的要酒，点歌的点歌，一时热闹非凡。在喝酒的时候，有朋友举起手机拍照，有朋友随着歌声起舞，一时间，邻座的朋友也站了起来，加入到我们的队伍里，似乎彼此熟悉，个个亲密，碰杯、拼酒、吼歌，整个酒吧街都沸腾起来。

酒吧街还有流浪歌手，他们的加入，使得这条街有了浪漫神秘的色彩。他们的歌声，发自肺腑，出自心灵。或许生活的磨难和艰辛，使他们的歌声中有叫人想哭或者沉默的感觉。他们虽然来自城市。站在乡下的旷野，但他们的灵魂旷野在这里得到自由。飞翔或者独处，都有一种天地对应时发出的唏嘘声。这声音，触动心魂，给人遐想。

可以说，酒吧街把城市文明的花絮，飘洒到了九嵕山的原野、乡村，使乡下的夜晚多了几分叫人回味的东西。如果一个人从袁家村外的大道走过，歌声中那些爱呀情呀，纠缠着土地上难以入睡的蛐蛐和麻雀，他们在渴望宁静的时候，抓住了生命的游丝，在似睡非睡的瞬间，感受到了城市文明和乡野文明的碰撞，其结果，先进的文化总占据着人的视野，人只有在酒吧街，才能找到遥远的思念。

也许，侄女的酒吧，就是古代文明与未来交会时预留的一处净土，我和诗人们在这里，没有遇到酒仙李白，倒是禁不住总是吟咏他的绝句名篇。

# 酒坊之幻

在袁家村的酒坊，我忽然想到了《红高粱》中的九儿，在酒窖和烧酒的浓烈中，一曲"身边的那片田野啊，手边的枣花香，高粱熟来红满天，九儿我送你去远方。"唱的人热血沸腾，心气拔高。特别是那随风飘摇的红高粱，高粱地里穿着红衣裳的九儿，一种醉里寻梦梦已飞，酒中找乐乐透了的快感袭上心头。这是袁家村酒坊飘出的酒香传给我的感觉，使我站在酒坊门前，不忍离去。

袁家村酒坊在小吃一条街的中段交叉路口，酒坊不大，临街招摇。门开南边，取其南风醋畅，酒醉四方之意。酒坊的木门黑漆斑驳，铁环陈旧，给人曾经的日子，今世的故事的意味。酒坊东墙下，摆了一溜酒缸，木盖红绸子，在晨风中格外醒目。而门前的一扇敞窗户，给人酒瓶、酒缸、酒勺、酒盅等器皿，瓶中的女儿红，招人心魂。进得门来，酒小二自然热情，要么递上一杯女儿红，请客人品尝。要么躬腰邀请，请上二楼。我就沿着木台阶，提提夸夸上了楼，楼上是一个平台，摆着二三酒桌，围桌摆放的是老藤椅，顺势一坐，逍遥复逍遥。要是要一壶女儿红，几颗花生米，举起杯来，神仙莫过如此。

有一次，我陪同电视台的记者走到二楼上，记者中一个小女子惊讶，这真是一个神仙下凡的好去处。你看，西北的九嵕山，如华盖，飘至眼前，近处的魁星客，如仙境中的蓬莱，静处在自己的仙岛上，而炊烟袅袅的袁家村，似乎从远古的一个部落走来，蓝瓦土墙，飞檐龙脊，偶有欢快的声音传来，这才使人回到了现实之中。其实，我们看到的袅袅炊烟，不是烟火气息，而是古城上空飘绕的一团和气，在黄昏来临时，烟霞交汇，人气祥和。仔细看袁家村，王家茶楼飘来阵阵茶香，小广场上拉着碾盘子的毛驴，似乎被酒坊的酒浸淫得有几分醉意，转起圈来，一扭一拐，别有情趣。而西北处的书院街，走来了几个拍照的女子，咯咯的笑声，惊扰了酒窖里陈酿的老酒，一时间，二楼平台上，酒香四溢。仔细品时，酒中有诗句蹦出，举杯邀明月，对影成三人。那三人，一曰李白、二曰苏轼、三曰辛弃疾。他们三人，不同年代，却在新时代，走到了袁家村。因为酒坊的女儿红，从不同地域，腾云而来，邀月而去。这是幻觉还是真实，和我对坐的闻名哈哈一笑，人世多情尔。也许，这就是女儿红的魅力，人喝后，易生奇妙之思。

要说这酒坊的酒，都是纯粮食、老工艺，纯手工酿制而成，每一杯酒中，都有袁家人对新生活的礼赞。他们不是把酒作为商品，而是当作招待四方宾朋的佳酿和礼品。要是游人喜欢，喝上几杯，依然免费。之所以叫女儿红，淘米淘谷淘麦子的，都是女人家，一身清气，满眼玉洁，谁喝了都会生出一种清气满乾坤，人间不凡客的快感。

使得这女儿红绵长耐品，品出至清至纯之美的原因，不仅仅是纯粮食酿制，妙在酿制的用水。岭南岭北的水酿出的酒味道浓淡不一，阳水阴水酿制的后味如人在白昼。有河水酿制的，长江和丽江，难分伯仲。黄河和汾河滋味各有千秋。唯独这女儿红，非以上诸水酿制，而是烟霞洞里流出的甘泉水滋养而成。这烟霞洞，烟霞泉，出自九嵕山之南，黄土地深沟，青石块缝隙，水清冽悠远，甘甜爽口，用这泉水酿制的女儿红，如同从唐朝的繁华和开明之境中而来，从郑子真的孤傲和清高中溢出，口味深幽，况味难解。只要品几口女儿红，就会有莫名的冲动、莫名的诗意叫人如梦似已醒，奔走亦想飞。

　　偶有闲暇，我就会坐到酒坊的二楼，听天地之悠悠，看人世之陶陶。乐哉、快哉、女儿红。

# 名吃软摊

在小吃街，有一道美食，没有吃过的人遗憾，吃过的人难忘。这道美食并不起眼，位于扁豆面馆对面，老板是一位美女，人很温和，似春风扑面，人称菜盒西施。每次游人走到这里，都会流连，或者停留在菜盒西施的微笑里，或者驻足在菜盒的香味中，总是有种期待。我曾经在长篇小说《袁家村》中专门写过这道美食，名曰皇妃软摊，说的是唐王李世民与韦贵妃走在渭北，临幸官厅驿，喜得民间美食软摊的故事。从这故事里我们知道，软摊很有历史，也很有来头，虽出自民间，却传名于皇亲名望贵族间，后世更有味道。

我每次回故乡，都会到袁家村小吃街一走，没有别的喜好，就是想吃一口软摊，那个口感、那个香味，使我总是流连忘返。这软摊，现在叫软菜盒，为了给少见多怪的人一个清醒的认识，把软摊改名为软菜盒，方便认知。

软摊是一道面食，当然离不开麦面。是软菜盒，自然少不了菜。菜是韭菜或者野菜，韭菜撺香，野菜有山野之气，吃起来有日月精华盈胸之感。这软菜盒的做法很是奇妙，先和面，把面搅合成可舀可芸，稀稠成汁，然后舀一勺，倒进热锅，锅是平底锅，火是文火，然后用拨板在锅底轻轻滑过，汁一样的面糊就流成了一张薄饼，一旦成形，即取出锅，放在案板上，然后再如法炮制，待锅底成形后，倒进调好的菜料，用木板一拨，然后把取出锅的那张面饼翻过来扣在锅里，用手压住面饼的周围，待翻烧一二后，菜盒就出锅了。出锅后，用刀切成八块三角形，放在碟中，然后再盛一小碟醋蒜水，菜盒蘸蒜水，那个香味，即可传遍整个小吃街。

有一个傍晚，我看到一个村姑背了一蛇皮袋子野菜，站在软摊店前，菜盒西施收了野菜，给村姑付了钱。村姑哼着小曲离去，菜盒西施笑着清洗野菜。一种祥和快乐的情愫在小吃街蔓延，新生活的气息带给袁家村一种美妙的气象，田野的野菜，新鲜的泥土气，搅和的麦面，石磨或者磨面机加工，麦香和村民的朴实憨厚劲糅和在一起，村里榨的菜油，石碾子上毛驴碾的调料，山地的甘泉水，你说这气象形成的菜盒，能不好吃吗。

就是这一道菜盒，改变了菜盒西施的生活，她从农村的泥瓦房搬到了袁家村的商品楼上，在城里打工的爱人，周末也在店里帮工，一家人开开心心挣钱，开开心心生活，使得渭北的黄土地上多了几分烂漫和生动。

# 特色小吃

说起扁豆面，农村长大的孩子都有记忆。吃到扁豆面，母亲的味道，家的味道就扑面而来。小的时候，能吃一碗扁豆面，那就是神仙过的日子。都忍不住说一句，能吃上扁豆面，是真不容易啊。日子在那个年月，本身就很瘦弱。父母在地里干活，回家能吃上一顿饱饭就很奢侈了。虽然每年都有粮食从麦场晒出，回到家里，但交完公粮，只有很少的一点粮食能囤进自家粮囤。那时，是深挖洞、广集粮的岁月，粮食晒干后，马车、架子车一辆接一辆，赶往粮站。一路上，人们唱着戏、吼着野曲子，欢欢喜喜跑到粮站，带红花，受表彰，那是最开心的事情。至于回家自己能不能吃上饱饭，人们都无怨言。在那样的年月，能吃上白面，都不容易。要吃一碗扁豆面，那不是为难父母吗。尽管如此，哪个母亲不希望给自己孩子弄一碗扁豆面，若是能给孩子擀一碗扁豆面，母亲都会偷着笑。

现在，要吃一碗扁豆面，只要到袁家村小吃一条街，就很快可以端到手上，三下五除二，肚子就滚大圆了。在城里生活很久的人，从没有吃过这道美食，一旦尝上一口，那一碗两碗就不在话下了。在袁家村卖扁豆面的是山下村子里的老两口，人爽净麻利，擀一手好面。据说，两个人原来在袁家村剧团做饭，剧团人一听说灶上吃面，就早早跑到食堂门口排队，有的人还带了两个碗，生怕一碗不够，再没有第二碗了。吃上面的，搁院子一蹲，一手拿着蒜或者半根生葱，一手端着碗，吸溜吸溜就干完了。没有吃上面的人，站在院子，总是流口水。可见，这老人的面做的叫人吃了还想吃，没吃总想吃。吃得好了，剧团的小生放下碗，就是一嗓子，整个院子都是欢喜。

经袁家老书记推荐，老两口进了美食一条街，开了一家很有风味的扁豆面馆。这扁豆面，一要面好，二要扁豆好，三要臊子好。面自然是手擀面。扁豆自然是颗粒饱满，经过浸泡后再煮熟的扁豆。臊子是小葱或者韭菜，加一点红萝卜一点豆腐，炒好后先放在一边。用煮豆子的水下面，面快熟后，倒进臊子，再调上盐和醋，简单的调料，不再要什么耗油、生抽、香油、芝麻酱等，煮一煎两煎，就可以享用了。

吃这个扁豆面，无需奢华的环境，就在人来人往的小吃街上，摆一个小方桌，摆几把小木凳，吃客围坐一起，端着碗，吃着面，有一种亲人相聚，无拘无束的快感。有时人多，排队吃面，站的看着坐的，心里急，口中不断蠕动，舌尖总在微颤，似乎扁豆面就是自己的娘亲，人再多，也不忍离去。说真的，吃过扁豆面的人，都在回味，世间还有如此美味，叫人神魂不舍，总是在离开的时候，还要多看几眼。这个时候，老人总是脸上露出灿烂的笑容，欢迎再来啊。

能不再来吗，一口扁豆面，可使人回到从前，但又感恩当下。从前不可忘，当下需珍惜。特别是看到两位开心的老人，幸福的样子，就感觉人世非常美好。而这种情景，在袁家村的小吃一条街，一不小心，就会被幸福灌醉。临走时，还会带上小吃街的麻花或者五香牛肉，似乎这小吃街，就是人们的幸福街，回到城里，回味还在。

就是这小小的扁豆面馆，给老两口带来了殷实富足，和谐美满。听卖豆腐脑的后生说，老两口在袁家村，每年的收入不下五十万，家里不仅仅盖了楼房，老人的两个儿子，一个女子，都开上了小汽车。就是县城和咸阳，也有他们的房子，一对乡下夫妻，在袁家村打拼数十年，日子已红红火火，叫人眼馋了。

这就是一碗扁豆面的魔力，吃不尽，看不透。

怀竹山居笔记

# 生命如此迅忽

仅仅一个春季，我只见过弟妻一面。第二次看见她时，生命已化作一片云烟。冰冷的棺木，凄白的挽联，哭丧着眼睛的侄子，匆匆告别的乡邻，无助地见证一个鲜活的生命断送在病魔的手中。

生命就是如此匆忙，在没有来得及顾及未来时，未来已经结束。而活着的，唯有凄凄切切，痛哭一场。弟妻是四月初到西京打工的，自己的病症尚未痊愈，就在家待不住了，一个人匆匆赶到西京。没有十天，倒在了打工的私人作坊。没有一个礼拜，就溘然长逝。似乎一切都无法左右，命运之手在操控着人的一生。谁能改变事实，谁又能把发生了变成假设。道路的这边是出发点，道路的那端就成了归宿。而期间有多长，谁能预知呢？

明白了无知，才能觉悟，才能有识。而又有多少人能够先知呢。如果早知将要发生的，当然少了遗憾，少了痛感。而人往往是无法早知的。如我弟妻，如果早知病症将要剥夺她生的权利，她就不会不重视身体。如果她早知未尽之事尚未了却，她怎会撒手人寰，抱憾西去呢。

生命是脆弱的也是强大的。对生命斤斤计较者，往往被生命抛弃。而把生命当成燃烧的火把，总想给世界光亮，给生者警戒，那生命的存在似乎超出了自己的预知。尽管生命迅忽。只要把握好当下，把生命看成是自然的一分子，和四季一起轮回，和万物一起生长，那生命的存在是持久的，永远的。

# 如此掌上世界

　　昨天的雨来得突然。好端端的天气，在晚上疯狂起来。不知是雨还是冰雹，敲打着竹林翠生的竹节，使人在风雨骤来摸不着头绪，只能在夜色中静静地听雨打竹节。而清早醒来，竹节青翠，晨空清爽，湿漉漉的天气使人心旷神怡，内心呼唤起大自然神性的赐予。我有点兴奋，在竹林里打开手机，通过快手推介焕亭先生的长篇小说《汉高祖》。一段视频，就是一段对文学的虔诚和敬畏。我非常喜欢先生举重若轻的运笔手法和高超的对话描写。更看重先生对历史的演义不是空穴来风，而是对历史的尊重和虔诚。客观、严谨的史实叙述与文学的张扬和想象相融归一，使得历史小说有了现实性和前瞻性。

　　录完视频后，我接到许海涛的电话，央视《一锤定音》栏目主编秦学先生要到昭陵博物馆看看，我联系了博物馆名解说、副馆长李浪涛先生，没有想到，周末他已经外出，我只好约王俊杰副馆长委派解说员陪同，没有想到，秦主编偏爱书法，对唐历史文化颇有研究，而讲解员小张虽然身着便装，但其对昭陵博物馆馆藏文物非常喜爱，讲得鲜活、生动，很有述说家常的感觉。

　　秦主编年龄不大，但人很沉稳，眉宇间深藏着对先祖文化的热爱，一眼一拍，都能捕捉到万物传递出的气象和味道。特别对中唐前的陶俑看得非常仔细，陶俑的彩绘、衣着的多样，脸部的表情，体现出大唐丰富多彩的文化和包容万象的开明。每有发现，都会用手机记录下来，然后一点一拨，手机收集的外在信息就有了去处和家园。在看唐碑林时，他对古碑遭受的人为破坏痛心疾首，也流露出了清晰的责任感。他说：有的人自己收藏了拓片真迹，就把原来的碑文砸碎，直到别人无法辨识。说到这些，小张和海涛同样唏嘘不已，民族的文化精髓就这样别私藏或者被丢失，这是骇人听闻的痛和伤。

离开昭陵博物馆时，秦主编回头看了一眼天空，大唐的气韵和现代的完美互相呼应。他感慨，一个地方的经济文化和一个地方的历史发展是息息相关的，其中隐藏的基因和文化的神气一定是蕴含在当代的潮流之中的。

就如同夜晚的狂雨和茁壮的新竹，在一个院子里同时存在，那是道与缘的合一，更是爱与相守彼此获得的乐趣。

# 杏子熟透时的未尽遐想

出门到井冈山参加党史学习教育，天空总是飘着细雨。回到故乡，天高地阔，阳光照耀，很是惬意。

回到老家，到山底御杏园看了看，树上只有茂盛的杏叶，没有看到红硕的杏果。听人说，今年杏子特别少，杏子刚黄，就被哄抢一空。杏子少是因为节气出了问题，杨花的时节，忽然来了场倒春寒，一个晚上，霜降落到了杏树园，寒冷摧残了饱满的杏花，渴望挂果的花朵凋零了，杏园坐果的树木非常少，杏子减产，成了不可回避的事实。

为了给西安的朋友准备点御杏，我就驱车上山。

在山道回转了几个圈，终于找到了野狐岭沟道，看到了透着残阳红的杏子挂在一蓬一蓬的树叶之间，兴奋和喜悦不易言表。

这几户人家在僻静的沟道深处，极易被人忽视。我找到的时候，小小的院子门口尚停靠着几辆小汽车，看来，莫道君行早，更有早行人不是古话，而是现实。

在住户门口，有穿戴时尚的小媳妇，抱着自己的孩子，看着杏树，脸上露出灿烂的笑容。这里看似落后，而人的眼界是非常超前的。小媳妇穿着连衣裙，耳朵上吊着非常现代的耳坠，皮肤白皙，人也洋气。在买她家杏子时，她很智慧，说，山下的杏子已经落园了，只有我们门前的媚杏，香甜酥口，人见人爱，一吃就难忘。这样看来，她要价十元一斤并不贵，她摘杏，我们掏钱，不亦乐乎。

在摘杏前，她和自己的婆婆都很热情，未及说买或者不买的时候，她们端出一盘刚刚摘的杏子，我拿起给嘴里一含，酥甜可口，味绵厚实，舌尖留香。我忽然感到，山上的杏子和山底的杏子截然不同，山底的甜是甜，但仅仅是一口甜水，后味寡淡。而山上的果肉厚实，含在嘴里，其味陶陶。究其因，山底有一股泉水，水色重，树干旺，果子自然水大，嘴里一放，果汁流在嘴角，很是有趣。而山上靠的是雨水，天地灵气，聚于一体，味道绵远，实是天然。

很快，山上的杏子也接近尾声。在吃到今年杏子的时候，又想着明年的杏子。想杏子，其实，更多的时候，是想那烂漫的杏花，粉红粉白相互衬托，使整个沟道山川都弥漫在花香之中。

遐想不是没有，只要站在九嵕山的九道山脊上，看着蓝天白云，望着盘旋翱翔的九嵕山神鹰，杏子总是不过时的话题。关于御杏的说法，总是想到唐太宗李世民和他的韦贵妃，想到贵妃含杏站在柏城，和太宗逗留渭北山水，看长安烟云，想一个女子的今生和来世，在杏花飘落的时节，想不到今世的我会踏在山脊上，寻找杏子，满足小小心愿。

也许这就是杏子的遐想，在杏子熟透的时节，其实遐想就在摘杏的瞬间。所想何在，路依然在前方。

# 有朋自远方来

最近，诗人李宝东和散文家杨秀红到了怀竹山居。宝东爱诗，和我到野蒿家里的时候，就给野蒿写了一首诗，其中有这样几句：来到一座鸟鸣流韵 / 每一处瓦檐 / 都渗透着诗意的宅子 / 一壶清茶把陌生和熟稔 / 浸泡成一句衷肠的话 / 相见恨晚。这就是文人和文人的相聚，简单的对话和便餐，生成了相见恨晚的喜悦。而秀红更在意我们的相聚，希望留下一张难忘的纪念照。就如同去年在诗经里，三人相聚，永远存念。那份美好，只有走进我的竹林时则格外迫切。在我的怀竹山居，独坐幽篁里，悠然见九嵕山。秀红的喜悦，保东的冲动，都在我这里汇聚成一股永远追梦的溪流，朝着平原、穿过山岳、奔向大海。

在这海洋里，同样涌进了潮汐、浪涛、大水。6 月 13 日，陕西师范大学出版社刘总、中国散文学会副会长穆涛、西安晚报社文艺部主任高亚平在王海的陪同下，到礼泉看望闫刚先生。随后，他们一行来到了我的怀竹山居。一进门，闫刚老师很是兴奋，握着我的双手说，又到了你的如梦庄园了。穆涛和亚平都很激动，你简直不是城里人，倒像乡间绅士，很别致的院子，很义气的竹子。穆涛一直以为我是咸阳城里的诗人，看了我的院子后，很是诧异，说我原来是一个庄主，一个乡间"绅士"。我自愧自惭，一个农民而已。刘总说，一个非同寻常的农民。陪同前来的礼泉文旅局副局长马宏茂插话，各位老师想去体验一下地道，问我远不远。

我知道，他们对渭北的窑洞有兴趣，对张家山的地道更感兴趣。于是，我邀请他们，驱车前往。

出来我的上古村，穆涛回头看了一眼我的竹园，说，明年要来怀竹山居，也挖几株竹子根，埋到自己的院子，来年春暖时，也能看到蓬蓬勃勃的竹子，给自己带来几分乡间别趣。而闫刚老师回乡后，对礼泉大地非常钟爱，听说有一处地道可走走看看，就饶有兴趣地说，各位，我带大家去钻地道。说话间，车已经上了张家山塬，再上二三坡道，就到一家窑洞宾馆门前。走进一看，别有洞天。从窑洞的暗道穿过，有一地门，走得下去，才发现地道弯弯拐拐，有两个出口，一个在天井，一个在炕洞。闫刚老师几近九十高龄了，他依然坚持爬上地道，并叫摄影师拍下他上地道的雄姿。上了地道，有一孔窑洞，非常宽敞，有一案南北向的长条桌，东墙上有一排字"陕西省柳青文学研究会"。就在这个会标下，闫刚老师被大家推坐到中间的位置，并请他老人家就柳青文学精神发表讲话。闫刚老师很是激动，也没有推辞，简单讲了柳青的文学追求，文学精神。他说，当代作家，要向柳青学习。扎根人民，扎根生活。用真情感染人，用作家笔下塑造的生动人物激励人。同时他谈到，当代作家要戒浮躁、戒痴想、戒空想。一切从生活出发，在生活的沃土培植自己的文学天地。可以说，穿越地道，在地下和地上的时空对接，打通了文学的经络。在离开张家山时，穆涛看到了枝头熟透的桃子了，他兴奋地跑进桃园，和村民一起摘桃子，品桃子。这也许就是文学的滋味，人生的滋味。

告别张家山，我们又驱车攀援而上，望着九嵕山，看着白云飘过，人人都显出鹰击长空的感觉。因为，在九嵕山顶，总有一只苍鹰上下盘旋，翱翔天地。在"礼泉散文创作基地"挂牌会上，来自咸阳的杜芳川就说，闫刚老师是九嵕山的一头神鹰。闫老听到这话后，说，不敢当不敢当。我死后，就把骨灰撒到九嵕山南的柏树林里，我要与礼泉山川同在。而今天登山，一是在东坪请远道而来的朋友共进晚餐。二是用餐后，闫刚老师要大家去看看他的"新家"。其实，早前我和宏茂已经看过了，一则是魂归古里，部分骨灰撒到山岳。同时，在任池画乡，背靠九嵕山和魏徵陵。西南依唐肃宗建陵的一块山塬上，为闫老选择了墓园，以供后辈贤达者追念。而闫刚老师则说，要不要陵园不要紧，要的是和九嵕山同在。这就是闫刚老师，回到礼泉，闫老依然在挂念礼泉的文学事业。而对自己，则无所求。

在东坪吃过晚饭后，我因家里有事，先告别而去。他们一行，在闫刚老师的带领下，去看九嵕山，去望关中大地。其影其行，如在梦中，故追记之。

# 小家碧玉张懿文

这个孩子在我心里，留下了永久的记忆。这得感谢焕军夫妇的言传身教和女子良好的个性修养。要说这个孩子，先得提提那个日子，2021 年 6 月 5 日。

那是一个特别的日子，早晨醒来，阳光喷薄，喜鹊欢叫。看来有贵客来到。果然，国燕和焕军各自带着家人来到了怀竹山居。他们不约同一天到来，却不期而至。国燕先焕军而来，开车的是他的先生，同来的还有一位颇有韵味的女子。进得家门，国燕先生直奔我的小花园而去，他首先关心的是他送我的桂树和百日红是不是成活了。当他看到移栽的花束开出新芽，他笑了，开心的笑颜如同国燕和她闺蜜的眼睛。她们是看到我出土的竹子拔上云天，壮实可爱而欢呼的眼睛。似乎这竹林，是她们的开心园，走进竹林，触摸、仰望、聚神。一切都在竹子拔节的瞬间形成，这情形，也感动了国燕先生。

国燕是省散文学会副会长，因为一部《古村告白》的扶贫专著，得到了中国作家协会的表彰。而焕军是省纪实文学委员会主任，写得一手好文章，出版了三卷本散文集《换一种方式去开始》《换一个角度去思考》《换一种心境去生活》。国燕勤奋好学，为了《古村告白》独自一人背上行囊，跑陕北，走关中，下陕南，走村访户，实际体察。看似很现代前卫的一个女子，却朴实地钻进大地的怀抱，和村民亲如一家人，和贫困户同吃一锅饭，真是朴素、虔诚、可敬、可爱。焕军自不待说，心境如莲。他坦然面对生活，洒脱活好自己。在他的文章中，多的是超然的处事态度，和蔼可亲的为人风尚，严谨斯文的文人情怀。品在文字之后，思在字里行间。

焕军来时，带着夫人和女子。他的女子非常敏思，也很阳光，初看就是一个高中生的样子。看她的坐姿、仪表、言谈，完全的大家闺秀。刚进门，她有点羞涩，怯怯的样子非常可爱。我知道她是学生，似乎遇到了及时雨。我买了件小米音响，怎么也不会调弄，交给她，不出三五下，轻慢的音乐就匆匆从竹林穿过。我夸赞了孩子，说这小女子真是聪明。焕军说，也不小了，都是大学老师了。我忽然很惊讶，她活脱脱一个小女子，却站在了大学的讲坛，给大学生传授英语，笑谈国外风情了。

国燕也诧异，你家孩子真乖。懂事有礼貌，分寸把握得非常好。国燕没有说错，我递给她杏子，她先说声谢谢伯伯。我和焕军谈论文坛趣事，她轻轻一笑，从不插言。她和她的母亲坐在一起，形同姐妹。妈妈贤良温和，满面春风。孩子娇小聪慧，恰似春华吐蕊。母亲看着闺女，眼里都是光，闺女看到母亲，眼里全是爱。焕军插话，都大了，还像个小屁孩。孩子说，我永远是妈妈的小屁孩。就是这个孩子，名字叫张懿文。这个名字，就说明了一切。懿者美好的意思，从心旁，属性土，有根有基，培植孕育，斯文得道。我想这个名字是母亲所想，焕军所起。因为懿文，这个家充满和快乐、和谐、美好。

就是这个小懿文，喜欢摄影、影视。听焕军说，她拍的小视频获过奖，她参与拍摄的电影得到了好评。我知道这一点后，建议她拍点电视散文，先拍她的爸爸张焕军。选一些章节，拍一些有生活情境，有烟火气息的电视散文，也是对自己影视创作的一次拓展，更是为我们这些写文章的清贫者尽一些义务。小懿文笑了，她看着我说，要拍，我先拍伯伯的。拍一些你家院子的竹子，把文人的节操和禀赋拍摄出来。我笑了，那当然好啊。国燕笑了，原来启发得益啊。我看着国燕说，小懿文如果拍摄顺利，当然还得拍她阿姨的《古村告白》啊。焕军开心的说，近水楼台先得月，我家女子，就是你们的宣传员。小懿文莞尔一笑，爸爸，得月也得先国燕姨和信义伯啊。焕军很民主，没有意见，老爸全力支持。

对懿文，焕军夫妇真是开明。孩子都三十好几了，长了一个娃娃脸，夫妇对孩子的婚姻很是着急，但从不催促。我借机对孩子说，自然万物，各有其序。花要开，树要长。该开花开花，该长个长个。婚姻乃人生大事，凡人子，婚配嫁娶，即为天道。给土地上长万物的风雨阳光，给自己睿智渐进的成长过程。小懿文，该给自己找一个窝了，小鸟总要飞，父母都希望你飞得更高，给他们带回半个儿子，也让天地成为一色。小懿文含笑点头。焕军夫妇也表示感谢。

其实我得感谢他们，是我在这个夏日认识了一位叫人难忘的小懿文。尽管艳阳高照，但小懿文的含蓄和典雅却使人想到了中世纪的欧陆风月，淡淡的清爽，轻轻的笛音。

在和焕军交谈中，我知道小懿文非常喜欢历史。一个女孩子，对历史热衷，足可以看出她思想的分量。她曾经自己掏钱，报了一个考古学习班，跟随老师，跑遍了唐十八陵，每一座山，每一处丘墼，甚至包括自己所看到的残瓦碎砖，古墙老城的痕迹，都有小懿文疑惑或者喜悦的眼神。在说到我家依靠的唐太宗李世民陵昭陵时，她说，昭陵所依凭的九嵕山，很有神性。东南看，似笔架，给后世文人横空出书的快慰。北看，是卧虎。虎头向东抬着，看着泾水流去，静静地聆听天地之音，为大唐皇帝守卫昭陵。从正西方远看，似一尊仰面朝天的大佛，接纳天地真气，包容世间万象，象征大唐的开明、豁达、通畅。因为那时，佛教才真正走进中国，融进儒道和道教的文化血液里。听着懿文的解说，我忽然有超然出世，豁然明朗的快感。国燕也很痴迷，笑看着懿文，不简单，不简单。家有这样的闺女，如获至宝啊。

至此，我才恍然大悟，小家碧玉，非想象，就在眼前。我高兴地约懿文拍照，懿文很开心，和我站在我家竹林下，留下了一张永久的纪念。

这真是一个非比寻常的日子，在这个日子，我认识了小家碧玉张懿文。

# 诗意逸香结奇缘

诗人野蒿以诗集《七弦琴》走向诗坛。

在野蒿没有出诗集前，已经是一个受人关注的网络诗人。他的爱情诗婉约绮丽，总是叫少女不能释怀。而那些忘情人世，纠结在尘缘中的女人，对野蒿的诗更是情有独钟。他的粉丝很多也很有意思。一部分称为网络朋友，片言寄相思，字句含深意。一部分在阅读中找到自己灵魂的归一，彻夜难眠。同时，因为网络，身在长安的紫君和遥想彼此的叶儿和在青岛诗人大海的相约下，和野蒿一起开办了一个蓝凤凰诗歌艺术传媒。通过吟诵诗歌，声音传播，把诗歌的翅膀打开，给诗歌新的天地。他们之间，相处已经好几年了，但我从不知道。直到今年的6月18日，野蒿告诉我，他们公司的几个诗人要来咸阳，到礼泉的宅子看一看，我才知道，野蒿的世界很是广阔。

来的都是蓝凤凰诗歌网站的其他三人，其中紫君的诗我听过，深情缠绵，也是以爱作为主线，很清美地站枝头，用自己纯真的声音，播撒着爱的花露。叶儿身在南国，其诗虽没有紫君那样纯真，却也敲开了江南女子的心扉，火热、潮湿、浪漫。而大海，一个完全的山东大汉，阳刚之气凛然，声音和配乐都堪称极致。他们的到来，野蒿是欣喜的，也是担忧的。他生怕妻子吃醋，不给一个好脸面，弄得他下不了台。我说不会的，野蒿妻子萍娃也是通情达理之人，但野蒿有点怕。毕竟，女人对自己男人与别的女人交往是敏感的。于是求我出面共同见面。想想一是成人之好，二是也可以从网络诗人的生活中看看当代诗坛的变化，就满口答应。

6月22日早，懵懵懂懂接到野蒿电话，叫我12点前赶到他家，他的女弟子和远方的诗人要来了。我11点到了野蒿家，那三个诗人还没有到，听野蒿说，在汉阳陵参观。对于外地的诗人，看看大汉时代的文景风物也算一场诗人与历史的对话。对于外地诗人而言，那是非常幸运的事情。

大概12点20，诗人曹文源来到，刚刚落座，野蒿的蓝凤凰诗人也纷至沓来。在厨房里忙活的萍娃打了声招呼，就又操刀切菜，准备午餐了。诗人相聚，他们又是陌生人，见面格外珍贵。野蒿有点激动，不知道该干什么，手有点抖。看来，在野蒿心里，他们的到来是一次心灵与现实交融的闪电，除了紫君，他们彼此没有见过，就熟悉地相拥而坐，说陕北之行，惊叹壶口瀑布的壮观，惊叹关中的大美。说笑间，自然少不了朗诵。一首《从此再没有人叫我一声丫头》，使朗诵者紫君有点颤音，听着心里泛起潮水。而大海的《娘的背影》竟勾起了我对母亲的思念。在他朗诵完以后，我也随口朗诵出娘的影子一直向前，娘的影子落在黄昏，黄昏的天空彩云翻飞，娘的影子落在田间，禾苗茁壮，万物生长，娘的影子一直向前，指向高山指向蓝天，在皇天后土之间，是娘指给我的远方。

中午，萍娃丰盛的午餐叫人难忘。这样看来，野蒿多虑了。

这是多么好一个女人，默默支持他写诗，也不干涉他的生活。有朋友来，经常忘记了自己吃饭。看着朋友吃得高兴，他坐在一边，也很快乐。在这快乐中，蓝凤凰的兄弟们交杯换盏，很是惬意，不知不觉，时间已经到了下午3点了。他们还要去袁家村看看关中的民俗文化，去袁家，免不了去我的怀竹山居。

来到我的山居，几位蓝凤凰诗人很是惊讶，是贾平凹先生的题字，好家伙，非等闲之地。走进山居大门，满院的翠竹叫紫君痴迷，而叶儿来自江南，看竹看水不是她的所好，倒喜欢我屋子的题字，挂画，特别是那幅《仕女图》她看得非常用心。也许，大唐的女人勾起了她的思索。也许，一首诗已经萦绕在胸。在我的书房，他们偏爱我的作品，一人拿了本小说集、一本散文集、一本诗集。紫君叫我签名，我提起笔，三人不约而同，期间因为盖章先后彼此以为个人有别，也闹了小小的笑话。

临走时，他们在我的竹林前合影留念，我也把这份念想留在了永恒的瞬间。人世就是这样奇妙，不经意会就有意想不到的收获。哪怕只是一份喜悦，那也是弥足珍贵的。

# 奇人董保焕的世界

上午，独自一人坐在怀竹山居看竹子，只有一周，新竹冒上了屋顶，挺拔鲜绿，翠色醉人。我惊讶生命的神奇，自然的神灵。还没有想出什么道道，思绪在停止中旋转，人在无语中独立。就在我进入非我境界的时候，屋子里进来一人，凭感觉，是一个知性沉稳的智者。

抬头一看，我赶忙迎上去。是保焕大哥，一个令我肃然起敬的人。让座、倒茶、闲聊，很是惬意。在上古村，保焕是一个谜。他不太和人交往，但能交往的大都是知己，看起来，人黑、无状、走路一斜一倾，像是一个装有很多故事的人。其实，他就是一个充满神奇和传奇的人，一生的故事写一部长篇小说足以叫人沉潜而不能自拔。

不知聊到了什么话题，他谈起了《二泉映月》，说这首曲子几乎被淹没。一个瞎子阿炳，用自己的乐器，拉出自己一生喜欢的曲子，走街串巷，使乡村和田野有了一种婉转和谐的美感。发现这首曲子的是一位音乐教授，他初听这首曲子，自己几乎忘记了自己走在人世，世间还有如此美妙的曲子。只是少点什么。教授把这首曲子整理了一下，署名阿炳。一个现代艺术传人被民间音乐艺术所征服。这是现代与民俗的碰撞，碰撞的结果，民间艺术登上了艺术殿堂。保焕说这个故事时，我很惊讶，我只知道他对文物情有独钟，没有想到，他对音乐的看法超越了我的想象。我不知道他怎么谈到音乐，也许他在忠告我，一切艺术都是如此，只有来自民间，才有不屈的生命。这是对我写作的象外之意。

接着他又和我谈法国启蒙运动，由此说到文化的唤醒和复苏是需要一个过程的。这个过程也许充满着烈火、冷冰、洪水、猛兽、裂变，但一切都很难改变，特别是时序与历史的进程。我真是惊讶了，保焕兄是一座山，山里藏有什么，我一时也说不清了。

在谈到自己时，我触碰了他的一生之痛。他因为无妄之灾，遭受了两年牢狱之灾。

其实，在这之前，保焕哥还有过更离奇的灾变，他自己都没有想到，有一天，会被几个素昧平生的彪形大汉闯入家中，举起拳头，怒目相向。保焕哥在突然的变故面前很是坦然，问明情况，原来是自己复制的几件仿古工艺品被人当文物卖给了一个香港客人，保焕哥拿出当年的票据，清楚地写着卖的是工艺品。只是复制的太像古董了，港人上当，找不到当事人，就摸索到了上古村，这件事在上古、烟霞都产生了轰动。从此人人都知道，保焕复制古物，技术高超，有绝世之才。

保焕哥就坐在我的对面，我曾经想请他把此复古技术传给后人，他摇摇头，没有心爱的人，传给何人？自己玩玩就行了。

这只是保焕哥的冰山一角，只有在我的怀竹山居，他才吐露了自己的心扉。一个很有故事的人总是神秘的，我刚刚走进保焕哥的世界，这个世界太精彩，太令人痴迷。

# 唐俑神话历史的天空

今天，我又一次走进昭陵博物馆精品文物展馆，在流连中我走进大唐陪葬墓出土的唐俑世界。

我曾经和张志攀馆长闲谈过唐代将军俑、文官俑、仕女俑及各色俑装、服饰、发髻、佩饰所传递的唐代文化精神。张志攀感慨地说，可惜了，没有人注意这样精美的文物、也很少有人发现这些唐俑的文化价值。无非来时匆匆，走时唏嘘。只是唏嘘，并没有深刻的发现和独到的见解。就是我们的馆员，也是从文物的修复、保存、及诞生唐俑的历史定位去写点文章，没有真正把这些唐俑真正推向大众、推向中国文化前沿、推向世界文化舞台。说这话时，张馆长有些遗憾和伤感。我说我想写点小文字，以表达对那个时代的追思、向往和祭拜。张馆长高兴地说，欢迎你随时去研究。我握手道别，研究谈不上，可以先看看。

就这样看看，就走进了昭陵博物馆。这个展馆展出了200多件精美文物，这些文物是从出土的6000多件中挑选出来的。有杨温墓出土瓷胎彩绘贵妃俑，有集绘画与雕塑于一身的唐代名将张士贵、郑仁泰墓出土的瓷胎彩绘陶俑，有长乐公主生前使用过的白瓷辟雍砚、有唐初名将李勣墓出土的御赐三梁进德冠、"门神"尉迟敬德墓出土的玉璧，郑仁泰墓出土的石人石马班剑及革带鎏金服饰等，都是首次亮相。同时，展出的还有大量造型精美、色彩绚烂、神态各异彩绘俑、三彩俑等。时间跨度近百年。是贞观走向开元盛世的实物见证，极具神游、对话、思悟、观赏价值。

　　我所瞩目的是各色唐俑，看见彩绘将军俑，我似乎站在了大唐的疆场，将军儒冠有一凤凰鸣叫，身披彩绘敞衣，神态似侠士，又沉稳直视前方。一看是贞观时代的将军，不佩剑、不带兵、只是站在大唐长安城头，望北莽仓皇逃匿，看秦岭俊秀琳琅。其神态其仪表，足显大唐的雄浑和通达。再看文吏俑，秀冠双旋纹理，眉宇含珠平和，大耳宽额高鼻，口若天地和气，足显大唐的安顺、和谐、大美气象。再看他双手作揖，平放胸前，似朝拜觐见前夕，身着绯红官服，圆领微露脖项，下着长裙，素衣布鞋，端庄而立，很是周正又随和，惬意又大气。这两个俑，使我对大唐非常向往，感觉那时的人活得有生气、有乐趣、有念想。无论地位尊卑，无不豁达、亮敞、开明。这是那个时代留给我们的一种生存精神，一种活着的姿态。

　　在观赏了文武大臣俑后，我走进了一组披大衣男立俑的展品前，我凝神瞩目，惊讶不已。这些男立俑，各色服饰、各色绶带、各色礼帽、各色神情，纷呈多样，情趣盎然。他们的礼帽有耸梳扎带高定帽、有环肌飞碟蒲扇帽、有锦冠贴头垂带帽、有胡人围缠紧身帽。再看所披大衣，有宽翻领披肩下垂小腿处的，有直接下垂落地式的，大衣立身着蓝色松软衣，宽松束带，月牙圆领，露出浅色内衣，挺直脖子，平握抱拳，安和自然，仪态万千。这就是大唐人生活的图景。

　　看了男立披衣俑组群，我回头望见展柜里展出的四尊彩绘双螺髻女立俑，两个骑在马上，两个站在马前。骑在马上的抬头远望，侧看一方，似在察瞭军情，又似在马上闲游。其神态松弛，双手没有紧抓马的缰绳，自然下摆，彩裙在风中微飘，而坐骑似在扬头，前蹄奋起，并不发力，神态和骑俑相合一。站在前面的两个女俑双螺髻高挺，脸浑圆但不十分饱满，身着曳地连衣裙。肩上随意搭了条蓝色或月清色披风，下摆到双手之间，被两只酥手轻挽，多余的自然下飘，随风舞动。这和另一组扇形髻红裙女立俑相呼应。只是后者色彩绚烂，娇媚百态，更显活泼。她们的脸都浑圆如鹅蛋，但不是臃肿，也只是出露大唐以胖为美的端倪。可见这是审美的变化期，也是儒家文化在大唐开枝散叶的灵光一现。

在唐代，女人还是很讲究装束的，就说她们用的粉脂描摹的唇膏眼眉，就奇妙莫测。像敷铅粉、抹胭脂、画黛眉、贴花钿、点面靥、描斜红、涂唇脂，凡此种种，都体现了大唐女人的爱美之心和华容之态。

就说胡人俑，也带有这样的痕迹。彼时，北地的胡人来长安滞留不止，西域人走动看景，儒释道三教合一，使得那个时代的各色俑都有文化符号。我们来看看一组胡人俑，帽子的花样各异，有改良的胡人帽，有纯色的唐人儒冠帽。有身着唐服胡服相配的，有披大衣身着胡人服的，也有以自己民族服饰作为标识的混搭衣。他们身子小巧，玲珑可爱。手抱琵琶，或手捏胡琴，站相各异，精神抖擞。以显边塞人的自由浪漫和谦和大度。其实仔细看时，就会发现，他们眉宇间英气逼人，骨子里狭义柔情，气象中洒脱不羁。在那个文化开明的时代，可以找到安闲的心，自然的心，怀想的心。

在这个时候，我没有再继续看下去，我怕自己消化不了一个时代留给我的印记，我只好留住刚刚获得的思绪与怀想，回到怀竹山居，在竹林间静坐时，独自回味。

# 蛐蛐与鸟的叫声

　　好多年没有听到蛐蛐的叫声了，那悦耳的嘶鸣声带着欢快的节符，在晨起的田野呼唤独静的灰灰菜和蛰伏在泥土地上野草的复苏。我是从怀竹山居的鸟鸣中走到田野的，每天傍晚，有很多大鸟飞落竹林，集体休养，彼此问候。如果我在晚上回来晚点，打开院子的灯柱，大鸟似乎被惊扰，也叽叽喳喳地叫个不停，但声音不大，似乎怕惊扰了已经安睡的弟妹。我也轻手轻脚，不愿打扰生态的平和，独自走进卧室，在鸟声中去会会周公，期望一梦醒来，能灵思一动，蝴蝶飞来。

　　而醒来的早晨，院子里的大鸟已经飞走，院子中央，几只麻雀在地面寻食，悠闲的步子，似乎在自己的后花园散步。我看着竹林下的麻雀，心生一种喜悦，好久没有看到麻雀如此悠闲了，这是不是这个时代的和顺和年代的更新，麻雀有了自己清醒的认识，人不会像过去那样，支起筛子，拴个绳子，一头系在支杆上，另一头就有一双窃喜的眼睛，只等麻雀走进撒有颗粒的筛子里，一旦有麻雀贪图温饱，冒险一试，绳子那头就有一双灵巧的小手，拉倒支杆，罩住麻雀。当然，现在的孩子，也喜欢麻雀，但只是喜欢。从没有想过把麻雀怎么样了，偶尔像我一样，安闲地看着麻雀在自己的世界独享安逸。

　　很多事情就是这样，变化是必须的。但如何变，那要看时代与人的进化了。当下的时代，孩子们知道动物保护了，喜欢来自自然的精灵，都希望自己能像一只麻雀，怡然自得地生活在天地之间。

带着这种思绪，我走向田野。也就是在这个时候，蛐蛐的叫声叫我驻足。花已经败了，草还算茂盛。拔节的玉米开始扬花了，玉米穗上的紫红色花絮在风中微动。而苹果树的枝头，青果累累，彼此静默，以一种韧性充实着自己的能量，生长、壮硕、生色，最后成为我们生活中可口的美味。

回味的片刻，几只我没有见过的鸟落到了苹果树的枝头，顾盼生情，共同聆听蛐蛐的和鸣。也许蛐蛐没有发现，他在自己的叫声中寻找自己的影子，而鸟已经在窃窃私语了。也许在幻想蛐蛐在呼唤谁，也许是在念想在自己的世界中鸣叫的欢快。鸟或者蛐蛐，都有自己的语言和音乐。鸟知道，这个世界如此美好，不仅仅有创造活力的人，也有它们。蛐蛐也明白。它们的叫声就是告诉我们，自然生态也在昭示人的存在。没有不厌其烦的叫声，我们怎么会知道它们的良苦用心呢。

在这种思绪中寻找蛐蛐，草色朦胧，葳蕤难觅。我只好弯下腰，拨弄着重重草色，希望看到鸣叫中的蛐蛐，它们的神情、仪态和欢乐。但还是没有找到，抬头时，麻雀在枝头嬉闹。我站起来，回望一眼这清新翠色的早晨，我的心在沉静中生出翅膀，飞向何处，只有蛐蛐与鸟知道。

# 天下有个泾河大峡谷

应成存义邀请，参加了由著名作家白描组织的郑国渠考古采风团。到泾阳郑国渠新景的时候，天格外蓝，整个大地在蛰伏的气象中舒展着自己独特的筋骨。树怒放着葱茏的繁叶，花在开败的时候依然以自己的方式保持着烂漫。远山青黛，嵯峨绵延，和西部的九嵕山连成一道逶迤的山岭，郑国渠新景就掩映其中。说是郑国渠新景，其实是泾河大峡谷。泾河奔出黄土高原的时候，龙腾一跃，在谷口狂泻而下，直奔关中大平原，与渭水挽手成歌，形成泾渭分明的天下奇景。

谁也不知道，泾河奔出黄土高原，要在黄土与山脊之间，切割出一道峡谷。峡谷深处，暗含天机，或飞流瀑布、或旋流激荡、或水荡石光、或湖泊静藏、或奇峰惊魂、或雁荡云天，知者甚少，其中的妙处更难发现。但有一个有心人，来自江浙，喜欢水文，热爱自然，总想利用一下大自然的馈赠，或兴修水利、或修建水电站、或解开水与自然的禅机，乐此不疲，几至忘我。这个人名叫赵良妙。

白描先生是赵良妙的文化顾问，他们在开发泾河大峡谷的时候，发现了高山之巅，有人生存的痕迹，其残留的瓦片、陶皿、瓷器，是何时残留，有什么玄机？为了解开这个谜，白描先生才发起了考古采风之行。

采风团成行的时候，我见到了赵良妙，一个斯文稳重的人，言语不多，但透出对泾河大峡谷不用言表的挚爱。他在这里已经开发了十八年，十八年来，出没泾河谷道，打通山脊，铺设路面，一斧一凿，一把一车，把个人难进，车难行的荒山古道，变成游览观光的泾河大峡谷，开天下之先，创郑国之后又一奇观，使得渭北的泾河峡谷成为天下人望而兴叹，赞不绝口的人间美景。在不断开发中，赵良妙登上了峡谷中的飞来峰，在一处荒山绝顶处，他发现了瓦片和瓷器碎片，他欣喜，曾经的深山之中，也有过人居住的痕迹，无限风光在险峰，有山有水必有人的足迹，人的气息。

在采风时，白描先生喜欢当一回导游。进入峡谷的时候，车直接开进了隧道。白导说，历史有惊人的相似，世间有奇妙的巧合。我们穿越的这个隧道，叫时光隧道，其中把每个阶段和历史朝代相结合，使人进入隧道，如同穿越历史一样。从大秦到大唐，再到如今，泾河激荡着历史的烟云，也印证着一个创业者奋斗的足迹。修这个隧道时也没有想过，谁知隧道修通后，其长度2200多米，和两千多年的历史相吻合，这真是机缘巧合。

在泾河大峡谷穿越了半个多小时，我们到了一处平湖照山影，突兀不见路的平地。回头看时，峡谷深处暗藏无数风景地，我们没有时间观看，只想攀登山峰，看看赵良妙的苦心会得到什么惊喜。那自然是要继续向上走了。

先是小车从新修的碎石路上把我们分批送上半山腰，下得车来，脚下是大小不一的碎石，远处是佛陀的须弥山。仔细看时，背部有五指山，东部有峭壁出新枝的屏风岭，西部是九嵕山连绵的玉皇顶、方山、顶天寺。

下来是艰难的攀援，过山隘、踏山影、穿过灌木林带、走过羊肠小道，我们分批走到了来峰的前面。在穿越树林的时候，过凹地，有梁道，有垒石。同来的考古专家拿着铁铲，仔细在细土草丛中寻觅，我看见郭先生捡到了几块瓦片和残存的陶瓷碎片，在仔细辨识。我是不懂，只知道看山中风景，白导说，这里就是发现的有人居住的地方，有人说是唐时的宫阙，有人说是道家的观宇，也有人猜是史前人类的遗迹，究竟是什么，只有考古印证才能说明。

我没有在意考古的东西，我倒喜欢这绝处的风景了。山凌空世象之外，人在自然怀抱。天空的云彩轻浮，远山的影像诗意澎湃。摄影者忘我在美丽的瞬间，为文者醉心在山的启悟中。我惊讶这个来自江浙的汉子，他的名字将会和郑国一起铸就在渭北的山脊上。他不但创造了一个天下奇景，更让我们对泾水有了一个全新的认知。因为郭先生透露，这些残留的陶皿瓷器碎片，可以预见这里曾经是龙山文化的痕迹，有龙山人居住的气息。是也不是，还要进一步考证。无论怎么样，这个发现，颠覆了我们对泾河、郑国的再认识，也把整个泾河流域的文明向前推了一大步。

美哉泾河大峡谷，其美之所在，还要再行文一说。壮哉赵良妙，一个看似柔弱的人，却有着撼动天公的韧劲和毅力，把一个大写的人字，写在了泾河大峡谷。

要说妙哉，这得感谢白描先生，他对故乡的挚爱，对泾河大峡谷独有的品味和独到的发现，使得谁人不知天下第一渠，谁人不知泾河大峡谷。

# 丹青流韵怀竹翠

鹤鸣是个很有魅力的人。在书画界，他游刃有余，和咸阳很多书画家都有往来。不但如此，他也擅长笔墨，在写诗撰文的间隙，偶有奇作，总叫人刮目相看。他的简笔水墨色彩花，以魏晋人物为型，以心中佛陀为念，闲适、洒脱、意在、心投。

鹤鸣对我的怀竹山居非常喜欢。曾经多次以美篇的形式向外推介，使得怀竹山居名噪一时。昨天，他带领书画家来到我的山居，在竹林掩映中构图书写、形成了怀竹山居的一道奇景。

书法家尚千思、画家王芳、小廉，都是很有意趣的丹青高手。尚千思以行草笔走天下。王芳擅长牡丹，落笔时，牡丹花开，春色满园。小廉独静，喜欢荷塘秋景，运笔时，素淡一束莲，生在心灵间。

开始作画时，王芳凝神静气，看着我的书房，在竹林间漫步，在一幅唐仕女图前看了很久，然后展开宣纸，挥毫神灵附身时。只看她的眼睛注视着宣纸，在没有颜料的情况下，她选择了水墨画。先洗笔、染墨，然后笔下生花。牡丹的花瓣、花朵在水墨的浸染中很有层次地开放，一朵、两朵、开六朵，素雅的花瓣，浸透着画家思想的花朵，在运笔时，已经在怀竹山居诞生。接着是花茎、花枝、叶子，点点几笔，一幅素淡的水墨牡丹呈现在眼前。书法家尚千思惊呼，绝妙的意外收获，在王芳的牡丹系列中，这真是一幅越品越有味道的画作。像她的为人，静默中总在勃发着自己生命的绝响，不喧嚣、不浮躁、不热闹，一个人于静中独处，生发无尽的遐思。

而我则在这幅牡丹中看到了王芳的纯真和烂漫。一个五十好几的人，肃穆大方，华贵福荣。做人总是低调，处事总是稳健。看着自己的画作，总感到不满意，似乎还欠缺点什么。虽无遗憾，确也回思良久。在回思中，她仔细琢磨每一笔枝叶、仔细端详每一朵花，生怕有漏洞，有败笔。

而书法家似乎也被调动了起来，创作的情绪高涨。他抱来纸张，站在竹林下的几案前，浓墨泼洒，狂放不羁。看尚千思写字，犹如看一个人独舞。纳天地真气于胸，吐莲花落地生根。笔走龙蛇，笑傲江湖。山水之韵，大地气象，在尚千思的笔下，舒展成一幅一幅绝妙的书法作品。他不求名家，不拘一格，字如其人，意在字外。看他写字，完全是一种精神享受。无论何人，都会心随笔走，人随字舞。站在一旁的鹤鸣惊呼，老尚写字，犹如神助，笔锋犀利、运笔狂放，这得感谢这片竹林了。人在竹林写字，似乎不是书写，而是释放。蕴积于胸的豪气，自身凝聚的霸气，都在字里行间完全得到展现。这就是尚千思，一个独行侠，一个在书界令人肃然起敬的君子。

在尚千思书写时，小廉于一旁静静地画莲。她很谦虚，虚怀若谷。她笔下的莲花，素雅淡朴，韵味十足。似乎画如其人，人画合一。她的莲花都很素静，或一枝亭亭独立，或一朵悠然开放，没有大写意，只有小品文。也许这和她的性格有关，喜欢一人独处，喜欢无言以对。在寂寥处静处，在喧闹时远离。她的画品，给人悠然、自然、淡然的归真感。

在小廉的莲花开放的时候，鹤鸣也不甘寂寞，她从莲蓬中走出，画了一幅叫人看不透的写意抽象画,跪拜图。五个祈福的信徒，一边念着阿弥陀佛，一边跪拜在大地深处。五个人有其形影，但很难辨识真容。她不求形似，而在神归。鹤鸣的画超人意向之外，就是他画的魏晋人物，也是把天地当房，把人间当床的隐逸性情。如阮籍、刘伶者，大话在人间世相之外。

也许这和鹤鸣的性格有关。他是一个随意无形的诗人，喜欢女人。为女人写的文章不计其数，为女人写的诗章词句艳丽。在他的世界里，天下的女人都是美女，天下的文章都是美文。这倒不是说鹤鸣没有原则，他的原则都给了心中的底线了。过多的溢美之词看给谁用，过多的斯文评价看对待的是谁。人的品位决定了鹤鸣的品位。我喜欢鹤鸣这小子。一个侠义与仗义都有的人。在大家各自走进世界的时候，王芳灿烂一笑，一幅叫人难忘的冷牡丹出现在众人面前。又是尚千思，大呼，今天真是神了。王芳的两幅精品都出现在怀竹山居，一幅水墨牡丹，一幅淡蓝色的冷牡丹。花瓣灼灼，而基调练达。冷色和着内在的烂漫，把一个诗意的生命交付给人间。王芳淡然一笑，似乎一切都是自然，这和生命存在的方式似乎一样。冷静地面对苍生，苍生才会不辜负一个真诚的生命。

人在世间，都得活得自然。真实地走在人群中，依然遮挡不住自己的华美和尊贵。书画何尝不是如此，走进自己的精髓世界，才能赋予书画独有的情韵。书画不是字画的外显，它更多的是书画家精气神的舒展。今天来到怀竹山居的几位书画家，都是值得回味品评的英才。为他们的到来举杯，为他们的书画作品点赞。

# 尚古村有一种声音

　　小雨霏霏，我独坐怀竹山居，聆听竹林中的鸟语。似乎小鸟知道我的心思，窃窃地说，主人多愁善感，我们长期居住竹林，从不厌烦，似乎也非常喜欢我们。我总看到主人在林下仰望，似乎要看清我们的真实面目。另一只小鸟说，主人也许透过竹林在仰望天空。主人想如同我们那样，能在天空自由飞翔。那只小鸟应道，也许吧，但我想主人是在发挥诗人的想象，自己如何能长出翅膀，想飞就能飞，想走也能潇洒地走。小鸟的话触动了我，我忽然想到了闻名，那个把摄影当成生命一部分的怪人，说闻名怪，他不仅仅能摄影，去海南，去西藏，说走就走。也能写诗赋文，其诗来自灵魂，剥去外衣，透明着自己的世界，同时，又遮蔽着自己的心扉。如同东边日出西边雨，他在自己的诗歌中，总能把生命的触动和心灵的声音糅和在一起，给人别有洞天的舒畅和怀想。他也是一只小鸟，总想着大鹏的故事。他喜欢乡下的生活，在烟霞构建了自己的尚古村，一个崇尚古文化和传统文明的精粹的小人物，却独立支撑着一个人文和历史对话的场域。想到闻名，我就起身离开怀竹山居，去闻名的尚古村坐坐，感受一个独特生命的独特生活。

　　穿过泥泞土街，我叩响了闻名尚古村木门上的铁环，厚重的木门，古旧的铁环，在泥墙灰砖的掩映中，发出沉闷的响声。闻名听到了叩门的声音，在院子深处发出邀请，来了。我在等待的片刻，环顾门楣，上面镶嵌着雕刻的砖块，图案模糊，足可以看出这是一块很有年份，亦装满沧桑的古砖。退后一步，两个门柱上，各镶嵌着镌刻着梅花和牡丹的古砖，一幅老掉牙的木门，一个蕴含着神秘与美感的庭院，把人的神魂牵引着，顺着攀援的凌霄花，摸着已经挂果的石榴树，看着几块泾河奇石，几株枯藤老树，在闻名拉开木门的瞬间，我走进了院子。

院子不大，却灵秀古琦。下了三级台阶，走上青石块和碎石片铺成的蜿蜒小路，未及细看庭院中盛开的紫薇花，老茶几上静放的茶壶茶盏，墙角孤独垂吊的老井绳，爬上院墙的老藤条，就一屁股坐到了主人厅堂下的石桌旁，闻名不修边幅，胸前吊着一块狼牙饰品，脚下蹬着一双蓝色拖鞋，下身穿着蓝色牛仔裤，很时髦地咧着两个大口子，就像闻名的笑容，和气地和我对坐在廊房下，头顶悬挂着发暗的红灯笼，靠东墙砌着一座假山，山下的碎石缝里，冒出几丝绿草，透着闻名发旧的粉红色上衣，很有一番风味。

闻名落座片刻，就起身进屋，抱出一只漆红的老木盒子，俯身放在石桌上。我一看，似乎是一个保藏古老传说的宝盒，盒子像半截覆斗型，红漆斑驳，铆钉发锈，我不知道里面装的什么，我看闻名，闻名很是神秘，打开盒盖，一股茶香扑面而来。我方知道，这是闻名的茶叶盒。闻名问我喝普洱还是白茶，我当然喜欢喝普洱，闻名敏感，拿出一包麻纸包的茶，捏少许，放入坭兴壶中。待泡茶时机，闻名和我谈到了中国的汉字。他说，他也喜欢汉字的神韵和凝练。他的散文被有些朗诵团队当教材，不是他写得有多神妙，而是他恰切地用汉字表达了自己的感受和思想。我看着闻名说，我们对汉字应当有敬畏之感。古人结绳记事，龟背刻字，又经过仓颉的发明创造，才有汉字的声和形。每一个汉字都很神奇，比如诗人的诗字，字面可以看出，一座寺院边站着一个人，一人面对神明，莫不虔诚，莫不心生圣灵。美与崇高，在这个字里体现得淋漓尽致。再看一个悟字，把心待在自己身边。做一个始终有心的人。用心感受自然、生命、万千世界，一切都会通透。悟的本身就是自己用心谛听，用心思考，用心面对虚无和存在。只要心在，人就在。闻名有同感，他点点头，指着侧门上的一副对联说，上联道，读可增才耕得粟；下联说，勤堪致富俭恒丰。多好的对子，是明朝"江南四才子"之一的祝枝山所作。古人对文字的简约和凝练已经达到炉火纯青的地步，后人却不珍惜，脏话、土话、口语入诗，实在是对先贤的不恭，对中华文化的不敬。闻名说到这里，董老师，品茶，百年老普洱，古味醇香，后味绕舌。就如同我们的汉字，越品越有味道。

茶过三盏，闻名站起，指着院中灰砖青瓦的老屋前的树木时说："我家院子有两棵树！一棵是石榴树，另一棵还是石榴树。但是，这是两棵不一样的石榴树。一棵是爷爷为我奶奶种的酸石榴，另一棵是我奶奶为爷爷种的甜石榴。树木依在，爷爷和奶奶早已安睡到了庄北的九嵕山下，日子啊，就是这样酸酸甜甜地过着。往事如烟了，可是这两棵一百多年的老石榴树仍繁盛地生长着，依然开花结石榴，在每一个秋天，石榴树犹如当年，枝繁叶茂，果实累累。看着挂满枝头的石榴，紫红开裂的皮，露出了红润剔透而醉人的石榴籽，我时常会久久地站在树下，望着压弯了枝头的石榴，仿佛又看见爷爷和奶奶甜美而幸福的笑容。"听完闻名讲的爷爷和奶奶的故事，人世的爱情依然饱满生动。我似乎听到了院子深处传出的声音——爱是无私和奉献，爱是愁肠和心结。有爱在，人世定会天长地久。

我环顾左右，寻找这种发自肺腑的声音。声音缥缥缈缈，很难抓住。我看到了另一奇景，葱茏树上葱茏鸟，鸟语花香尚古村。尚古村就是一个谜，一个久远的传说，一个玩味无穷的诗人之地。

我再次回头仔细品味尚古村，曾经陪伴闻名的两尊石雕仕女不知去了哪里，曾经对坐的瓜棚主人不知去了哪里，石桌旁的隔墙上，俯卧这一根老木头，陪伴它的是一块伏虎养的泾河石。在木石之间，一只藤蔓爬了上来，带着院子里花草的信息，把夏日雨后的天地之吻，呈现给了我和闻名。闻名高兴地说，这雨后的庭院，蓬勃着诗意的存在，一切绿色的植物，把落叶与根的情意提前告诉给了我们，我们是多么幸运。

是啊，凌霄花虽然沿着土墙寻找着自己的天空和自由，百日红以自己的鲜丽和执着完成着自己的使命，但他们都有自己的声音，这声音来自泥土，也来自我和闻名的心中。就如同我在怀竹山居听到的鸟语一样，万物都有自己的品性，自己的声音，只有心怀明月，人入澄明之境的时候，才能听到来自天地的声音。这声音告诉我们，活着要有气象，有品格，有魅力。而魅力来自骨气、底气、志气。

# 竹林挂起板刻字

寻常没有风，风来云淡轻。往日常思古，先贤铸精魂。

忽然冒出这么几句话，也不知因何而起，就走出书斋，看风轻云淡，天高地远。整个北部山系逶迤连绵，在翠绿色的自然怀抱中，犹显厚重大气。山上无草，崖缝里总能长出几株酸枣树或者野蒿来，预示着生命无处不在，只有可能，一切都有可能发生。

尽管我是一个微不足道的人，也没有扭转乾坤的智慧，但我爱我的故土乡亲。既是一人独在竹林，也希望挺立、挺拔的姿势一直伴随着我们。

每天写一篇《袁家村笔记》，然后去袁家村喝茶或者寻找下一个写作对象，把真正的新体验散文，当作散文创作的主流。对中国最美新农村的观瞻，是乡村振兴的文学情怀。而新体验散文贵在真实的生命个体在滚滚现实中的触动和感悟。于是面对至真的追求，就成了生命中最烂漫的事情了。正因为如此，我请成中艾先生为我书写了"至真"二字，叫刻字师傅刻成模板，悬挂在竹林之间。中艾是一名德艺双馨的艺术家，但他总认为自己很平凡，如同艾草，普通的不能再普通了。提到"艾"字，我想到了中艾为散文创作者张艾写的那幅字"艾语飘香"。而"艾语"，是著名作家贾平凹为张艾散文集提写的书名，种种缘由，我请刻字先生用木板镌刻出"艾语飘香"四字，依然悬挂在竹林之间。每次走到竹林，看到这两幅木板雕刻的字，心中总是泛起波澜。

人的一生，追求至真至善，如同艾草飘出淡淡的香味，浸润着人的心魂。而挺拔、坚挺的翠竹，难道不是一种昭示，一种呼唤吗。

文字是有神性的，何况一个词，一句话，它传递的不仅仅是感情，更有思想的熏陶，文字背后暗含的智慧和志向。

在竹林挂起刻板的文字，就是怕自己丢掉了真心、丢掉了向往和追求。人不能蝇营狗苟地活着，要活出气象、品格、骨气来。

只有站在竹林之间，仔细品味木板上雕刻的文字，心才能沉静、过滤、提升。这也许是一种潜意识的展翅飞翔，需要心力、智力、动力。

# 谁在民俗窑洞前伫立

张山的村民都已迁移到烟霞镇街道了，村上的老庄基几乎人走窑空，灰尘扑面，四处萧落。好在杏树葳蕤，老窑洞依然吸引着城里人。这里背靠玉皇顶，遥望九嵕山，深沟处有烟霞洞，洞口流出一股泉水，浇灌着山底村。在这眼泉水的东北方位，有一眼静泉，为张山人所发现。不动时，水面无波无纹，很是羞涩。如果架一个二寸水泵，怎么抽，都抽不完。张山人架线搭泵，把水引到旱原上，从此有甘冽的泉水引用，窖水时代宣告结束。

随着国家富农政策的深入，移民搬迁成了造福乡民的重大事项。张山人响应号召，很快搬迁到烟霞镇，有些老人丢不下自己的窑洞、土炕、柴火灶，依然坚守在张山的老窑洞里。孩子们搬走了，老人的快乐似乎随之而去，孤独伴随着他们。时间久了，孩子们就动员自己的老辈，和他们同住。拗不过孩子，大部分老人也就搬走了。只剩下窑洞、院落和一个空落落的山村。

后来，一个西安姓王的年轻人无意走到了这里，觉得风水好，民风好，窑洞好，就租赁了一家院落和几孔窑洞。起初是想自住，后来灵机一动，何不把城里人带过来，体验一下窑洞民俗呢。于是，把土窑洞修缮装饰一番，建成民俗窑洞体验地。开始，只对村东的三孔窑洞进行了改建，门前的土墙上画着麦浪、老式拖拉机，收割的希望在窑洞前闪耀。土墙外的平台上，一颗颗杏树摇曳着季节的风采，杏树上挂着民俗摄影展照片，杏树下是北方的长龙灶，同时可以架五口锅，各有各的用途——炒菜、烧汤、炖烩菜、留热水，放成品，总之热热闹闹，一旦开饭，杏树下的水泥桌和临时搭起的木板桌就摆满了各种佳肴，似乎听到了李太白饮酒高歌的狂啸声，君不见黄河之水天上来，我来张山寻天仙。哈哈，吾也不知，君王妃子何处藏，九嵕山下独彷徨。这是梦还是现实，我自己都不明白了。

我没有真正见到李太白的醉态，但却听到了郑子真的脚步声，他似乎刚刚从沟道攀援而上，也想看看张山的风光。玉皇顶上传来诵经声，香火缭绕，张山似乎也在神仙布下的迷境中，炊烟袅袅，荷锄而归的张山人站在腰背，正遇到郑子真的目光。

郑子真与张山人有几句对话，张山人问郑子真，先生是从何处而来？郑回答：来所来，去所去。张山人惊讶，何方神仙，不说人话啊。郑子真似乎也明白自己对话的人是当地人，就回到原地。我是谷口人，喜欢这山水，在沟里种地、读书、生活。今天醒来，听到喜鹊在沟沿欢叫，就爬到这里，想看个名堂。张山人大喜，是个读书人啊，张山是一名山，因张果老曾经梦游到此，后人才把我们这个穷山沟叫张山。住在这里的人几乎也姓张，张也是四大姓之一，你读书人到这里，必得正果。郑子真唏嘘一声，我不求果，不追因，只想做一个真真正正的人。活得随心，过得开心。张山人不明白，世间有这等人吗？郑子真似乎看出了张山人的疑惑，我还是回到烟霞洞，过我的生活去了。这是不是真的，无从考证，但这段传奇，民间一直存在。也有说，唐王李世民和韦贵妃在九嵕山周围游猎，曾经到过张山，他们二人喜得一野兔，在山上烧烤，随行的尉迟敬德站在一旁，远远看见几个山民的孩子眼馋地望着唐王烤兔，口水似乎都流了出来，尉迟敬德想去驱赶，没有想到韦贵妃惜民，她叫住尉迟敬德，把烤好的兔子用唐王的佩剑割成小块，示意送给山里的孩子。唐王李世民看到后，非常高兴，爱妃知己，朕的舟楫安好无损，天下太平。现在，张山的后山坡，还有一个地方叫太平岭，相传就是唐王烤兔子的地方。

离开张山的时候，唐王是骑马而来的，上马之前，韦贵妃想去玉皇顶膜拜，唐王一看，山也不高，形似仙桃，就高兴地说，朕随爱妃前行，我们也给玉皇大帝敬献一颗大唐的心吧。韦贵妃非常高兴，没有想到，自己酷爱的君王也如此浪漫。这段佳话，是张山一位逝去的秀才说的，真伪难辨。但因其美丽，人们喜欢这样说，这样传。

在张山民俗窑洞体验地前，这样的故事不胜枚举。

如此厚重博大的黄土地，孕育着生命的一切，也蕴藉着思想的根脉。谁能守住黄土地，谁就能丰衣足食。谁能挚爱这片黄土地，谁就能睡个安稳觉。这片土地，自有他的神性，就是到玉皇顶焚香祷告的神婆，也把个山道踩出神采来。

人间多过客，来去随缘生。

当年历经磨难困顿的诗圣杜甫，在无望时，也到过昭陵，也看到过玉皇顶。是不是来过张山，史无稽考。但在《重经昭陵》一诗的最后一句"再窥松柏路，还见五云飞"，似乎可以看到他在昭陵远望时的心境。诗人心境似乎也不错，那时的九嵕山一带，张山四周，都是松柏连绵，涛声低回。人在山上，只闻其声，难见其人。杜甫有此心境，也属难得。那个时期，张山的坡原上，总有朝拜的后人，驻足昭陵。他们看见五云飞彩，松柏翠绿，心中对盛唐特别向往。那是一个伟大的时代，旷世开明，绝世繁荣。在张山的窑洞里，残存的古老农用机械上我们发现，盛行于大唐的灯盏、铜勺、马鞍、犁铧，依旧保存。只是年复一年，翻修更新，有了些微变化而已。

成了王总的西安年轻人，深爱这片土地，喜欢这处处可以闻到泥土香的窑洞，他在打造窑洞体验地的时候，不断升级、扩大。在张山靠近玉皇顶的最后一道窑洞前，他打造了一个学生假期体验生态民居的窑洞群。这里有延安时期的回忆，有柳青文学之路的痕迹，更有知青时代青春与梦想的烙印。时代的更迭，历史的发展，在张山窑洞都可以寻找到曾经的味道，这味道是生命的赞歌、是时代的呼唤、也是心灵瞭望蓝天的闪光。

为了使学生体验抗战时期的艰苦卓绝、他们深挖洞、打地道、修暗堡、建粮仓，让孩子在真实的体验中，感受黄土地的博大和中华民族不屈不挠的精神，给张山的历史抒写了诗意的篇章。

走出窑洞，满山的杏树，疯长的野草，飞来飞去的雁阵，把张山窑洞体验升腾到了飞翔、奔走、追梦的境地。

谁在窑洞体验地门前伫立，是历史还是现实？

只有经历、只有感受、只有身心的融入，才能真正看到伫立的人。

# 南国归来桂花香

　　一副眼镜，遮挡不住犀利的回眸。无语的背影，潜藏不住有力的脚步。看不尽世间浮华，参不透纷纭彩霞，却能以第三只眼睛直视清澄的爱、切肤的恨。在爱恨之间，手举一把宝剑，剑光所指，是圣洁和公平。

　　这是我见到庞锋后产生的一种瞬间感受。

　　庞锋小我一轮，但见识和学识似乎大我一轮。在这个桂花飘香，柿子挂红的日子里，庞锋和他的爱人，一位很有才情的女子，来到我的怀竹山居。随他的有他的小孙女，陪他们的是崔存文和马宏茂。第一次相见，就好像久未谋面的老朋友，亲和自然，斯文温存。存文和宏茂是陪他们夫妇观光九嵕山，游览唐昭陵后来到我家的。一进院子，他们和我一样，特别喜欢满院的竹子，庞锋未就坐，先到竹林下摸摸劲拔的翠竹，看看我院子的石头、拴马桩和一幅唐仕女壁画，握手的余温传递在怀竹山居的角角落落。

　　庞锋少年成名，走出北大校园，和自己喜欢的姑娘奔赴南国，在粤地找到自己灵魂的栖息之所，然后出任《经济日报》前沿记者，后下海经商，业余投身创作，兼《作品》杂志社评论员，东莞厚街特聘文化名家。和一起成长、一起创业的才女赵军妮共同创作出版了散文集《厚街味道》。在我给他们泡茶的时间，宏茂说，庞锋带来了他的著作，签名送给你。我很高兴，礼泉这块热土，蕴藉着谁也不能小视的青年才俊。庞锋就是一位优秀者、杰出者。

他很谦和，看了我一眼，似乎在说，董老师，拙作菲薄，不吝赐教。也许，他想说，我虽远离故土，但心系黄土地，笔下流动的是甘河的水，礼泉的水，正因为这风水，滋润着我们的灵魂，使我怀古思今，拥抱未来。

我捧着《厚街的味道》，但我却感到有一种气韵传遍全身，我感到空气里都弥漫着一种乡愁和家国情怀。赵军妮的《故乡落雪了》，庞锋的《乡愁的老屋》，无不散发着对北国人文、风情、文化的挚爱。而《文竹》和《爱，澄澈如水》，则蕴含着一种气象，对父辈的大爱和敬畏，对爱情的执着和豁达，使人读出了气节、读出了《诗经》的况味和意蕴。而仔细品味，也就领会了作者喜欢谢有顺先生所说的"从世俗中来，到灵魂中去"这句话的深意了。

《厚街的味道》是庞锋和爱人赵军妮合著的一部散文集，一部带有地理坐标和散文标杆的散文集。他们的散文都带有乡土情结，同在厚街感怀，共享文字盛宴。军妮细腻处有哲学意味，寄情时有感怀思绪，文字简约、朴实、筋道。而庞锋处在云端看山水，辽远处的日出日落，空旷处的飞霞流云，都在他笔锋下宛如河流或者山岚。动有动的节律和韵味，立有立的姿态和尊贵。散文的技法并不重要，要的是心灵的呼应和灵魂的颤动。正如庞锋自己所说，"散文中的发现，是灵魂的起舞，有哲学的余韵和思想的火花"。而呼应与颤动，非思想不可企及，非诗意不能抵达。

在我和庞锋聊天的时候，我们谈到了南国的文化关怀和北国的文化冷漠。在东莞厚街，庞锋被聘为文化名家，给他创建了自己的工作室，每年给他将近三十万的创作资助。一个南国名镇，在文化投资上舍得，在文化关怀上舍得，在扶持新人上舍得，舍得资源、舍得资金、舍得时间，以舍求得。舍去的是实实在在的东西，得到的是精神的滋润、灵魂的月光、思想的火焰。这是何等的远见卓识，何等的气派和风度。而北国，会议上喊重视文化、领导处处讲文化自信、四处弥漫着文化的意蕴，但实际操作中，一切都化成泡影。是不是我们的文化太深厚我们不易发现，是不是我们看惯了文化积淀而忽视了文化的绵延，一切都是未知。但处在文化前沿的捍卫者，依然坚守着自己的阵地，挚爱着这方厚土，用手中的笔讴歌这个伟大的时代。庞锋很认可我的说法，他说，欢迎咸阳的作家朋友到东莞去，去看看南国的天、南国的云，也许，另一种感动和思绪会飞扬起来。

离开怀竹山居时，庞锋和军妮都很感动，不是因为我，而是我院子挺拔的竹子。在他们看来，竹节是文人的气节，竹子是文人的骨骼。一个文化人，当挺拔云天，当傲骨如竹。临别时，庞锋还是走到竹林下，摸摸新生的竹子，仰头望着蓝天，真好，这个桂花飘香的时节。真好，故乡的八月。

# 神性沣西的世纪之约

　　一段时光的瞬间闪光会成为永恒。一个地域的神性嬗变会成为永远。走在沣西，天地阔新，山水灵秀。一条河流与一条河流的交汇和碰撞，一个人的才情与一个人的智慧在这里凝聚发光，使得沣河的水记住了秦岭的苍茫，使得渭水的悠悠蕴藏着历史的叩问。是谁在挥舞手中的长练，彩虹着沣西这块神性的土地，是谁在打开沣西敞亮的窗户，迎接着碧水蓝天一片繁盛。

　　曾经的采诗官没有想到，蒹葭苍苍，在水一方，会诞生一片梦想的沃土。曾经的姜太公没有想到，愿者上钩只是心中莫名的怀想，而今的沣西，人才荟萃，追梦的脚步奏出了奋进的强音。那些沉积在地下的汉代铸币厂，被历史铭刻的沙河古桥，还有流传民间的龟兹古乐，媳妇手中的"剪花娘子"，百姓讴歌美好生活的农民画，都在沣西演绎着神性的故事，给这片土地增添了无穷的魅力和令人遐思的未来。

　　没有的必将会成为现实，新出土的幼苗在阳光和水土的滋润下必将长成参天大树。沣西正以新的姿态行进在西部创新的洪流中，闪耀在西咸大轴线的旋转中，给渭水云天一片蔚蓝和高远。创新港的崛起，绿色环保的形成，经济发展圈的兴盛，科技领先的翅膀，把沣西带进了一个全新的时代，一个令后人镌刻，令今人赞叹，令时光永驻的神性时代。

　　看看沣西的人流，哪个人的脸上不洋溢着灿烂的笑容，这是自信、幸福、快乐、希望的笑容。看看沣西的大道田野，无处不孕育着生机、梦想和未来。在创新港，学子与教授的对话，每一个眼神都蕴藏着先机。在西部云谷，创业者与奋进者的对话，每一个逗点都蕴含着力量。在沣西新城管委会，主任与部长的对话，每一句都是掷地有声的、充满思辨和判断的、富有创造和发展的。

走在沣西，如同在未来的世界行走。一切都给人惊喜、赞叹和惊异。喜的是，曾经沉睡的大地苏醒了。赞的是，不曾设想的变化梦幻般地出现在我们眼前。惊的是，这是一块不可小视的土地，不敢想哪一天哪一时会忽然出现壮观之景和奇观之变。看着沣西的挂图，在关中大道，真是一个宝葫芦啊。两条河流勾勒着葫芦的外线，创新港形成了葫芦的根蒂，丰沛物华和现代化的节奏和突变，是葫芦的内核。这个葫芦啊，既有水的细润，更有科技的支撑，使得宝葫芦泛着金光，蕴含着神奇。

穿越历史的隧道，在终南山下翻看上下五千年的文明，在渭水之滨思考着李杜曾经挚爱的这片土地，诗性的沣西和神性的沣西凝聚在一起。不去看金戈铁马时代的秦汉大唐，不去想多灾多难的宋元明清，抓起一把沣西的泥土，闻一闻，摸一摸，那个翻过历史年册的过去沉积了，那个吟诵采菊东篱下，悠然见南山的诗人远去了，在创新时代召唤下下，一座海绵城市正在悄然崛起，一个孕育梦想和未来的沣西正在插翅高飞。

走在沣西，我神魂随之而动。我很想躺在这块大地上酣梦一场，可是勃发的气象使人心潮澎湃，我怎么能入睡呢？睡着了我也想梦见周公，和他来一场世纪对话，哪一个心怀梦想的人不想奋起直追。睡不着，那是因为，我和沣西有一个世纪的约会，历史怎么写，那是后人的事情，但我将和沣西在一起，共同见证这块神性的土地必将会发生的巨变。

来到沣西，不愿离去。就是人去物移，我将会把自己的心浸泡在这里，与沣西同在。

因为，我和沣西有一个世纪之约，握手再见时，天府形胜，人当入梦。那是一种甜蜜的幸福之旅，更是一场浪漫的时光之游。

# 秦王寨怀想

潼关有一个村子，南依秦岭，北望渭水，西眺华岳，东临黄河，经千年风雨，城郭犹存，寨门洞开。历史的涛声不绝于耳，时代的旌旗迎风飘扬。这个村子名曰秦王寨。

秦王寨是潼关县太要镇的一个文明社区。2019 年 12 月，被陕西省文化旅游厅命名为 2019 年陕西省旅游特色名镇及乡村旅游示范村。同年入选第一批国家森林乡村名单。2020 年 8 月又入选第二批全国乡村旅游重点村名单。可谓天时地利，瑞气祥和。村里有党员活动室，有农耕文明陈列展览馆，馆里的文物，展现着时代的印痕，体现着秦王寨人热爱农耕，不断创新的奋进精神。

我们到秦王寨时，天空飘着雨丝，冷风中红叶飘零。似乎天地在问询我们，来者何往，去者安在。我自然回答，看秦王寨风景独秀，想今世辉煌何在。因为我来自长安，大唐的气象犹存，想那开创了"贞观之治"的李世民，玄武门上演历史的惨剧。一曲未散，就使人想起身为秦王时的壮怀激烈。也是那时，秦王率领部署，驻军此地，招兵买马，整肃训练，一举剿灭盘踞洛阳的王世充，后人便把此地命名为秦王寨。

秦王寨巍然高踞，独坐华岳之下。寨子四面环沟，地势险要。有天下丰沃良田供给，亦有虎踞龙盘之势，是天然的军事屯寨。在秦王寨北，我们看到了一眼马趵泉，泉水清冽幽深，碧波怀抱山川。据《继潼关县志》记载："唐太宗为秦王时，兵驻其地，苦无水。系马其处，马趵之，泉忽出，遂得饮。"后人遂称此泉为"马趵泉"。马趵泉水量丰盈充沛，甘甜爽口。该县志云："方数丈，澄澈渊涵，时方溢出。"《潼关乡土志》说，清末。马趵泉可以灌溉周围村邻数百亩田地。想那时，泉水淙淙，军士威武，秦王骑着自己赤色爱马，西望华岳雄奇，如刀剑切割，心中涌起万丈豪情。似乎天下至尊，如华岳在胸。一代帝王的英气和豪气在黄河涛声中孕生。这也成了秦王寨乡民的一种精神，一种融于血液中的追望精神。自强自立，雄关放歌。而今，马趵泉成为一眼静泉，水甘冽清平，波浪不兴。虽是名扬天下，但在深秋时节，总有几分清冷。或因时令之故，来者寥寥，泉好孤寂。在这样的时刻，我们走来，带着惊奇、喜悦和追问，站在马趵泉前，眼前似乎飞来一批骏马，扬鞭奋蹄的不是秦王李世民，而是追梦奋进的时代青年。看着几片红叶闪耀在碧水之上，听着林中小鸟的歌唱，我狂热的心顿生追思怀古之感。

马趵泉的马是昭陵六骏中的那匹马，它一蹄子趵出一眼泉，真是上苍护佑，人间出奇。据考证，这匹马就是秦王征讨王世充时骑的什伐赤，是一匹来自波斯的红马，纯赤色，性刚烈。在洛阳和虎牢关之战中，身中五箭，依然腾驰疆场，深得李世民喜欢。在"昭陵六骏"题诗中，唐王李世民诗赞什伐赤："瀍涧未静，斧钺申威，朱汗骋足，青旌凯归。"可见李世民对战马的喜欢和取得战争胜利后的兴奋之情。

昭陵六骏是大唐开国后，李世民为了纪念曾经在六次大战中立下赫赫战功的坐骑而诏令工艺家阎立德和画家阎立本，用浮雕描绘六匹战马列置于九嵕山北麓，昭陵陵前。是唐代石刻中的精品，体现了唐代雕刻和绘画艺术的高峰，是中华文化绵延的历史见证。遗憾的是，1914年被袁世凯的儿子袁克文令文物商人卢芹斋贩卖到美国。在盗卖过程中，因石体庞大，不便搬运，将六骏中的飒露紫和拳毛騧打碎装运，从泾河漂流盗运至北京，袁克文看到后"怒估人之剖石也，斥不受"。后被卢芹斋卖给美国文物商人，流落海外，现一直陈列在美国宾夕法尼亚大学博物馆。其余包括什伐赤在内的四匹石刻骏马在偷盗中被当地百姓阻拦，现陈列在西安碑林博物馆。

这些过往，使人对秦王寨的前世和后世有了怀思和畅想。当年那匹英勇善战，伤而不馁的什伐赤是怎样的一匹神马，它奋蹄一跞，竟为后世留下一眼千年不老，深幽清洌的甘泉，给秦王寨后人几多感念。一眼马跞泉，是秦王寨有了灵性。这在秦王寨陈列馆可以看到，一块肥沃的土地，一群勤劳智慧的生民，在农耕文明中，延续着中华文化的血脉，也是长安和潼关有了天然的呼应。城市文明和农耕文明，在交错中，点亮了秦王寨超越发展的心灯，眼前看到的，是一派飞翔蒸腾的气象。

在秦王寨马跞泉景区，我们在随行同志的带领下，参观了秦王寨历史博物馆，馆藏文物可谓琳琅满目，珍奇比比。据说，这个博物馆是一个私人捐资建造的博物馆，管里有镇馆之宝陶铸九莲灯，也有憨态可掬，拙朴可爱的陶猪俑，更有历代惊喜到纽扣、发髻、灯盏等物件的金银饰品。由此可见秦王寨和长安一样，历史深厚，文化荟萃。遗憾的是，没有看到秦王李世民的玉印和有关秦王寨的文物。

说起这块玉印，使人想起十三棍僧救秦王的故事。在秦王李世民东征时，驻军军纪严明，秋毫无犯。一对河南夫妇听说后，逃难到长安地界，返回河南时，途径秦王寨，拾得玉印一枚。一日，夫妇闲聊，说起此事，这块玉印是一个逃荒时被抓的郎中丢失的。少林和尚聪慧睿智，问起这对夫妇，看了看玉印，他们相信，这个郎中一定是刺探军情乔装打扮的李世民，被守将王仁则关押在洛阳城。最后十三棍僧决定营救秦王李世民，他们相信这个秦王会给天下带来祥和，营救秦王，是为天下造福。这十三棍僧武艺高强，飞檐走壁，潜入洛阳，一番恶战，救出秦王，并夺得战马十四匹，连同玉印一同交给秦王，随后和秦王一道，共剿王世充，平定洛阳之乱，为大唐立下不世之功。

这个故事在秦王寨广为流传，就像秦王寨马趵泉的泉水一样，荡漾在这块土地的生民心中。也是这种泉的甘冽清纯和人的侠义和大义，给了秦王寨人立世的美德。在秦王寨党员活动室，灯火通明，村民和党员的心中燃烧着挚爱和奉献的激情，打造美丽乡村，造福后世子孙，是秦王寨人的追求和向往。

在秦王寨的乡间，淳朴和善良、智慧和勤劳、追梦与未来，装点着五彩斑斓的秋天。别去离愁抬望眼，华岳峭立天外天。我自心随春风荡，阔步迈出古潼关。我相信，不远的将来，秦王寨不仅仅属于太要、属于潼关、属于渭南，它必将迈着矫健的步伐，东出潼关，名扬天下。

这是历史与时代的呼唤，也是秦王寨人坚定的信念。没有走失的路，没有丢掉的魂。秦王寨，必将在春风十里送长安的欣慰中昂首向前。一路好风光，一路好年华，伴随着新时代的最强音，走向高岗，眺望远方。

# 春醉咸阳

渭水滋润着关中，泾水环抱着咸阳。一座存在和发酵两千多年的城市，在这个春天有些陶醉。

杜甫离开了茅草屋，站在五陵原上，那些国破山河在的感慨已经沉寂，而眼前是桃李芬芳四月天，诗人是忧国忧民的，但更是痴爱大自然的。一场春雨，已经酥软了诗人的灵魂，他只有歌唱，只有华发早去春已归，王谢堂前燕归来。

而李白，则笑看花开护栏外，只闻鸟语梦中人。"云从石上起，客到花间迷。"在这个城市，渭城早在朝雨中崛起，秦都随着踏春的脚步走向未来。李白过眼看云，蓝天高远，远山青翠，这个狂放的诗人，醉卧绿草岸，独看梨花开。

而开放的岂止是梨花，那原上一片一片的油菜花，把太阳的光焰揽在怀里，给天地炽热和金色。那绿油油麦田的对岸，粉红色的桃花笑弯了腰身，枝头烂漫的不是花色的舞蹈，而是浸染智慧和勤劳的眼睛，在走出屋子，迈步田野是瞬间，看透了春的内心。唯有爱或者奉献，春才是自己成为一种标志，一种精神的向导。

咸阳，就在春色中陶然。像一仙子，飘然在渭水两岸，看不厌流光溢彩的城市，看不尽花开宫阙时的妖艳。一个把自己裹在历史中的城市，摆脱了羁绊和牵挂，站在廊桥上赏月光，而扑进视野的是繁花似锦的夜晚，春色弥漫的天地。似乎田野的野花迷离，山野的星星草闪烁，唯有大地上蓬勃的树木和花朵令人心动，而独露峥嵘的山茶花悄然开放在女子的梦里。诗心不老，咸阳想念无数走过这片土地的诗人，想起塞外戍边的秦人乡亲，想起一路向阳的使命和担当。

　　不为开放，只为奉献一片芳香。不为存在，只为明天的太阳更加辉煌。咸阳在春色中微醉，但心志独醒。现代农业观光园的路径上，花色烂漫而不知其名。城市街道两边的花篮鲜花露放，却不知花从何处而来。一切在迷醉中叫人心神舞动，而一个名不见经传诗人的一首《春游曲》叫人思忖良久，"万树江边杏，新开一夜风。满园深浅色，照在绿波中。"看似清浅，淡然，却给人无尽遐思。

　　"草树知春不久归，百般红紫斗芳菲。"韩愈的这句诗似乎不是从唐代而来，我从中却听到了咸阳的声音。在今年花开逛咸阳的人潮中，有登上汉家陵阙，一览朝霞落原上，花开四季香的游子和亲朋。有漫步渭河滩头，收尽风光万千条，乐游不思归的宾朋和乡党。有独步九嵕山绝顶，放眼关中沃土，万紫千红入云端，阡陌交错传歌谣的儿童和少年。有骑马放歌的猎人，在鹰隼的带领下，穿过黄土高原，跃马塞外的咸阳人，把故乡的春天带给远方，让世人认识历史和现实中的咸阳。

　　腾飞和壮大，是咸阳的梦想。春天是孕育希望，孕育梦想的季节。在花开咸阳，人间芳菲染春色的日子里，咸阳似乎喝了一壶老酒，醉意中拔地而起，一手抓着烂漫的桃花，一手牵着赏花的女子。花是春的天使，女子是春天的朝气。醉意中的咸阳明白，赏花当知花开难，花开春晓闹红颜。要得一季花芬芳，半年光阴藏梦想。

　　春醉咸阳，咸阳在醉意中清醒，不因凄迷的花季而沉醉，只因大美的咸阳而心醉。一切都在勃发，一切都在嬗变，智慧和勤劳的双手，抓住了机遇，在春色烂漫的日子孕育明天，明天必将告别现在，以崭新的娇容，踏着春的舞步，行走在山水之阳。

　　春醉咸阳，咸阳在沉醉中拥抱未来。春醉咸阳，咸阳在春意中独步神州。

# 天边的云

想留住时间的光华，就得有豁达的心境和崇高的追求。想铭刻岁月的记忆，就得守住本心和不倦的自问和反思。这是我看了杨杰红色记忆博物馆后产生的一种想法。这天，虽然是初冬，冷风似带刺的问候，日子似脚下的道路，天空云雾蒸腾，阳光在云隙和大地的呼应中起舞，人的外在有一丝犹豫的气息，搅扰着不安的心。出得门来，天边一抹红云，似在散去，也似在召唤。对红色记忆的渴望，使我们奔向了泾水之阳。

见到杨杰，我很惊讶。在许海涛的叙述中，他是一个非凡的人，一个把爱与忠诚奉献给党和国家的人。可一见他平凡朴实的样子，我想到了耕地的农民，一代守望家园，日出日落，牵牛赶车，拿着镰刀割麦子的老实巴交的农民兄弟。可一走进他的院子，别一番氛围令人感动。正墙上镌刻着一行红色的毛体大字"先锋，红色记忆藏品展览馆"。下面还挂着一道横幅，写着"学党史，知党恩，跟党走"。再向下看，一幅圆形红色展板闪现眼前。展板上有毛泽东主席的金色头像，头像下两边刻写着两个字"忠诚"。年代的下面，是四朵向日葵。整个展板庄严肃穆，很有年代感。在院子四周，摆放着文物古藏品，大都是石器雕刻的狮子、老虎、上马石、门柱等等。走进展馆，主席塑像、纪念章、那个年代的红头文件、托盘上的主席画像、主席不同时期的著作、样板戏的宣传画、小人书、手工艺，等等，无不保留着那个时代的记忆，使人回到了那个火热的年代，一种强大的力量召唤着我，使我眼前一亮。我似乎看到了天边的云，浮云尽散，一路阳光灿烂，使我眼界通达，心境昌明。这力量来自于我的农民兄弟杨杰。

看着他，我肃然起敬。

在他身上，不仅仅是闪光，更有神秘的力量，使他坚定着自己的信念，一路走来，心无旁骛，执着向善向美，在无悔的时光里，永葆一颗红色的心。

他本是口镇曹村的一个农村娃，自小受到父亲的影响，喜欢永雄，懂得报恩。说起他的父亲，杨杰眼光中满是兴奋。他父亲参加过中条山战役，面对面和鬼子进行过厮杀，腿部中弹都不曾发现。当他看到死去的和站在山上狂喊的战友，他才发现自己腿部流血，子弹穿过了腿部，一抖擞，人就散了。但他依然高喊，我们战胜了，我们战胜了。就是这样的父亲，在杨杰九岁时，早早离开人间。那时的杨杰不叫这个名字，他的原名叫杨抗战。那是父亲为了纪念中条山之战而给他起的名。父亲去世后，家庭的重担落在了多病的母亲身上。那时，家里有老有小，一家五口人，日子艰辛、难熬，要不是党和政府的关爱和帮助，他们一家人很难活到现在，更不要说儿孙满堂了。在那时，他就对新社会充满了深深的爱。后来，他上了学，读了"生当作人杰，死亦为鬼雄"时，他给自己改了名。不仅仅是要成为一个人杰，更想使自己的一生风光杰出。杨杰，就是这样一个农村娃，在启蒙和求学的道路上，注定了自己一生不凡的历程。

三年困难时期，杨杰早早回到家里，帮母亲料理日常。他种地、割麦、收秋、拾棉花、挖红薯、甚至放羊、养猪、喂牛，农村人能干的活，他都干得很出色。在他母亲眼里，他是一个懂事孝顺的儿子，也是一个能挑起大梁能走得很远的儿子。而杨杰也很机敏、很活道，改革开放后，他看到了发家致富的风向标。他说，政府给咱们好政策，是让我们富起来，那咱们还不抓住机遇，如果错失，那就悔之晚矣。他是这样想的，也就这样干了。那时，他走街穿巷，卖猪杀猪，当起了屠夫。一天下来，能杀十几头猪，一头猪可以赚五块钱，忙活了一天，就有艺泰安的回报。挣得不少，积蓄不少。他说起这段往事，很是兴奋。他说，那时，收猪杀猪，都交给供销社，为了表彰先进，他还参加过全市杀猪比赛。说起比赛，他很佩服供销社一位名叫西凡的朋友。说他们比赛，先拉一头猪过来，第一道，看眼力。考官问，这头猪能出多少肉，多出多少下水，多少板油？考生不必回答，只需写在纸上就行，待你杀了猪，你的眼力到底如何，才能见分晓。而杀猪，也是要看时间的。那个西凡，从赶猪到屠宰，把一个活蹦乱跳的生猪，变成白白净净的猪肉时，他用时就是 9 分 18 秒。真是神速啊，杨杰赞叹。其实，他也不慢，可以达到 9 分 35 秒。自然，西凡成了冠军。而杨杰，靠着杀猪、卖猪肉，几年下来，家境殷实，财富喜人。他从口镇的曹村搬迁到县城附近的先锋村，成了泾水之阳的一代奇人。

在收猪贩运的过程中，他就开始了跑家的生活。留心身边别人遗忘或者漠视的历史遗存，他都视为珍宝，揣在怀里，带回家中，日积月累，家中已经有了不菲的藏品。直到后来他老了，把事业交给了孩子，而自己，则一心守望者岁月。他跑遍了泾水两岸，走完关中南北，甚至独自闯到岭南，在水韵江南苦苦寻觅，把各自家中悬挂的毛主席像或者珍藏的毛主席像章，或者那个时代印痕很浓的文件、相片、报纸、镜框、水杯、饰品等，都收回到自己家中，把一个三层阁楼，摆得满满的，放得齐齐的。在他独处的时候，他常常陶醉在自己的藏品中。他想，与其独自欣赏、追思、敬仰，陶冶心灵，澄明心境，何不办成一个私人博物馆，让更多的人不忘初心，牢记历史，明志定魂。一个民族，如果没有自己的精神和追求，那这个民族还有什么值得骄傲的呢。一个人，如果没有对过往的追思，对先辈的怀念，对英雄的敬仰，他活着，还有什么意义。杨杰这样想时，他为自己的这个想法心跳、血热、激动。这个博物馆应该如何定位，才能体现自己对历史的担当，他请教了很多学者、民间艺人和老百姓，大家都说，你心中有一抹红云，那就叫红色记忆多好。听到红色记忆这句话，杨杰几乎要跳起来了。这个年过六旬的老人，像少年，更像青年，满面红光，热血激荡，整日守在藏品室，分类整理，逐件摆放，不到三个月，这个有着四个展馆的红色记忆博物馆诞生了，这一天，正是杨杰的生日，他站在挂牌的现场，望着天边的云彩，眼前一片豁亮。

他说："我一生的心愿就是为了永记党的恩情，用自己的年华，装点美好的生活。"接着他又说，"我爱党爱国，心里装满了阳光，爱的世界都变得灿烂。正如天边的云，云散见旭日，一路好风光。"

# 立碑

今年，父亲过世快三年了。在三周年来临之前，我想给父亲和母亲立一块合葬碑，立碑前给坟的前面栽三棵柏树。一是纪念我的父母，给家族后人一点念性。二是柏树长青，生命绵延，喻示着后继忠善，人生灿烂。三是寄托我的思念，希望父母在天堂过得幸福。

要说我父母，都是本本分分的农民，一生与泥土为伍，所有生活的动力都是希望自己的孩子能走出泥土地，有一个更大的发展空间。为了这个念想，他们守在泥土地上，日出而耕，日落而息。把日头从东背到西，把自己一点一点埋进泥土里，用自己的血汗浇灌亲手撒下种子的土地，梦里都在想着那些长出的禾苗是否能够苗壮成长。

父亲早年丧母，从小生活在家族的亲疏、爱舍、远近之间。我的祖母现在还安葬在秦河沟道，和我的祖辈开荒、耕种、生活过的北地在一起。三十年前，我的父亲想去哀思、追念、看望他的母亲，叫我开车去。我没有犹豫，和父亲一路向秦河所在的淳化县奔去。一路上，父亲一直看着窗外，说到他青年时期，去安子洼煤矿用架子车拉煤的事情。那时，他长途跋涉，来回走的是川道、山路、隘口，哪有现在的水泥路柏油路。想到自己的母亲，眼眶似乎有热泪涌动，我知道，父亲一直有一些遗憾，对母亲连一个清晰的印象也没有。一个没有娘的孩子，在那个年代，是何等的辛酸。我们的车子，在秦河沟道停了下来，父亲走下车子，看着一块黄土塬，带我们走过几孔窑洞，父亲对自己母亲的安葬之地非常熟悉。虽然多年没有来了，他一眼就看到了那堆黄土，离离蒿草，他扑通跪了下去。我没有犹豫，跪在父亲的身后，给祖母烧麻纸、送冥币、送衣被、送祭品，然后磕了三个响头，起身后，父亲抓起一把黄土，轻轻安抚在坟头。后来我们一大家在我祖父的带领下，回到了上古村。据说，那里水土不养人，三代有绝后之说，为了家族和后辈，我的父亲和他的家族一起回到了现在的老家。走时，没有带上我祖母的棺椁，这也是我父亲一直以来的心痛。后来，他想过迁坟，但我爷爷说，怕惊动了我的祖母，动了家族的脉气神位，也就没有迁动。就是在我的父亲将要离开人世的时候，他吃力地望着窗外，我明白，父亲想他的母亲了。这一走，快三年了。

　　而我的母亲是早我父亲先走的。母亲一生辛劳，远近闻名。

　　我的外祖父去得早，我的外婆有八个儿女，我的母亲上面只有一个哥哥，而弟妹就有六个，个个年幼，衣食住行，都是我外婆和母亲操劳。来到我们家里后，父亲孤独一人，我爷爷早年救了一个从河南逃难的女子，两人相依为命，过到了一起。我的父亲从小就没有享受过真正的母爱，和我母亲成家后，早早就和爷爷他们分开住。我的母亲来到上古董家后，我爷爷弟兄五个，个个儿女都好几个，他们成家立业，他们父母的生活，都有我母亲付出的心血。我母亲因为遗传的缘故，肺上有些问题，尽管我花费了很多精力挽救我母亲的生命，但命运无常，母亲还是在她72岁的时候离开了我们。走时没有痛苦，就是先一天，还在和村子的婆娘邻里在一起，第二天下午三点就匆匆走了。走得安详，走得坦然，因为她一心牵挂的儿女们已经成家立业，家族出现了复苏的气象。

　　时间一晃，父母都已经在天堂相遇三年了。眼看着父亲去世三年将近，立碑是必然的。回望我的父母，普普通通，平平凡凡，用一生呵护自己的儿女，没有大喜，没有大悲，在生活的波浪中划一条小船，摇摇晃晃到了彼岸。为各自的命运画上了一个不圆不满，但也实在、真实、朴素的圆，也算对得住上苍给自己一次生命。毕竟，从耕地、播种、收获，到爱人，善待、勤奋，一生过得踏实、安心、知足。虽然没有创造华屋、楼堂、金箔，也没有给人高大、不凡、明亮的印记，但他们的生命是饱含热泪、热血、热望的，他们是我心中永远的太阳。所以立碑昭示后人，是必需的。但我不想立雄奇、高大、夺目之碑，立碑就是为了纪念，而不是显耀。何况我普通平凡的父母一生低调，一介贫民，只要活在我们心中，给我们永远的思念和永恒的回眸，能永远和黄土地在一起，永远埋葬在他们生活过的黄土地里，那也是非常欣慰的事情。

决定立碑，我就告知了弟妹，着手选碑、刻字、制碑一系列事情。三月中旬，在九嵕山下的沟道看到飘落的柏树种子长出的幼苗，便向山神祷告，取了三株，带回父母的坟前，挖坑、浇水、栽培，使山的底气和树的神气相协调。柏树在四月就已经根实杆直，长出幼芽了。而碑石在王桥选定，和刻字人说好，字要方方正正，碑要不高不矮。方正是人之本，中和乃华夏之道。普通人立普通碑，也是父母一生做人处事的启示。坟前一块碑，尽说世间事。不是碑高大奇伟，就能证明人的一生轰轰烈烈，多彩风流。有些人死后骨灰尽撒大地或者大海，依然活在百姓心中，使后人难以忘怀。而有些人，一生未有大成，处事待人私利为先，人生寡淡无色，却碑高夺人，无非引人眼球，甚至使人侧目罢了。这不是我的父母所愿，他们从没有想过给自己死后立一块碑，但我得记得，就是普通人，也有普通人应该铭记的旧事往情。

我父母的碑将要立在村北公墓他们的坟前，这块墓地地处旱原荒坡地上，地偏东南，斜翘西北。自有头枕唐王陵，脚蹬咸阳城之说。村人说是一块福地，其实就是一块不能浇灌，庄稼难长的荒坡地。碑立此地，不占耕地，父母心安，我亦心安。

# 人世的雪和落叶

　　一个诗人说，一生的雪，也不一定能够填满人世的沟壑，但雪还会落下。落下来，它就抱起了整个世界。这话勾起了我对雪的怀想，一场飘飘洒洒的大雪，不就是人的一次淘洗和礼遇吗？在深冬时节，干旱和冷风叫人彻骨铭心，久盼的雪似乎去了他乡，是川端康成的雪国，还是迟子建自己那个世界的雪？无雪的日子心都有些干涸，日子中的男人和女人都成了干柴燃烧的焰火。田野风起烟尘，土地在静默中张开臂膀，想象着雪落大地的时候自己将会怎样的欣狂。喜到只有叹息，只有无声无息的落叶在悄然而舞。没有观众，只有自己轻浮的舞姿，在冬日的晨风中聆听消失和腐烂的最后挽歌。而我站在屋前的槐树下，期待着落雪，拥抱大地。

　　撕裂是为了缝合还是为了毁灭，断流是因为源头无水还是山间无雨。雪落下的时候，一切都将被掩盖，包括狂妄、痴想、糜烂和堕落。而一颗心是沉沦不了的，也是无法被遮蔽的。看那旋起的落叶，把树的气象剥夺了吗？树没有了叶子，但枝丫抖擞。绿色的旗帜飘扬而去，金黄的日子暂时告别，但扎根的躯体依然终于大地，面向蓝天。当雪花飘飘而来，树干就接纳了停留在枝叶上的雪花，与自己形成一体，雪绒花的诗意也就在树的伸手间感染着爱自然爱雪的人。雪不是落在山川、河流、大地上，而是落在了我的心间，使我在一夜间洁白了思绪，平复了伤痕。告慰歧视和冷遇着的落叶，幸福的脚步就在飘落的瞬间降临，春泥和萌芽，梦想与翅膀，把一个冬天的秘密告诉给了落叶，而落叶却在无声中肥沃了土地。那么渺小的我和逝去的时光怎么能容在一起，只有抓住时光的手，在落雪和落叶的对话中，寻找丢失的自己，破解轮回与新生的话题，抬头望天，世界格外灿烂。

我曾走在大雪中，靠在一颗大树下，感受雪落北国的那份静谧。无垠的皓白扫尽了万里残云，灰蒙蒙的天空似乎像个穹庐，而唯有雪的圣灵在飘洒着自己的风流。沉静和安详在大地悄然升起，人的魂灵似乎被雪融化，在泥土深处爆发着生命的绝响。沉默的那一头自然是爆发，而爆发也不是为了展现沉默的力量。那就是一次雪崩前的祥和——无风无声。那也是一次闪电前的惊雷，震天撼地。在我独自面对雪原的时候，思绪是自己的一种别样的存在，就如同落叶随风而舞，那是树的声音和影子在大地走动。不为了证明什么，只是一种爱的表达。

雪爱大地，是全身心的。落叶爱大地，是以腐烂消融为使命的。我爱这个落雪时节，是因为有因喜欢雪而一起赏雪的人，把自己站成一棵掉落完叶子依然扎根泥土的树。有这样的比肩而立，在雪地上独构一处别样的风景，也是人世最美的事情。于是我想写下一段话，告诉我的朋友，雪纯净得没有了自己，把白色的梦想看成一世的坚守，用自己的渺小覆盖壮阔浩大，把一个多变的世界化解在一袭银白里，肃穆和庄严，是生命的赞歌。而你，是我心中的落雪。透过一片落叶看世象，你获得了无上的荣光。在我赞叹的时候，我只看到雪悄然落在我的窗前，晶莹的晨光折照着你五彩的梦，单一的雪，在我的日子成为诗人一生所爱。

没有比雪更圣灵的了，那个站在雪地上的少年，已经扶起了眼眶边的老花镜，在手抓落叶的时刻遥望落雪，心不再是河流和鲜花了，只有雪落的声音叫人揪心。遥望一生的雪填满了人世的沟壑，看着雪抱起了整个世界。诗人啊，我们何尝不在雪的世界拥有了人世的篝火，一堆冬天的篝火，叫人世温暖如春。

# 清明忆山岚

我的手机里现在依然保留着山岚的号码，偶尔不由自主了就打了过去，很想听到，董哥，有何安排的话，但一拨，那边就传来，你拨打的电话是空号。我茫然，静坐一会儿，才恍然明白，山岚已离开我好几年了。

在我怀竹山居的客厅，一直挂着山岚的一幅画，画的名字叫"枯蓬"，画面是一只独立的孤蓬，蓬头向着蓝天，支撑孤蓬的荷柄瘦骨嶙峋。孤蓬边，一个清瘦的背影，不知要去何方。他背着手，似在思索或者探寻。画上还有四行题跋，字是徐曼娜的字，文是山岚的文。文中题道：松瘦莲蓬一盏灯，灿然佛光照我行，友人笑我爱光浴，涤除病垢得轻松。而我似乎记得他曾经说过这样的意思——孤蓬随风立，我自向天笑。莫问何所往，前路独苍茫。从中可以看出，山岚的心境，也暗含着我对山岚命运的忧思。

我和山岚、赵博算咸阳文坛三剑客。我们常常同乘一辆车，不是赵博开，就是我开，山岚不会。他经常笑着说，多亏一兄一弟，才使我走江湖，下长安，去了好多名山大川，走了江南四大名镇。记得我们同去山底看杏花的时候，山岚的文人气质全留在了杏林。他左拍照，右拍照，把烂漫多姿的杏花留在了记忆中，也镌刻在心灵深处。他是一个非常热爱生活的人，树下长出了一株小草，他蹲在地上，仔细端详，然后发思古之忧情，感慨道，天地造物，各有灵性。一株小草，就是一个蓬勃的生命。人如果能如小草般倔强，枯了不怕，春来了，依然草色茵茵，蓬勃向上，那是多么美妙的事情啊。赵博笑着说，山岚兄善良厚道，自然万物，都是爱。山岚对答，人就是草木，一春一秋，惜之爱之，才无愧平生啊。

山岚就是这样，在苏州园林，他独自逗留，再三回味，总是不舍。在寒山寺，他没有听到夜半钟声，倒看到孤僧念经。在周庄古镇，他遥望水乡，想起站在乌篷船上的鲁迅。在秦淮河，他没有说起杜十娘，倒念叨起秦淮河上的桨影来。也许正因为如此，他笔下多是文化味绵长的文字，心中总荡漾着碧波上的帆影。

多愁善感，是文人的情绪，也是山岚独有的品性。他爱自己脚下的土地，更深爱这块土地上滋生的文化标识，他走了彬塔、看了三原的城隍庙，探寻了刘古愚的烟霞草堂，拜会了中五台，所看所闻，都留在文字里，于是才有了文化散文集《乡愁咸阳》。这本书，被咸阳市旅游文化局作为礼品书隆重推介。后又出版《人到中年》，算是平生对生命、人生、苦难、幸福的思考。

在我和山岚的交往中，我俩独处的时间永远定格在我的生命中。2016年，山岚和我同去礼泉北地的窑洞进行乡间采风创作。记得是一个夏天，我们选择了东坪一家农家乐的窑洞。那时，来往的人并不多，主家给我们清理了两孔窑洞，山岚提出，兄弟俩住在一起，我当然高兴。那时，我们晚上住窑洞，白天坐在沟沿，他用手机写作，我用手提电脑写东西，我们在山间清风中享受着早晨的阳光，在杏树下感受着生命的多姿多彩。吃饭时，主家吃什么，我们吃什么，和主家坐在一起，完全像一家人，和气完美。在那一周，山岚每晚都要咳嗽一阵。这一阵，很有规律。每天黎明五点左右，我就被山岚的咳嗽震醒。他咳得非常辛苦，一阵高过一阵，总是停不下来。我抬身起来，看见山岚也团座在炕上，捂着嘴，有点歉意地说，把老兄吵醒了。我说没事，没事，你怎么不看一下。他回答，老毛病了，看不好，支气管炎。气管有点硬化，很难看好。我关切地说，那总得看啊，不能再耽搁了。回咸阳后，立刻住院，要不，后果不堪设想。山岚强忍着咳嗽说，没事，已经习以为常了。我知道，山岚是有顾虑的。一是他住的南阳村要拆迁，但始终只听雷声响，不见雨落地。他屋子盖得严严实实，花光了所有积蓄，也借了一些钱。等拆迁了，一切都好转了。可是拆迁始终遥遥无期，他依然住在黑咕隆咚的屋子里。另一个，他是一个恋旧的人，舍不得自己的家。我曾多次建议他冬天换个透气阳光好点的地方，他始终不愿离开家园，喜欢住在家里，直到离开人世。

在他回咸住院期间，我多次去看望他。他说，没事老兄，别牵挂，住几天就好了。我知道，他的病很难好，但我不知如何宽慰，只能拉住他的手，让他感受到爱与力量的存在。后来，我也因病住院了，山岚来看我，我问他怎么样，他依然说没事，让我好好养病。有时，他在医院一直陪我，直到孩子给我送饭时他才离开。我出院后，他又住院了。这次，不在咸阳，而是西安的南山下，我和赵博去看他，他瘦了好多。医生说，支气管硬化后引起肺病、心病复发，得好好调养。我不知道说什么好，只能拉着我兄弟的手，紧紧地握了握。我看到，山岚眼眶中有了泪光。离开医院时，我看着山岚瘦黄的面颊，单薄的身影，眼泪忽然夺眶而出。

山岚临离开人世前，我和赵博去照顾他。他婉言谢绝，而且不断念叨着，老兄和兄弟都是国家人，忙去吧，兄弟就这样了，不要误了国家的事。吃着公家饭，就当为国分忧。兄弟已经废了，这是命，一笑了百愁啊。

就这样，山岚在平静中离开了我们，在给他开追思会时，我泣不成声，悼词都无法念下去，只好在心中祈祷，兄弟，一路走好。天堂的大门口，是一团温暖的火，在那里，你依旧炽烈燃烧。

兄弟，岁月虽然匆匆，但你永远留在咸阳的天空。兄弟，人生虽然短暂，但你的生命永远闪光。

# 阎纲先生的襟怀

我与阎纲先生相识已经很久远了，久远地以至于常常模糊了他的印象。即使如此，但他那双智慧的眼睛和清风明月的襟怀，始终清晰地浮现在我的面前。

先生回到故里，我常常想去看望他，但又常常怕打扰他。看到他扶持故乡文学后辈在九嵕山下采菊赏花，吟诗作赋的情形时，我深感温暖。对每一个来自乡下的作者，阎纲先生都会亲自招待，亲自过问，亲自辅导，给他们文学的自信，为人的脊梁。对出自故乡文学人的作品，他虽已入耄耋之年，仍篇篇必看，看后必有见解，或者必有评论文字。他不喜欢浮艳的文风，更不喜欢违心的评论，对故乡文学人，心怀挚爱，情在乡土，对文字已入歧途者必校正之，对稍有长进者，歌而颂之，使身在泥土，心贴大地的故乡文学人深感荣幸，倍感自豪。

阎纲先生不仅仅关心青年文学人，对故乡那些默默无闻的文学老人也是鞠躬尽瘁。礼泉有一位文学老人，一生挚爱文学，写了洋洋洒洒好几百万字的作品，阎纲先生听闻后，多次打听，对此过问，对这位年老的文学追梦者给予了无微不至的关怀和细心的指导。我不曾忘记，阎纲先生在我面前多次提到这个老者，写了百万字的小说，苦于无法出版，发表无门，忧闷在乡下。尽管如此，老者依然在写着，写自己的风华岁月，写人世风雨漂泊。阎先生先后多次去过老者的家里，劝解他好好生活，珍惜岁月，把文学资源整合整合，把百万字浓缩成一部经典的东西，或者，在写的无数短篇里选出一批优秀的作品，他亲自作序，给予推介。阎纲先生不求回报，不问过往，只看重作品本身，更看重在一线执着奋斗的故乡文学人。

为了故乡文学人的成长和进步，他亲自撰文，编撰了一本礼泉作家的名录，后叫《礼泉作家记盛》。为了这本书，他不但亲自撰文，而且组织专人进行编撰，为了及时出版，老人家亲自筹经费、跑出版社，到收录的作者家中，关于书稿校对以及其中的细节问题等，都一一过问，可谓劳力伤神，费尽心血。老人从不抱怨，以此为乐。

在阎先生身边，你会真切感到，长者的风范，师道的尊严，处世的坦荡，为人的平和，这些美德，无时不令人叹服。

我们都知道，阎纲先生是礼泉县城阎家巷子走出的文学前辈，名盖京华，华夏有声。回到故乡，他把自己当成一个普通人，自然、平和、亲切。他曾吟诗到，"我本峻山郎，信爱走四方，思乡近咸郡，郡在水之阳"。他喜欢九峻山，喜欢美丽的咸阳。不止我一人曾经劝说他，在"天降甘霖"的胜地礼泉为先生建一所文学馆，阎纲先生听闻后，坚决发对，并严正声明："自己就是一个一生只爱真善美的文学人，无多大建树，算文坛一个过客，匆匆几十年，写了很多东西，但很多东西自己并不完全满意。扶持了一批批文学新人，但文学新人的成长都是他们的努力、他们的造化、他们的思考所获得，我阎纲就是一个文学真人，岂能居庙堂之中，给自己一所馆藏。"后来有人多次提议给阎纲先生立一座碑，或者塑一铜像，也算礼泉娇子，人民公仆。阎老坚决不同意，他总认为自己就是故乡大地上的一粒黄土，和大地在一起，才最安心最舒心。一粒黄土，渭北处处可寻，大地处处皆是，何足道哉。这就是一个叫人不能不敬仰的人，一个令人不能不敬畏的灵魂。

先生留给我的感动和美好记忆，常常令我静思无语。在我的怀竹山居开展的一次活动中，先生即席讲了关于散文创作的话题，当时被一位文友录像，并在网络推播，点击人数达百万人次。先生语出真心，话说真谛。他把自己一生的创作体会，讲给了我和我的朋友。不遮不掩，言传身教。一次在东坪农家乐吃饭的时候，他笑着说："信义，我常说生命在于运动，学会贵在活动。你把咸阳文学抓得好，也要关心礼泉文学。帮助礼泉文学人，爱故土、爱生活、爱人生。叫礼泉的文学人学会认知生活，把控生活，进入文学。"我只有点头，并看着先生满含热望的眼睛，心中告诉自己，坚守与追梦，自省与感悟，是文学之路啊。吃完饭后，阎纲先生说声："走。去看看我的新家。"我惊讶，新家。阎纲先生什么时候建了新家？带着疑惑。我们一行随先生到了九嵕山下，站在韦贵妃墓下的路边平地，一眼可以看到孤峭挺拔的九嵕山，山南的阳坡上，峭石与蒿草为伍，那是昭陵献殿的位置。阎老指着那面阳坡说："那就是我的新家，百年后，我的一半骨灰洒在此地，我与九嵕山永远在一起。"我急忙说："那得有一块墓地啊。"随行的朋友说："一半洒在这里。一半埋在任池，那里风景入画，又和九嵕山在一起。"阎老说："没有想那么多，另一半洒在北京住所前的护城河里，流向远方，就好了。"这是何等洒脱，何等境界啊。

就是这位德高望重的文学前辈，他不要浮名，不要纪念碑，不要世间浮华的夸赞，要的就是泥土精神，回归大地，与山川河流在一起。

这是何等的襟怀，何等的境界。在我和阎老相处的日子里，这种襟怀无时不感染着、熏陶着、影响着我，我忽然觉得，脚下的路还很长很长。看着阎老坚挺的身影，睿智的目光，我们只有坚定地朝太阳升起的地方，向着春风徐来的日子，大步走去。

# 影像丽影醉心神

## ——我的摄影师武锐

　　我的宣传文本《作家董信义》封面的个人摄影作品引人称赞。很多朋友说，抓住了人的神韵，赋予个人山高人为峰，水长人为魂的精神气质。更有朋友开玩笑地说，一个小人物，在瞬间成为一个有思想、有高度、有远方的诗人、作家，真是妙在不言之中啊。当然，我是明白自己一直在路上，和所有有梦想的人一样，追求是终生的青春和烂漫。这青春和烂漫的人生，真得感谢我的美女摄影师武锐了。

　　武锐，初感是一个男人的名字。武者神归，姓氏中含有天地朗阔，武者无惧的意味。而一个"锐"字则是犀利、敏锐、无往不胜的意思。姓氏与名字和韵有声，涵盖豁达、通畅、锐利的气象，而一见武锐，眼前一亮，玉本洁还洁去，空山远谷一幽兰。这种感觉顿然覆盖了我，使我惊喜惊讶惊叹。喜的是，一个姣好美丽的女子，如同真水无香的语境，叫人心中忽生好感。这种好感是一种一见难忘，见了很想和她有故事、有诗意、有远方的那种神往和向往。惊的是，一个锐气逼人的人，怎么会使人一下子想到女人是水，温柔中涵盖波涛，平静中蕴含激流的那种意境。叹的是，她深爱摄影艺术，却能超然影像之外，对朋友满怀赤诚，对家庭深爱无痕，对自己初心如莲。每一看到她，浅浅的一笑，似乎世界永远美好，人生永远美丽。

我发现，武锐是一个豁达敞亮的女子，一个静水流深，藏而不露的女子，同时也是一个热爱生活，挚爱所求的女子。这样的女子，人一生能遇到的实在不多，珍惜友谊，怀揣美好，把祝福放在心头，给我的摄影师一个碧蓝的天空，这是我一直所思所想的最好的礼物。

说武锐是我的摄影师，不仅仅在我出版的散文集《上古村笔记》和长篇小说《袁家村》两部作品中，作者简介里的个人照片都是武锐拍摄的，一个站立，凝视前方；一个坐姿，举目看着远方。同时，在平台和很多活动中采用的个人照片，都出自武锐的镜头。武锐能抓住常人不能抓住的瞬间，也能在同题材拍摄中找到自己独有的摄影语言和摄影表达感。她是一个热心的人，属于影像世界里一个特立独行的人。她还有自己的摄影工作室，用来发现和记录自己面对的生活和巨变时代的感触，选择她的聚焦点，闪光点，然后拍摄一个时代能给人感动和触动的物象人生。她是一个有时代感和荣誉感的摄影师，而不仅仅是我的摄影师。

与武锐相识，是在民建市委会场，因为同属一个总支，把我们圈在了同一个基层组织。在这个组织里，还有书法家徐曼娜，一个把文字当成自己生命符号，孜孜追梦的女子。当时，武锐喜欢中国古诗词，中国传统文化，她最喜欢的诗人是王维和陶渊明，喜欢他们豁达、自然、优雅的人生，更喜欢空山新雨后，采菊东篱下的娴静和超然。

当然，李白的飘然如仙，杜甫的悲歌辛酸也是武锐所挚爱的。有了这份爱，她就非常喜欢欣赏或者学习徐曼娜的书法。她知道不管临帖还是创作，都很难和自己的摄影相呼应，一个静，一个动。而她又是一个喜欢山水风物、风俗民情的摄影人，只是钟爱而醉心于汉字。正如她所说："一个汉字就是一个人的心血与天地对话所生成的生命符号，不可亵渎，当存敬畏之心。"这与我写作中坚持的态度或者初心是完全契合的。我忽然觉得，武锐就是一个懂得文化精髓的女子，一个灵性与慧性相融归一的女子。她身上散发的舒展自如和温文尔雅的气质，令云烟四散而去。天地忽然格外高远、辽阔、蔚蓝。

在一次民建市委开完年初工作会后，我们一起走出大楼。街道上，春风徐来，我们都看到了春天的舞步，在树梢、花丛中轻盈地舞动。奔向坐车各自回家，但谁能舍弃这美好的春之傍晚，与一个和自己有神交的女子共同漫步呢。

那一天傍晚，晚霞绚烂，咸阳的天空彩云飘动，春风带着自己独有的韵味在四周弥漫，我们就这样慢慢地走着，谈徐曼娜的书法艺术，谈城市的喧嚣和宁静，谈孩子的成长和烦恼，也偶尔说些书本上的风云际会。不知不觉，我们走到了将要分手的彩虹生活区门口，武锐笑了笑，不很灿烂，但很迷人。也是浅浅一笑："董老师，很高兴与你聊天，谢谢这一路走来。"我似乎感到时间太快了，在一瞬间凝固了，也笑了笑，"能与你同行在春风中，人生很是美妙。"

武锐看了看路上匆匆的过客："董老师，你是用文字，描摹生活的，我是用镜头看待人生的。你的文字能抓住人心，我想用画面和构图完成自己对生活的思考，可总是在摸索，却没有找到真正属于自己的影像人生。"我指了指树枝上冒出的新芽说："一切都在过程中。仔细观察，才会有新的发现。发现与感悟是惬意的、抒怀的、快乐的。"武锐挥挥手说："感谢董老师，一切都在不言中。一个悟字，受用一生。"我看着武锐的背影，相信她的世界不仅仅在镜头捕捉的东西里，而是在她的生活中。

当我走进武锐的摄影工作室的时候，我感到了别样的情趣正在向我袭来。镁光灯下，仔细调整色光的武锐，看看镜头里的构图，端详一阵被拍照者的脸部，然后说："测光有点暗，人的气韵被遮住了。笑开点，就像看见自家的孩子举着奖状高兴回家一样，想想你的心情，好，就这瞬间的感觉，非常好"。说着，武锐兴奋地继续说："抓住了。抓住了。真是瞬间即永恒，太好了。"看着入镜的武锐，平时话语不多的武锐，在摄影工作的过程中，闪现的精灵、机敏、和活跃，我似乎有了新的感触。这一切，都源于她的摄影人生。

武锐抓拍过许多乡村媳妇或者村姑，那一个个美丽的女人，端庄贤淑的姿态，笑容可掬的神态，在麦浪里，在小溪旁，在炊烟升起的地方，叫人畅想，神往。而武锐记录生活和城市变迁的系列摄影作品，使人又看到了一个有担当的摄影师，一个选择留住历史，回味当下的女摄影师。我的那些个人写真照，就是在那一次相逢的间隙完成的。有人说，摄影师太厉害了，能拍出智慧和犀利，也能拍出深邃和遥远。我高兴地对朋友说："只缘身边有高山流水，也有君子抱琴。"朋友不解，我笑着说："不解就对了，因为一个人的真实透过影像世界可以还原，何必自寻烦恼，且看春风又绿渭河岸，一切都是当然。"

当然是积淀后的闪光，也是初心与修养花朵的芬芳。在我看来，当然的贤良与聪慧，给了武锐一生的善良和美丽。当然的明快和洒脱，给了武锐一世的风骨和飘逸。有这样一位朋友，三生都会和春风相伴。因为，武锐的眼睛里，永远是真诚和明亮的。这就是我的摄影师，一个豁达亮堂、温柔贤惠的女子。既是走在乡下，也能蹲在泥土地上，看一朵花如何静静地开放。

黄土塬笔记

# 黄土塬笔记

## （一）

　　窑洞的门开着，一对老人对坐在阳光下。小孙子在院子里捕捉麻雀。麻雀飞到了窑背上。老人笑了，似乎曾经的自己已经回来，就在这院子里，尘土中，把铁环从院东滚到院西。成长的过程似乎只是一个早上到晚上，日子在平淡中藏着坎坷。不因为少了梦想就没有明天，不因为少了金钱就没有了生活。老人在阳光下晒着暖暖，自己的女人也已经迷蒙。老眼在昏暗的时刻依然绽放着光彩，只因为儿子在外，延续着家族的生活。似乎儿子的生活不在这窑洞的门里门外，世界呈现给儿子的是多彩的人生。他们老夫妇只能守着自己的窑洞，在黄土的气息里获得安宁。

　　我也是这块土地上走出的农村孩子，窑洞的记忆不仅仅是煤油灯、纺线车和母亲的针线活。少年的理想在这个年代已经泯灭，只顾得上吃了上顿想下顿，苦难没有剥夺快乐的时光，光着屁股也会笑得无拘无束。和狗娃、狗熊一起割草，提着担笼，追着地上的影影，也没有忘记抓一把黄土抛向空中，看黄尘在风中飘洒，看黄土融入大地，再次看时，此黄土已非刚刚抓在手中的黄土，世事的转换就在这瞬间实现，没有定格成图像，自己已经忘记。只有快乐在山谷和黄土地上飞长，那时的我不懂日子的艰辛，尽管也挨饿，也忍受寒冷和黄土地的寂寥，但骨子里的天性是没有后怕的，有的只是夜晚蹲在门口乡村老人口中的鬼怪故事，一想起就夜不能寐。

一种日子留在生命里，一种日子留在生活中。留在生命中的日子是刻骨的痛或者醉心的笑。留在生活中的日子是父亲的煎熬、母亲的愁容。在那个年代，村子的街道上总有故事发生，童年的记忆在岁月的淘洗中只留下轮廓，而时光的打磨总会给人惊喜。因为老人的老人在梦里总有托付，儿子的儿子在未来总有希望。

走过黄土地，沟道、窑洞或者窑背上的野蒿、扒在地上的野草都有自己独特的气象。

在黄土地浸泡的日子浑身总有泥土的气息和天地对望时发出的叹息。

我已经被这种日子包裹着，自己都忘记了自己还有黎明时分，还有在这个时分看到太阳初升时产生的震颤。

# （二）

一只野兔子眼看着钻进了草堆里，扛枪的大舅无奈地摇摇头。我知道那只兔子幸免于难，心里似乎很是高兴。而大舅带着我，指着滑子沟，走，到沟道里去，舅一定让你你吃上兔肉疙瘩。我喊着大舅，舅啊，要不，咱们回家吧。大舅很是坚定，舅一定打到兔子。其实说心里话，我不想大舅打兔子，毕竟那是一只生命。我有一种天然的悲悯之心。但口腹之欲又在搅扰我的思想，毕竟，兔肉疙瘩是非常好吃的。特别在那个年代，能吃上肉，那是无比幸福的事情。矛盾的我站在沟道边沿，俯下身子看蚂蚁搬家。小小蚂蚁懂得团结就是力量，他们在搬一块腐烂的酸枣，前面有三只蚂蚁用嘴拉，后边有四只蚂蚁在推，周围有七八只蚂蚁围者拱，酸枣从一道黄土坡下在向蚂蚁窝边挪动。看到这景象，我忽然觉得蚂蚁是有团队意识的集体。他们似乎有自己的语言，在他们之间，指挥和行动是那么统一。他们一心向前，推着酸枣，回到自己的家门前。这个世界就是这样其妙啊，兔子在自己的世界撒欢，我舅在自己的想法里追肉兔子，矛盾无处不在。看似矛盾，又是那么和谐，天然的轮回和自然的造化在黄土地上上演，行走在黄土地上的人啊。有风吹过额头，却没有感到心在抖动中哭泣。

哭泣的时候没有人知道，展现在天地之间的是豪迈和强悍。大舅已经习惯了扛枪打兔子的日子，我的生活在大舅的枪声里戛然停顿。在一种不可能中寻找可能，破茧化蝶不是奢望，我在一瞬间脱胎换骨。跑出大舅的视野，回到我熟悉的上古村，看着母亲经线织布，生活似乎有了真正的滋味。

这滋味在点点滴滴的唠叨中成为永恒。我一辈子都不会忘记儿时的记忆，即使丢掉过去，那记忆依然在世间的深处闪光发亮。

岁月不会丢掉曾经刻骨的念想，日子在平淡中生发出鎏金的思想。一个人踏破道路上的碎石，必然会走出一条属于自己的道路。眼看着眼兔子消失在黄土地上，我追着大舅的脚步却唱出信天游的歌声。

岁月悠悠，黄土浑厚。在黄土地行走的背影，灵魂深处总有日月的光影。

走走走，走不出黄土地的念想，走走走，走不出黄土地的苦忧。那就投身泥土，把自己揉成一把黄土，也能经风沐雨，也能长出野草或者庄稼。那时的黄土地，不在是意象中的主体，而是渗着自己骨血的图腾。

顿悟或者彻悟，都要在黄土地的怀抱完成。

# （三）

　　我爷拄着拐杖，就站在他窑洞外的那株大槐树下。年龄不到七十岁，胡须已经遮住了下巴。每天的黎明或者黄昏，爷爷捻着胡须，望着另一株槐树，眼睛里冒出光焰。我不理解，一辈子和黄土地打交道的爷爷，怎么会痴迷看一株槐树。也许槐树就是爷爷的精神，抖擞着村上人共有精神气象。

　　爷爷早年生活在北庵的秦河谷地，在那里开荒种地。数年下来，粮食圈到囤里，油炸到缸里，日子也算丰盈。那几年，土匪骚扰过，野狼出没过，爷爷和他的兄弟们不怕，但民间的说法却使爷爷怕了。在那里，也有槐树长在沟谷的河边，爷爷也是在那些槐树下找到了生存的理由的。那里苦刁、野蛮、荒乱，但槐树长得茁长，长得顽强，爷爷因为槐树的气象，自己也很顽强，坚韧，但民间的传说却使他不安。民谣说，秦河富人不养人，三代必绝后。为了后世子孙，爷爷举家迁回上古村，走时都没有迁回我婆婆的坟茔。据说死去的人不能挪动，安息在自己生活过的黄土地上，那是对后世子孙最好的庇佑。尽管我早年丧母的父亲很是不悦，但爷爷的决定谁也改变不了。丢了魂的父亲从此过着寂寞的生活，缺爱的父亲在黄土地上寻找自己的依托。每天割草、起圈、养猪、拉粪，直到后来耕地、种地、收获。直到有了我的母亲，有了我。日子才有了亮色。此时的爷爷也很开心，在他七十多岁时，常常唤我去他的窑洞，偷偷塞给我两三毛钱，或者叫我拉上架子车，拉着他老人家，去赵镇、去北屯，逛集。到了镇上，爷爷有自己的事情，他塞给我五毛钱，我就高兴地去买几本娃娃书，然后再买两个油糕、一个麻花，坐在镇外的花树下，看书吃油糕麻花，一种快乐油然而生。

　　爷爷的一生没有惊天动地之举，但爷爷的一生永远留在上古人的记忆里。村里人都说，人家老汉光趟，一辈子行善百姓，不和人争长短，只知道埋头干活。就是老了，站在自己的窑门口，也是一道难得的风景。拄着拐杖，捻着胡须，看不远处的槐树，头颅始终平视远方，就如一块黄土塬，硬生生地长着酸枣树、冒出几株向阳草。

留住的都是很难磨灭的东西。站立的永远是一种带着风骨的树木，譬如槐树、譬如高高的钻天杨。爷爷的一生不也如同树木一样，驻足在天地之间，给眼睛惊奇，给心灵震撼。

# （四）

黄昏的风在高原呼叫，父亲的锄头在泥土地上挥舞，没有等同的期许和结果，也许撒下的种子没有发芽，也许梦中的蝴蝶已经飞落。想在泥土里寻找潜伏的河流，地火却在百姓的心中燃烧。每天把日头从东山背到西山，距离很远，但没有收获。那就站在起点，看准前行的道路，在准备中跨出第一步，脚踏实地，抬头看着蓝天，黄土地忽然有了生机。

一切都源于顿悟和追思。

上古村的董宝焕是一个奇人。他从九嵕山陪葬墓里出土的文物上可以窥探先贤古人的笔法、彩绘、陶艺和烧窑的火候。他找到可以复制文物的泥土，自己品味泥土的品性、黏性，在捏弄中塑造出唐俑，然后烧筑、储存、埋藏，在时间的经络中，等待时机。一旦重新出土，就如同从墓道里走出，给人逼真、动心、惊奇的意象。谁也不知道哪个是真，哪个是假。在真真假假中，九嵕山的霸气、崔巍、挺拔，有了厚重和雄奇。保焕出生在昭陵陪葬区，自古就有一种天性，喜欢走进昭陵博物馆或者登上九嵕山，在自然万象中捕捉天地的真气。这个民间艺人，心里始终保存着一份敬畏和谦卑，默默无闻地走进古典文化留在黄土地的具象和传说中，构建一个在自己看来别具一格的大唐气象。也许心思和愿景和自己的眼界有差距，他一直苦闷在求善求美的坎坷之路上。太阳天天不一样，黄土地的风也是瞬息万变，但保焕心思不移，这就是黄土地男人的风骨。

不因为无望而不望，不因为不达而无所求。

黄土地的后世和坚实给了北方男人一种精神，扎根在泥土地上，直到把自己融进泥土，也不会半途而废。宁愿和泥土同化，滋养一方厚土，为拔地的庄稼输送养分，也不会在风中化为无形。我喜欢保焕这样的男人，在他的背影里会发现生活的本真。

我更希望自己有保焕那样的精气神，在无望的时候守住自己的愿望。

不要说那是徒劳的，没有折戟沙滩的勇士，哪会有奋勇直前的撼人之举。

## （五）

神奇的渭北，不像终南山，叠翠苍美。它以浑厚、霸气、秃芜独显黄土地的大美和厚实。一个人就是一幅图画或者一棵独立的树木，一块黄土塬就是一段故事一个不能虚构的故事。

在九嵕山东南方位，有一块黄土塬。塬紧靠玉皇顶，这玉皇顶也是一座山，一座和九嵕山连绵在一起，又延伸到方山身边的秃山。山顶有座古庙，庙里供奉着菩萨。每年都有庙会，九月初九，神婆们背着砖瓦、贡品一个一个爬上山。砖瓦是维修庙宇的，贡品是给菩萨的。庙会主要在晚上，经卷翻阅着神婆的眼睛，诵经的声音飘下山头，落在这块黄土塬上。

这块黄土塬上居住着守陵人的后裔，他们守的是昭陵，埋着大唐皇帝李世民的陵山。这山就是九嵕山的主峰，唐王撅山为陵，悬棺而葬，开启了一个时代的文明。传说，《滕王阁序》就随葬其中，后世之人莫不叹惋。当然，也包括这块黄土塬上的人。这里的人外界都叫张家山，它和郑国渠那里的张家山非同一山。那里是山与水构成的风貌和历史，而这里是历史与自然构成的一片田园。在这块田园，百姓是靠天吃饭的。直到20世纪90年代，张家山人在西沟深处发现了一眼静泉，才解决了灌溉饮水问题。这也是这里的杏子甘甜爽口，含香味长的缘由。虽然如此，从长远考量，烟霞镇实施了搬迁计划，张家山人在20世纪末搬到了烟霞镇，空留无人的村落，在风雨中飘摇。

后来，也许没有过几年，城里人看上了这片黄土塬，他们租赁下农民空留的窑洞和院落，在这里兴办了窑洞体验和民俗风物博物馆或者休闲静养的民宿福地。把犁杖、马车辕、镰刀、驴眼罩、织布机梭子、扁担、木桶等挂在院子里，更有想法的，在院子打了地道，修了暗窑，装上现代又古朴的灯盏，把张家山打造成一张民俗文化的名片。不是丢弃的都不值得追忆，不是离去的地方就成为没有烟火气息的寂寥之地。张家山人还时常回到自己的乡村，在沟道、梁上栽种杏树，每年杏花飘香的时节，整个黄土塬就成为世人留恋赞叹的一块胜地了。

我从这块塬上走过，诗圣杜甫似乎就住在一间茅草屋里，看着九嵕山，想着不忍回头的道路，人的经络在天地的叩问中被打开。诗人憔悴的面容被塬上的景象感染，如同三月的桃花，烂漫在黄土地上。奇迹，有时就这样发生了。

那么，我们脚下的黄土地，蕴藏的和勃发的，是不是我们寻找已久的东西，在蓦然回首时，其实已融进了我们的生活。

我忘不了九嵕山东南的这块黄土塬，也无法把匍匐在玉皇顶的神婆一个一个请走。我只有选择留下，把自己幻化成一棵树，扎根在这块神奇的黄土塬上。

# （六）

裂变或者新生，都是黄土地追梦的必然。

曾经年少的我，提着担笼，把母亲亲手做的窝窝头包在一块手帕里，拴在担笼的笼把上，然后踏着月色，和村里拾羊粪的媳妇婆娘们向九嵕山走去。

山下已经拾不到羊粪了。也只有走人很少走的沟岔、山谷、山梁、蒿草堆，才能拾到那些被我们看成金蛋蛋的羊粪疙瘩了。那些年，放羊是一件开心的事情，拾羊粪也是一件快乐的事情。放羊，似乎追着一团白云，在山梁上飘过，额头的汗滴藏着一轮太阳，心里的世界在山之外，天之外。而拾羊粪，可以逍遥自己的童年，逍遥一种不经意的爱与不舍。邻家媳妇帮我一把，我从梁下跃到女人身边，一种从未有过的颤动忽然占据了我全身。羊粪在不经意间从手中溜走，发现时，山似乎巍峨了许多。

其实我们更多的是跑到九嵕山北麓，昭陵献殿的脚下寻找羊粪的，只有在那里，心里似乎踏实了许多，野狼不敢靠前，昭陵的威严神圣可以蔑视所有毁灭或者懈怠。拾累了靠在一截残损的石碑上，看着尚不明白的碑文，做一个春秋大梦。梦中必然看见周公，也许会和唐王擦肩而过。在历史的沧桑中发现自己也在其中，只是自己才刚刚开始走路，山下的盘山路上，没有自己的脚印，一切都留在峡谷和沟道深处。探索和寻找，开创和披荆斩棘同等令人神往。举手时，梦已醒，肚子咕噜咕噜叫，于是解下手帕，抓起一个窝窝头，几声鹰叫，窝窝头带着羊粪的异味钻进了肚皮里。口干舌燥，找水。好在刚刚下过雨，在碑子的底座上，有一道凹进去的小长方形，里边存着水，不多，也有湖蓝色，附下身子，把嘴放进去，一阵狂饮，一切都得到满足。唯有这长方形的凹处，令我发呆。待稍长，才明白到那是蹲碑子的地方，碑子和碑座合二为一，浑然天成，守护者大唐昭陵。

岁月无情，世事多变，满城尽带黄金甲的黄巢挥起火炬，起义军马踏昭陵，痕迹犹在，人去月空。唯有拾羊粪的我把自己的体温和眼睛留在了九嵕山的北麓。

也只有此时，我才能站在山脚下，静静地观看一只鹰隼在山顶翱翔。这鹰隼在昭陵，似乎已经很久很久了，也许是一只精灵，知道自己守望的是一片神奇厚重的历史之山，岁月之山。坚守和飞翔，这就是鹰的使命。

拾回的羊粪换来了工分，而工分在年底就转换成几滴菜油、几把玉米，把父亲的辛劳和母亲的煎熬都化解在早起的面糊糊里，日子还是日子，后来的世界就成了一个新的世界。

# （七）

留在这块土地上的，都是和土地有缘的人。

离开这块土地的人始终心中还装着这块土地，装着土地上刮过的西北风、卷起的黄尘、飘落的金叶、消散的炊烟、夜晚的叹息、黎明的鸡叫、拔草的声息、耕牛的鼻音、母亲的叮咛、伙伴的眼睛，始终出现在梦中的是村口的古槐树，大门口的上马石，放线线的邻家大嫂，还有妈妈熬夜的图景，那这个人心还是被黄土地浸泡过，被麦浪翻滚过，被种子启蒙过的。拥有这样的心，就知道感恩，亦明白自己是从哪里来又要到哪里去的。我不知道自己是不是拥有这样的心，但我忘记不了自己出生地，原初的生命之本，不灭的永恒思念。在我慌乱迷离的时候，在我忽然丢失自己的时候，我回到自己生活成长的上古村，一旦看到九嵕山上空翱翔的鹰，一旦踏上黄土塬的土地，我就踏实了许多，似乎丢掉的自己就在故乡的沟道里，村子的大槐树下。自信与豪迈同时产生。眼前的路明晰了，脚下的地延伸了，未知的世界依然在胸。人活出了生命的色彩，活出了诗意的感觉。

很多东西就是这样，不在的总是念叨，手中的总感多余。人的漂泊和意向的飘移，都在时空的转换中悄然完成。这种超乎意念的乾坤变幻，发生在城市的喧嚣中。我不喜欢这种裂变，更不愿看到这种裂变带给我们灵魂的战栗。我喜欢我的黄土塬，喜欢在黄土塬自由自在地漫步。只有这个时候，人是轻松的愉悦的。就是顺手摘一朵沟道里的野花，也觉得浪漫有趣。

甚至站在村口，看到荷锄而归的乡亲，发现他们劳动归来眼角散发的闪光，我都会激动不已。也只有这个时候，我感到自己是真实存在的，自己的血肉在静默中忽然澎湃的真实体验是倍感珍惜的。

人就是一个奇怪的动物，有感觉有思想地走在黄土高原，地是广博的，天是高远的。渺小的自己虽然如一微尘，但生命的炙热和追梦的迫切，一定会带给我莫大的快慰。因为人是属于这块土地的，也只有这块土地，才能激发人走向远方的韧劲和意志。虽然看到了远方，或者走向了远方，但自己的心还在黄土地上。

没有这神奇的黄土地，就没有我的今生和来生。今生不可松怠，来生尤可期待。

# （八）

对一种不存在的总怀有期待，这是黄土地人的梦想和追求。距离上古村三里之遥的袁坡村人，居住在黄土塬上。他们早上早早可以看见太阳，傍晚也可早早看到晚霞。他们在黄土塬的一道斜坡上分散而居，背靠黄土塬，打出一孔孔窑洞，安上两扇门。门上打上吊环、铁锁，贴上门神的剪纸，再在门楣上写上福旺吉祥等字样，院子里就有了娃娃的哭喊声，老男人的骂娘声。日子就这样平平淡淡地开始了。

袁坡村的人要到上古村，必然要翻过滑子沟。这滑子沟，很有意思，不知从什么时候开始，就有了这样传说，昔年的冬季，大雪封山，孩子们想到坡下的平原地方玩耍，必须经过滑子沟。下雪天，大人们都在被窝里找热火，孩子们偷偷溜出两扇门，三三两两踏雪下山。他们不知道什么是害怕，只知道在雪地行走是一种非常有趣的事情。于是踩到沟道的下沟处，还没有反应过来，一阵飞滚，个个都落到了沟底，等大人找孩子的时候，孩子们在沟底已经堆起雪人，打起雪仗来。村中的老人感叹，这个沟，真是滑子沟。滑子沟由此名扬烟霞，我们上古人自然最早知道这个沟就叫滑子沟。

离开滑子沟，就到了和我们连畔种地的黄土塬上了。在这个塬上，有一个荒冢，我们都叫它龙王冢。里边到底埋葬的是谁，我们不清楚，一直以为是龙王。可学者却说，那是一座荒废的唐王陪葬墓。因为，冢疙瘩就在大唐昭陵的陪葬区，只是出土的东西里，没有发现唐代的遗存。学者说这是盗墓者的杰作，墓道被洗劫一空，甚至仅有的残痕都被火烧过，水漫过。问题是墓道里也没有发现龙王的什么东西。但我们村子里的人坚信，那是龙王冢。也许，渭北旱原缺雨水，人们靠天吃饭，而靠天，往往是靠不住的。人们就把祈雨的愿望寄托在龙王身上，就是龙王不在这里，这里的人都相信龙王就埋在这块黄土地上。希望在村民的善良祈祷中，天降甘霖，福临黄土塬。美好的寄托和现实的残酷同时发生在这块土地上，多少年来，人们没有丧失希望，把龙王冢看成福冢，祭拜、追念，一直到现实的引渭渠修成，远道而来的渭河水滋润这里的生民的时候，龙王冢才淡出了百姓的视野。

早年我在龙王冢疙瘩周围割草、追兔子，似乎也没有被龙王捉弄。后来随父亲在滑子沟砍柴的时候，才明白，龙王冢一直在父亲那一代人的心中。每次路过龙王冢，父亲都是谦恭的，低头看着土地的。他说，不能亵渎神灵，更不能亵渎龙王冢，那可是人老几辈子都看重的一个冢疙瘩啊。

我知道那是善良的父亲一厢情愿的事情。黄土塬上下的百姓，宁愿自己苦点累点，也不轻易放弃自己的信念。哪怕那信念一直悬浮在大气之中，他们都会认认真真地在黄土地尽自己的本分，守好家，种好地，把日子过活泛点。

一生的无悔就在不舍，一生的坚守就在相信。不舍自己的念想，相信自己走过的道路。

# （九）

我一直对黄土地心存敬畏。

在诗人黄友平的眼睛里，黄土地是神秘的、丰厚的、看不透的。当他的手和走出窑洞的老人的手我在一起的时候，他浑身都在战栗。他看着老人昏花的眼睛，看着眼睛周围卷起的皱纹，他似乎在老人的额头看到的风卷的黄土塬，挺拔的野草，漫天的黄尘和疾风知劲草的憾魂之气。

黄友平和我站在埋葬唐王李亨的建陵山梁上，周围是漫天的黄土沟壑，随处而立，脚下都是厚实的黄土地。看着满眼的黄土高原，被触动的不仅仅是友平，还有同行的诗人雪儿。在友平感慨的时候，我发现雪儿的眼眶满是泪水。她在静默中把自己种进了黄土，深感黄土的温度和厚度是那么叫人血液澎湃。没有言语的雪儿其实把自己变成了一片黄土地了，渴望在风雨中孕育自己的种子，发出自己的幼牙。这就是黄土地的魔力，它可以改变一个人的初衷，使一颗狂躁的心顿时平静下来。

友平说，黄土地是神秘的。不仅仅埋葬着大唐皇帝，更重要的是蕴藉着历史的根须，告诫慌乱急躁的来者，一切都在运行，土地也在成长，一个人的成长怎么能和土地的成长相提并论呢。雪儿在心底堆砌一道黄土塬，希望西北风狂啸的时候，深层的黄土依然蕴藉着自己的希望。这希望，在春风落地的时候，早早攀上槐树梢，在麻雀的欢叫中看到明天。

而我熟稔了一层一层的黄土，和黄土地上一排一排的窑洞，坐在窑洞门口晒暖暖的老人，在枣树和柿子树的遮蔽中，炊烟诞生了女人的日子。友平没见过，雪儿未必明白，生活的习惯和习惯的生活已经使黄土地隐化在苦难和幸福的角逐中，哪怕长出一株野蒿或者一株麦苗，眼睛和心灵都会关注，黄土地格外珍惜。

## （十）

美好的都发生在窑洞的门口，珍贵的都蕴藏在朴素的黄土地上。

老汉是个沉默寡言的人，女人是一个鼓鼓囊囊的农村妇女。

在黄土地，是稀松平常的百姓。要是引起人注意，就是老年女人脖子上吊的一咕噜肉团，村里人叫硬瓜瓜。就是这样一对老人，却有一个聪明伶俐的女儿，眼睛能照出人影影，鼻子有点鹰钩状，嘴唇薄如蝉翼，个子苗条，辫子甩风，走路怯怯的，胆子小小的，但看我的样子是极其羞涩的，尽管那时只有十二岁，少女的情窦已经初开，微露的花瓣散发着奇异的清香，叫人不敢对视，只能看了就觉得心里酥甜，脸颊发热，心跳那是极其平常的事情。

这一家人是从黄土塬上搬到我爷的窑洞的客人，说是客人，也是我爷的亲人。当年在北庵开荒的时候，和我爷是邻居，处的跟自家人一样。搬到上古村，和我爷住在一起，我是不清楚的。后来发生的，使我明白，那是我爷为我的未来提前打算的，在我爷看来，我们家的日子是穷困的，穷困的人家是很难给后代娶到媳妇的。我爷是准备把那个乖巧可爱的女子给我做媳妇的。那时就叫娃娃亲，只是我爷没有明说，他知道我心高气傲，怕一时不能接受，就让日子包容一切接纳一切。而那时的我，是迷蒙的、幼稚的，一心只想读书，从没有想过给自己找一个媳妇，因而，对这个可爱的女子是拒绝的，甚至是敌视的。但人家长得漂亮，我似乎也丢掉了敌视，和她有过短暂的接触，那都是以我爷爷叫我为名，和我搭话的。我父母是有心的，也很感激我爷爷的操劳，就在一个中午，打了半斤猪肉，买了两样蔬菜，在家里招待来自北庵的亲人。在吃饭前，不知因为什么，我自己都忘记了，一脚把脸盆从后院踢到前院，人家女子的父母私下说，这娃脾气大，兴许不满意，就在一个早上匆匆离开了我们上古村，走时，我都没有见过那个曾经叫我心动的女子。这一走，就是一辈子。这一辈子，我时常想起那女子，为自己不小心伤了别人感到痛惜。

发生在黄土窑洞门外的这个事情，叫我一生都难以释怀。似乎亏欠人家什么，心里总是空落落的。

也许，心存善念和豁达面对众生是那小女子留给我的财富。人生早年的一件小事，可能会影响一个人的一生。特别在黄土地上，在西北风凛冽的时候，独自站在黄土塬上，心里自然会生出思念，产生嬗变。

美好的虽难永恒，但黄土地永远根植心中。

# （十一）

他从没有带过眼镜，但窑洞外晒太阳的村里人都叫他知识分子。

"文革"时期，读过高小，那也真算得上有文化、有知识、有远见的人。但他一生都生活在这块黄土地上，务农、栽树、睡在土炕上。他不是一般的农民，是农民中的知识分子。

他最早把苹果嫁接技术带到黄土塬上，他也是那块土地第一个自由恋爱的人，但他的生活并不如意。尽管他娶到了自己心爱的女子，在村子里也算得上是一个能行人，但他却没有获得相应的生活。

他是嫁接苹果的技术老师，但徒弟都富了，而他却依然生活在贫困线上。这与他是一个知识分子有关，更与他的性情相关。知识分子孤傲和敏感，文人的傲气，使他俯不下身子，只能在边沿行走，很难切入生活的本质，如此这样，怎么能获得生活的厚报。他看不惯农民的平庸、胆小和自以为是，但他却拥有了这所有。平日里不愿流汗，也不愿守着土地找生活，喜欢给人记个账、写个字、说个事，遇到自己的地荒了，日子难熬了，也只能望天兴叹。

要说婚姻，他的幸福也因为彼此的固执和各执己见，慢慢消失了。花前月下或者日落黄昏后，都成了美好的记忆了。随着时光的消逝，各自也有了各自的空间，两个相爱的人，形同陌路。生活就是这样不尽人意，妻子虽然固执，但她是个实干家。在村子里当过妇女主任，后来外出开矿，腰包鼓了，人也硬气了。买了小汽车，住到了省城。黄土高原依然流传着他们的神奇和不同凡响的个人经历。人的悲哀莫过于不能自知，可怜也莫过于不能自省。在自以为是的生活中，他从没有忘记自己是一个知识分子，特别在孤傲和封闭自我的过程中，他没有看到生活中那些藏在民间的智慧，也不清楚民间知识分子的矜持和谦逊，更没有悟道黄土地深处所固有的丰厚潜力和勃发的生命气象，他活得很狼狈，也很无奈。

黄土高原是一本读不透的书，他只是这本书中的一个逗点。问题是他不这样认为，他的自信和盲目自大，给了他一生的教训，他都不明白。

草腐烂在连阴雨中，但眼睛却看得明白。

一种包容和涵盖，遮蔽着一种心态和志向。但黄土地很本分，很朴素，一切都在黄土的深处，只要你细心体会，就会获得重生和革新。

这是给我笔下这个知识分子的一句话，意义何在，黎明一定明白。

# （十二）

鸡叫的时候，田野里已经有人在锄地了。

狗叫的时候，黄土高原的沟壑里已经有孩子的嬉闹声了。耕牛一步一步地行走的大地上，它背负的犁耙紧紧地撕扯着土地，希望在撕扯中让土地翻新、给种子机会、使人的眼睛放亮。这里的牛俗称秦川牛，负重、勤恳、踏实。在外人看来，牛肉好香，牛筋好有味道。但在渭北的黄土地上，牛就是村里人的命，即使卧病残阳，气息奄奄，村里人都会祈祷求告，希望老天留下一生挚爱土地的秦川牛。在一次外出中，我在黄土高原看到一个农民兄弟老泪纵横，我问他何故，他摇摇头，指着匍匐在地的秦川牛，一把泪一把泪地流着。在他哭泣的时候，他蹲下身子，轻轻抚慰着牛的头，回望了一眼自己地里的庄稼，扑通跪在地上。牛的头垂了下去，他的心似乎被撕裂。他抱着牛，不忍心再看一眼，闭着眼睛，让儿子把牛带走。临走时，农民兄弟对儿子大喊，不要杀它吃它，它是咱们的祖宗，要敬着。看着他们的背影，我似乎听到了整个村子在哭泣。

这就是农民与牛的感情，他们舍不得和自己一起打拼的秦川牛。在牛的身上，有他们一代人的寄托。牛不仅仅无言地来也是无言地去。默默无声，静静地黄土地一样，生为了土地而生，死，喜欢被土地深埋。这和我的先祖何尝不一样，他们从黄土沟道，搬到这上古村，一生都脚踩在大地之上，把日头从东背到西，在泥土地上种庄稼、哺育后代，延续生命，他们怎么会舍得告别黄土地！即使自己的儿女走出土地，他们都会给儿女系上一块粗布、装上一把自己地里打下的麦子，然后告诉儿女，根在黄土地。无论走到哪里，都要知道，自己从哪里来。唯有这无私的土地，才能给你一生的希冀。

同样，他们对自己的儿女说，要知道，秦川牛就如同咱们的祖先。它所具有的勤劳、质朴、无私，是咱们黄土地人共有的品德。

牛是最有韧力和恒力的，这种力量的源泉，来自生命本真的原发和生命意向的崇尚，我们的生命里又何尝没有。

牛的个体和气象，牛的执念和浑厚，也是黄土地上生民的个体写照。

# （十三）

没有实现的梦在小孙女简单的坚持中实现了。

这个梦其实很平常，就是登上玉皇顶。一座在黄土塬上再平凡不过的山了。玉皇顶是我村北的一座青山，山顶有玉皇大殿，每年的十月，神婆们匍匐攀援，身负砖瓦，怀揣贡品，跪在大殿之外，焚香祷告，祈求平安和顺。

我无数次畅想过登上玉皇顶的情景，但岁月匆匆，无数次想过，但总是擦肩而过。不是没有恒念，而是生活总在魔幻着人的执念。总是因为这事那事，没有完成这个夙愿。

这是初春的下午，阳光在玉皇顶的山崖上跳舞，小孙女简单拉着我的手，爷爷，咱们去爬山吧。这已经是四五次相约了。每次爬到半山腰，不是小孙女不能坚持，而是我怕累坏了孩子，或者有个什么闪失，总是遗憾而返。小孙女似乎并不满意，他看着我，以一种渴望的眼神告诉我，爷爷，我想跑到山顶。我摇头，孩子也乖巧，顺着我的意思，下了山。而这次，她是满怀欣喜，一开始就告诉我，爷爷，咱们征服那座山吧。我很诧异，她从那儿学到的征服一词，一个四岁的小女孩，似乎很勇敢。为了这份心意，我决定和小简单登上山顶。爬山的时候，简单很兴奋，总是跑在我的前面，真有点初生牛犊的感觉。看着她的背影，如一朵烂漫的花，绽放在蓝天青山之间，我也很兴奋。爷孙两个，一口气跑到了半山腰的裸石边，在风雨的关爱下，大的小的青石块，散漫在乱草之间，简单站一块石头上，笑得自然顽皮，爷爷，看我勇敢不？我跷起大拇指，大声说，厉害、勇敢。简单接着说，爷爷，我没有叫你抱，没有叫你拉。我一个人，爬上了大山，就是厉害。爷爷，再坚持一下，我们就登上高峰了。我点点头，简单更是开心，爷爷，开车、出发。咱们比赛，看谁先登到山顶。我鼓鼓掌，好。现在，开始。我的话没有落地，小简单已经跑到前面去了。因为山上有前人踩过的路径，简单沿着这样的路径，只要稳当，不会出现任何闪失。我就放心地跟着简单爬。山不算陡峭，路径比较缓，只是对于一个孩子而言，那也是不容易的事情，但简单看起来很容易，没有十分钟，她就登到山顶的缓冲带。我喊，慢点。而简单却回答，没事，就到了。说话间，她的身影被一道梁遮住了。

我加快脚步，看到简单时，她已经登到山顶的玉峰观了。简单大喊，爷爷，我们征服了大山了，我们厉害，我们勇敢。我被简单的情绪所感染，心中燃烧起莫名的火焰，照得整个山顶彩霞翻飞，我仔细看时，日头从九嵕山上回望我们，整个渭北呈现出勃勃生气。简单看着我犯愣，大喊，爷爷，这小房子里住的什么人啊。简单说的小房子，就是山顶的庙宇。我站在大殿前，双手合掌，放在胸前，简单也向我学习，也双手合掌，做祈祷状。我祷告上苍，给大地丰硕，给众生幸福，给简单快乐，给未来希望。简单还在问我，爷爷，里面住的是谁啊？我笑笑，住的是神仙。什么是神仙。简单又问，我沉默。简单不放弃，还在问，神仙是谁啊。我说，神仙就是我们自己。相信自己，相信未来，我们的世界会更精彩。简单也许不明白，但她很高兴，撒手在山顶的草丛里跑了起来。我回望山下的平原，大唐的气象分布在村庄与村庄之间，阡陌交错，果树催生，一种欣欣向荣的景象，把整个渭北黄土塬给装点得五彩斑斓，富丽堂皇。

# （十四）

袁家村里走进了五湖四海的人。

白天，熙熙攘攘，夜晚，灯火阑珊。谁曾想，黄土地上的这个小村庄，把关中民俗文化体验的一切都揽进怀中，凡来过的人都不愿离去，谁都想走进融入这块土地，和这里的杏树、柿子树、槐花树、苹果树一起成长。在春旺时，花开人心，芬芳四溢。而在秋季时，瓜果飘香，驻足畅享。

在茶炉前，一排排座椅，一圈圈品茶的人，听着弦板腔，看着舞动的人，心里燃起了幸福的光焰，眼里贮存了非凡的奇迹。跳舞的是画家老田和孟加拉国来的沙瓶画家，一个实实在在的小伙子，他俩在茶炉的砖石台上，拉着风箱，扭动着屁股，伸展着腰身，偶尔还有戴着墨镜的时髦姑娘，在众人面前快乐地舞动，给袁家村增添了一种时尚现代气息。

随意走进一家民宿，名曰"浮尘"。虽在浮尘世间，却也别有洞天。一池春水，一条磨盘石铺就的过水路径。磨盘下有浅草浮生，四周有红鲤弋动，随之而来的是明窗净几和奇木构成的茶水案，墙上布排着星斗日月轮回的物象，屋子里紫檀香飘来绕去，人在其中，不知是仙人下凡，还是凡人入仙。如果约二三知己，品茶论道，茶话人生，其中禅味和玄机给人浮尘过往，来取随缘的快感。

如果坐在老茶炉下，听老艺人唱弦板腔，享受着按摩师的推拉提顿，再听一听十三郎的唱腔，那真是人在况味而不知味，心及四为而无为。

如果走到放鸽子的聋哑人身边，他会敲打着微信二维码，示意来者交钱才能和鸽子进行零距离接触。走进鸽子栏里，鸽子喜欢和人交流，一会儿飞到人的肩膀上，一会儿落到人的手掌上，把世间的险恶丢到了九霄云外，把人间的嬉闹看成自己的娱乐，那也真是一种心无旁骛的活法，传递给人的是生活的真，是和人生的本来面目，天真无邪，自由自在。

如果遇到画师田林，他会莞尔一笑，和蔼和顺和睦，把人物带进他的画境，给人生更多美妙和斑斓。

这一切，都浮生在黄土地上。小吃街、回民街、祠堂街、酒吧街，谁能想象，就在渭北的黄土地上，烂漫而真切地存在着。这一切都源于渭北的百莽山主峰——九嵕山。福兮运兮，道则道，道在法则，道在自然。

渭北高原的风在这里是和煦的、温暖的、带有烟火气息的。

# （十五）

　　上古村曾经也有一个堡子城，堡子城在民国初期已经毁坏。上古村也有一个三月会，从什么时候开始，无人考证。传说是为了纪念一位得道的神婆而自发兴起的庙会。上古村有古庙为时已早，早在唐时就有佛教徒到过村子，但乡下人只认自己的神，那就是"神婆"。那时就有信众在村子集资建庙，庙堂建起后，烧香拜神者络绎不绝。后来，庙会从年关祈福会演变成三月敬神会。其内心也是希望三月耕作时风调雨顺，万物萌生，生命蓬勃。

　　最初三月会在堡子城进行，民国时，战火连绵，常有土匪捣毁村舍，抢夺粮食，堡子城乃泥土构筑，不经一击，毁坏也只是稀松平常的事情。没有办法，上古村人就另选居住地，迁到大唐龙脊福荫遮蔽的黄土塬下。在这里生息，在这里延续上古村的未来。三月古会自然随迁而至。

　　有了庙会，上古村周围的庄稼确实丰年不断，1929年，上古村遭受大饥荒，上古人在自己的地道里也封存着收获所得的麦子和玉米，靠着这些微博的积蓄，上古人度过了难关。那时，庄稼地多，而人口稀少，每年收割季节，都有收不回的麦子。看着麦子在细雨中发霉，变坏，上古人的心都在流泪。

　　怎么办，那时，土地能长麦子、也能长玉米。同样也可以种植棉花、大豆、高粱、红薯。人口稀少，收获时节总得有人帮忙啊。这个时期，谷口一位贩卖茯茶的客商看到这一商机，就在甘肃的陇东招募人员，入关收麦子。而上古村周围的麦子成熟较早，收麦人就云集上古村。当时人们把他们叫麦客，出门不带干粮和衣服，因为是盛夏，再者割麦的主人家都要管饭。麦客只需带一个褡裢，装一些日常用品，那就只有一把锋利的镰刀，和半块磨刀石了。这些麦客很诚实，干活很踏实，从不偷奸耍滑。他们知道，割麦子，是按照割的亩数计算工钱的，只要有时间，他们从不休息，从东割到西。慢慢地上古村形成了麦客会，每年这个时节，卖凉皮的、炸油糕的、贩卖旱烟的、叫卖半截裤及小背心的小商人就出现在上古村，上古村也因此名声大噪。

在割麦时节，"神婆"们会登上玉皇顶，祈求神灵，保佑子民，把粮食收回家，碾场、晒干、入囤。而麦客们则装好自己辛苦挣的银两，一路向西，算黄算割，直到自己家门口。因为，陇西节气晚、寒点高，麦子成熟晚，割完了关中和陕西西部地区的麦子，他们的麦子也在等他们收割了。

这是上古村的奇妙处。要说奇妙，上古村至今还有两株仓屈茂盛的龙爪槐。龙爪槐的正北是一座古庙，西北位置，是上古人修葺的一座古朴戏楼。小的时候，我在龙爪槐下读书，在戏楼上听老师讲红旗漫卷西风，在古庙捉过鬼。神奇是神奇，但我们只是在古庙的灰墙上，借着月光看到过自己的影影。就是这个影影，把我们吓得跑出古庙，在龙爪槐下惊叫。其实，生活就是这样，不认识生活的时候，我们把一切都揽进自己的虚幻世界。这些真实的存在，往往被我们忽视。就像上古村很多刻骨铭心的东西，遗留在上古村心中。

# （十六）

夜幕徐徐降落在渭北黄土塬上。我独自一人坐在张山一户人家的门前，面朝西天。附身看时，沟道里云雾缭绕，暮色低回。眼前的杏树葱茏茂盛。肥胖的树叶簇拥着舒展的枝条，整个山道都呈现出墨绿色的景致。而眼前，脚下，生长的蓬蒿、野刺梨、趴地虎、刺经草，谁不让谁，各展英姿，自然的神奇，在天地对接的瞬间形成绝妙的风景，叫人在夏日的傍晚，忘记了闷热，只感到舒畅。

其实，张山的地势陡峭，是一处高原地带，坐在沟畔，山风恣意随性，身心脱掉了平原的羁绊，就是随性坐在任何一处黄土沟梁上，都是消夏超脱的好去处。何况一人独坐，敏思和灵慧的山地之气随时造访，人在塬上，好不惬意。

再抬头时，别样的心绪自然盈胸。西天的版图上，巍峨着崔巍的九嵕山，山势绵延成一座孤峰，一座雕塑一样的山塬，一处浑圆如桃子的玉皇顶。在山势的外沿，泛化着层次分明的晚霞，淡赤色的焰火在山脊后燃烧，使得山的顶部冒着烈焰的余烬，而向上是泛白的天空和淡淡的暮色相交融。人在其中，已经化成山塬的一块石头或者一把灰土，怎么找，都是找不到的。

夜幕就这样悄然降落，不知不觉，九嵕山掩映在天地深处，脚下的土地依然茂生着自己的草木，我再俯身细看，什么也看不到了。隐约听到诵读的声音，在沟道的泉水边，和着水声，涓涓入耳。

也许是隐居在此的大儒郑子真，刚刚锄完自己开垦的田园，擦把汗水，喝了一口甘甜的烟霞泉水，回到自己的烟霞洞，捧起庄子或者老子的著作，回归自己的世界，而独坐的我，也莫名闯进了郑子真的世界，在山塬上，听一介书生，一代大贤，开悟自己，重塑自己的心灵之声。在这个沟道里，神奇地有两眼泉水，在一篇文章中我叙说过这事。我感到神奇，古人法天应地，怎么会找到这两眼泉水，而且在自给自足中看出了沟道的神奇。郑子真早起迎接喷薄的朝霞，朝霞折射到沟道的时候，泛着金光，带着气韵。于是沟道里烟雾缭绕，如临仙境。晚上回头，晚云带彩，霞光四射，沟道里如有佳人将至，披风蝶衣，在沟道羽化。烟霞至此而生，烟霞洞从此闻名。

有了烟霞洞，就有了刘古愚的烟霞草堂。在沟道对面，书声琅琅，甚至我猜想，就是我坐的这一塬，刘古愚的弟子也曾来过，或者如我坐看九嵕山，或者登山攀沟进行生命体验，都会留下先贤的足迹。这也使得这个晚上的纳凉之行成了一次穿越时空的梦幻之旅。我起身看看西天，隐约中，九嵕山沉默，不知是有话要说，还是无言以对。我疑惑，回头看看塬下，灯火阑珊，夜色美丽。时代的变迁使山上与塬上完全两重天，我在两个世界行走，更明白阴阳的互补和天地的造化。

读书笔记

# 读书洗练心智明

　　读书是一种精神洗礼，好的书可以受用一生，不仅仅是思想的，更是身体力行的。

　　哲学家是在用智慧读书的，他们在读书的过程中在意的是义理，寻求的是高度。文学家是用思考读书的，书中的颜如玉在看风还是听景，书中的黄金屋是藏在文字里还是隐身在世像中。更多的时候，是看看他人是如何结构语言，演化故事，讲述人情的。进而得到写作的先机，或者成文的秘诀。普通人读书仅仅是为了愉悦自己，陶冶自己，给自己的灵魂寻找一个安歇的地方。而学生是通过读书丰富自己，提升自己，进而寻求一个进步的阶梯。可见，读书也分为两种，带有明确目的的阅读和愉悦心灵的纯享式阅读。

　　真正的读书就是带着问题去阅读，带着审视去阅读，带着疑问去阅读的。读书是为了解惑，也是为了愉悦。不是人人都会读书的，读什么样的书，怎么读，都是有学问的。所谓好书，是经历时间淘洗后，沉淀了过去，孕育着未来，成长着自己，丰沛着他人的书。是人们公认的经典和在一定的时间段被众人追捧的书籍。

　　书人人可读，但非人人都能读懂。有的人读了一辈子书，他仅仅是个书袋子。有的人虽然读的不多，但却读出了门道，读出了意味，那才是读书者应该具备的基本素养。

不是书难读，而是资性不同。清人王永彬在他的《围炉夜话》中说："读书无论资性高低，但能勤学好问，凡事思一个所以然，自有义理贯通之日。"同时，他又延伸到立身，他说，"立身不嫌家世贫贱，但能忠厚老成，所行无一毫苟且处，变为乡党仰望之人。"由此可见，读书和做人休戚与共。能贯通义理，读懂书，是因为勤勉、不耻下问。能以人为师，请教求学，故而读书无所滞碍。做人何尝不是如此，忠厚诚实，如泥土平凡，何人不仰望而敬。看来读书是一件苦中有乐的善事，能察之，则书中的河流悠悠，山川巍峨。

# 发乎天地人自清

人法地，地法天，天法道，道法自然。

这是老子《道德经》的基本格调。人为什么要向大地学习，效仿大地什么？我们看看大地，山川、河流、庄稼、泥石、宝藏、花草、荆棘、野艾、毒草、地火、暗流等，无所不藏，无所不包。看似一片泥土，春来花海汪洋。看似一丘庄稼，秋至瓜果结实。我常常敬畏大地的神奇，一粒种子，就可以成就一颗参天大树。一把火炬，就可能烧毁一座城市。我愿匍匐在大地之上，身心和泥土交融。我愿做一粒微尘，随风融入泥土。可是，谁能左右自己的命运呢？那就虚心静坐，思考大地的博大、包容和再生的潜能，只有如此，人才能成就自己。

人法地，不是无所不法，而是有所选择的。人的选择性不是自己可以把控的，是需要用心去聆听，用思想去取舍的。大地的包容和坦荡是必须要的，但如果诚心不到，必须也未必一定。大地的潜能和再生是必须的，如果准备不足，必须也未必可行。大地厚德和物华是必须的，但如果修炼不够，必须也是枉然。相待学习，是一个渐进的过程，参悟的过程，醒悟的过程。唯有如此，才能谈到"人法地"。

地的阴阳来自天的变化。日月不存，大地黑暗。天上的闪电、雷鸣、暴雨、狂风等，都是天独有的个性。看云朵远去，思绪飞扬。望斗转星移，乾坤恒定。天地的呼应和变化，使人忽然觉得渺小、脆弱、可怜。人在这天地之间啊，能立身独处，或在人群依然淡定神清，那是地的厚赐，天的馈赠。非人力可为，亦非天道如此。那是地法天的玄机，天的玄机在哪里？在道中。

那么道又是什么，是存在还是虚无，是规律还是戒律。这全在自然的诠释中。看是看不见的，摸是摸不着的。似乎是虚无缥缈的。其实是存在于天地之间的，万象之间的，人际之间的。而这道，注定着人的生平，万物的繁盛。体味到了，那就置身高处了。意味不出，那就走在低谷了。如何把一个道字融会贯通，那就去向自然学习吧。一株草刚刚发芽，回头再望时，它已冒出地面了。白天山上是一片黛色，傍晚晚霞把山染成赤红。人不能两次踏进同一条河流，那又岂能两日吃同一口饭呢。自然的玄妙和先机，不是人人都可窥视的。尽管人有第三只眼睛，但也未必能看透自然的面纱。

人在世间，知道有一个道字了得，明白一个道字需要参悟一生，人何尝能走歪路，出斜径呢。

虚以待，实以处，慢慢读读《道德经》吧。

# 青史无声亦动容

《汉高祖》是著名作家杨焕亭又一皇皇巨著。

著名评论家李星曾经在评杨先生的历史小说《武则天》（三卷本）时说过，文学作品就是要提倡人格完整，要塑造高尚的人，任何时候都不可为恶人铸造民族高尚的伟大灵魂，这是文学的本质意义。无论是三卷本的《汉武大帝》还是《汉高祖》，焕亭先生都本着塑造我们民族伟大灵魂和高尚人格的初衷进行创作。因为，先生本是玉洁之人，对我们民族的精华珍爱有加，对我们文化的精粹精心提炼。他的历史小说，忠实历史的本来面目，寻找历史中我们民族的来路和去路，在思考和问询中叩响了历史的门环，透过历史的波澜，透视我们心灵中的闪光，给当下的人提供参悟的载体，成就了历史小说的现实性和未来性。

在塑造汉高祖刘邦的行文中，处处都有反思和叩问。既没有把英雄神化，也没有过多运用演义的手法修饰一个历史人物的灵魂。从一个人的世界看历史，从历史看一个人的成长和提升。在环境和场面设置上，设身处地地为人物打造一个合适的场所，使人物在那个特定场所完成自己的嬗变和进化。

汉高祖得天下的时候，和高起、王陵谈自己之所以得天下的原因。高起和王陵对答："陛下慢而伤人，项羽仁而爱人，然陛下使人攻城略地，所降下者因以予之，于天下同利也。项羽妒贤嫉能有功者伤之，贤者疑之，战胜而不予人功，得地而不予人利，此所以失天下也。"汉高祖刘邦看着王陵高起，淡然而言："公知其一，未知其二。夫运筹帷幄之中，决胜千里之外，吾不如子房；镇国家，抚百姓，给馈饷，不绝粮道，吾不如萧何；连百万之众，战必胜，攻必取，吾不如韩信。三者皆人杰，吾能用之，此吾所以取天下者也。"这番对话，可见汉高祖知人善任，用人所长，取人所精。也道出了小说家独有的智慧和高超的提炼对话的水平。从中我们看到，小说家善于运用对话来描写人物，塑造人物。在《汉高祖》一书中，通过对话推进小说，运用对话揭示人物性格，把对话看作人物自我表现和自我完善的一种方式，是先生的绝妙之处。

历史是过往的事实，历史也是参悟的载体。先生在《汉高祖》中把忠实历史，参悟历史，完全渗透在文字的背后。看似写历史人物，何尝不是在重构我们民族文化精粹中的绝唱。先生是我的老兄，更是我的老师。他的一生，如法天地，法自然那样走自己的路。默默无声中总有惊喜和令人热血澎湃的东西撞击着人的心魂。他是文学的一面旗帜，也是文坛的一名宿将。看他坚韧的步履，孤灯下燃烧的灵魂，给文学以神圣和庄严。读《汉高祖》的时候，人自然回到了那场电闪雷鸣的搏击之中，在文字里洞悉我们民族的真性，倡导我们民族永不言败的进取精神。

三百万字的历史小说，是在默不作声中怦然而出的。

桃李不言，下自成蹊。一切都在文字里，走进文字，就走进了先生的世界。先生的世界是历史的，也是现实的。历史在他的世界成为一种精神，现实在他的世界是一种昭示。

# 怀抱春风行大道

尚怀奇是一个有人文情怀、有理想信念、有禀赋才情的一名中学校长。读了他的教育专著《守望教育，静等花开——探寻教育的奥秘》，心里闪进一束阳光，豁亮、明朗、舒畅。

教育从孔夫子开始，教无长幼，学无高下。一切喜欢学习的人，都示教者为尊。此所谓一日为师，终身为父是也。尚怀奇知道自己肩负的使命和责任，明白自己站在讲坛有一种神圣感和崇高感。因而，面对教育，他是虔诚的、庄严的、可敬的。在他的守望之中，孜孜不倦，平视万物。他愿意把自己像种子一样撒进学生之中，感受他们的喜乐，把握他们的脉动。他更愿意像阳光那样，把自己的光亮撒进所有孩子的心中，使他们感受教育的亲和、自然和必须。

在守望之中，他独立教坛，俯瞰天下。他知道自己的力量是有限的，教育是一个群体事件，是一个团队作战。正如他在书中所说："一人独行，难免孤独寂寞，且无人切磋无人分享。一群人同行，就有了交流与碰撞，在切磋中学会思考和分享，在分享中悟出群体智慧的精彩。"他注重在教师队伍开展公平对话和阳光管理工程。把透明和彻底的思维交付给自己的团队，使自己的守望能看到开诚布公的交流，积极有为的思考，活泼超越的团队，落实扎根的学风。

在守望中，他懂得爱的力量。他始终认为，一切生长的花朵，都有她争艳的瞬间。一切走进学堂的学子，都有一颗上进有为的心。不能因为花朵奇异少见而忽视，不能因为孩子智力不等而存偏见。把一碗水端平，这是一个教育者起码的标准。如果多一份爱和关注，让所有生长的花草都有春天，哪个孩子能忽视自己的初心，即使智力不及，也会使尽自己的全部力量，争取在破土而出的时候，也能茁壮成长。爱不是一个空泛的字眼，也不是浮在嘴上的口头禅。他是点点滴滴的春风化雨，更是触摸灵魂的心灵之颤。不仅要爱自己的事业，更要爱自己的学生。爱屋及乌，在这里是及时雨。爱人爱己，在这里是春风吹。把爱撒进校园、撒进孩子们的心里，校园的天空必然高远蔚蓝。这是尚怀奇的思考，更是他之所愿。

在守望中，他作为一名校长，把学校管理上升到艺术的层面。把自己的教学经验化作溪流，流进教师的心中。把自己的智慧凝结成花束，赠送到教师的手中，使从教者少走弯路，多点才情。同时，在他的带领下，教师队伍是一个充满爱与力量，多了交流碰撞，少了颓废思绪的队伍。他提倡人性管理，喜欢人文关怀，注重人情味培养，使教者明白自己心头颤动的不仅仅是自己的血肉，更饱含着学生的骨血。自己的一举一动，都影响学生的成长和未来。自己的言谈举止，学风教风，都会影响学生的身心和学习的情绪。因而，不是所有学识者都能成为一个教者，不是所有学有专长的人都能成为一个合格的教育工作者。教师是一个神圣的事业，自然需要由虔诚之心的人来从事，由明白教育智慧和懂得学生心理能和学生处为朋友的人来胜任。这是守望的思考，也是尚怀奇书中的智慧。

在守望中，施肥浇水，在守望中，耕云读月。才能真正迎来花开春旺，碧云蓝天的诗意未来。这也是《守望教育，静等花开——探寻教育的奥秘》带给我的精神之旅。我将静坐竹林，品茗细读，慢慢体会这书中的智慧，打开给我的另一扇窗户。

# 小说的构想与探索

　　世间有很多意想不到的事情，随时发生在我们身边。从来没有听说过许海涛写小说，但他却以短篇小说集《跑家》一炮打响，享誉收藏界，驰名文坛。接触海涛，是在他的作品研讨会上，人浑实可爱，机敏敦厚。说到那些遗失或者散落民间的老古董、老物件，他眼睛焰火闪烁，满脸陶醉。就小说集《跑家》而言，称得上一部与经典比肩、与当代小说潮流同步的优秀之作。也许有人说我夸大其词，但走进他的小说世界，你有一种把玩典籍、触摸脉象、对视神秘的感觉。《跑家》大都关注老物件的追寻与获得，但作者写出了追寻带给人的惊喜，获得带给人的迟疑。一种存在过往留住记忆的雕刻感永远在意念之中，这种存在永远秘藏在世相之外，看似获得，也许就是失去。跑家独有的真实体验和感受在海涛的小说里弥漫着。特别在老物件的描写与人物的刻画处，惜墨如金，简约凝练，富有意蕴。可以用关中话截脆、攒劲来概括。读这样的小说，不仅仅是对民族文化的珍爱、怜惜和护佑，更有传播历史文化，秉承古老物件给予读者的认知和欣喜，唤醒我们心灵深处淡化的记忆和对祖先文明的漠视。

　　《跑家》看似各自成篇，但以"我"为主线，带着读者走进一个自成体系，又整体划一的新世界。作者落笔字字如金，结构小说别处心裁。在海涛的小说世界，他还没有完全把艺术的触角深入到他文字的骨子里，但他非凡的表现手法、独到的小说语言和蕴藏在小说背后的慎思和挚爱给读者惊喜。小说的先见智慧和语言艺术的戛然而止叫人难忘。海涛是清醒的、智慧的、敏锐的。在他落笔成文的时候，他看到的读者是高明的、聪慧的、智性的。他不敢蔑视文字的神性，更不敢蔑视读者的灵性。在描情状物，勾勒故事，寻找自己的句子的过程中，惜墨如金，在有限的文字里创造最大的空间，在简约的叙述中创造更深的意味，尽管未必都能达到自己的初衷，但小说中表现的就是作家的追求和对构建小说语言体系的探索。

我有时想，海涛骨子里是个诗人，他语言的诗性表达和意蕴是一般小说家不具备的。同时，他在小说语言中刻意采取民间语言与古汉语相结合的表现形式，把民间口语极致化，把古汉语通俗化，使笔下的老物件有了古色和活色，把一个死的不能说话的物件变得通灵而有神性。读这样的小说，不仅仅认识了很多绝世的东西，懂得了很多被我们疏忽而又让我们明白古人先贤和当代有品性玩家看中的东西。这样的语言，是《跑家》独有的追求和创造，因为他相信读者，相信小说不是小说家秘藏于心的东西，是读者感知的，未发现的另一个世界的真实存在。用一句话概括，海涛小说语言简约、截脆、肃穆、悠远。再朴素地说，他的小说几乎没有废话，亦少有虚言、妄词。这是非常难能可贵的，这也奠定了小说具有经典元素的前提。如果在语言艺术的穿透力和字里行间涌动着作者骨血的东西更丰满的话，那么，经典的围城就会突破。

小说的人物刻画和心灵呼应在故事中交手。《跑家》是在寻找的道路上表现人物，刻画人物的。人物与老物件的发现和碰撞使故事出现了波澜，而波澜的形成和暗流的涌动把小说推向了矛盾的边缘，留下的空白使读者在茫然中豁然顿悟，发现的艰辛是备受煎熬的，碰撞是一种勇气和忍力的外现。小说试图表现这种闪现的焰火，进而凸显人性中美善的一面，但在叙述中有时出现断层，沉醉在追寻中，发现中，而忽视了完型和提升，使叙述显得不尽如人意。虽然叙述中有珠玑之语，独到之思，但扣人心弦叫人回味的笔力稍弱。也许，作家想寻找一种新的叙述手法，探索和创新是有风险的。尽管没有达到预期，但这种对叙述负责，对小说负责，对文本负责的意识是非常值得肯定的，这也是一个有经典意识和未来观念的小说家必须具备的意识。

《跑家》的文本意识和结构艺术天机藏胸又似浑然天成。在创作小说《跑家》的时候，海涛没有急于动笔，而是运筹良久，思谋再三。他看着那些埋藏民间而又被自己发现的古董传奇，触摸、感应、发问，如何把他们呈现给世人，使他们不会失去神性和自身具有的文化品质，把祖先的智慧传递给当代人，使古物的光彩更加耀目，使文化的经世之用更为深入人心，小说的入笔和表现就要下点功夫。他在慎思之后，采取抓住寻找、发现、意外、揭示几个支撑点，围绕人的好奇、喜爱和追寻、破解的心理，缘物随心，一气成型。看似迷离，细品又在情理之中。这种表现，使人没有大喜，但却能入心化魂，叫人读后难忘。结构的妙处不留痕迹，文本的存在自然天成。这是海涛小说给新时期文学的可喜贡献。也许，有人不以为然，但走进小说，仔细把玩，你又不能不折服于海涛写小说的功力，这也是我为什么说《跑家》能刚刚问世，就一炮而红。海涛在小说创作中刚刚起步，但他的不凡表现和小说给人的意外之喜是我们很多在文坛滚爬了半辈子的人所不及的。他沉思、敏锐而又不乏天赋和悟性，特别是小说的选材和涉猎的领域非一般人所能驾驭，对老物件的钟爱和研究体现了自身的文化素养和小说禀赋。无疑，海涛在文学的道路上还有很多坎需要迈过，生活积累和哲学思考、语境开掘和艺术探索都需要认真面对。文字底蕴和弦外之音，心灵呼应和灵魂拷问都是一个优秀小说家需要面对的，我想海涛明白这一点，也一直在面对和探索中。预祝海涛破茧化蝶，心在云端。

2020 年 7 月 18 日于怀竹山居

# 峰回路转一线天

一部小说，剑走偏锋，来得自然，来得蹊跷，来得出乎意料，这是小说的收获，更是读者的期盼。小说不以故事取胜，而是沉醉在对文物、文化的审视之中，采取珠链式结构，把几个文化人的心力、过往、寻梦和个人际遇剥离成碎片，拼凑在一张魔幻世界的地图上，延伸、跌宕、交合，给人知识的对接和世相的黏合，在雷雨和闪电的瞬间，完成人物命运的透视和心灵世界的对应，使人忽然产生峰回路转一线天的快感。这是许海涛长篇小说《残缺的成全》给我的初感。

长篇小说《残缺的成全》是海涛继短篇小说集《跑家》之后完成的一部小说力作。为什么残缺？残缺何以成全？书名设置的悬念使人欲罢不能。看其引子，伏笔深埋，人物登场，又使人不能不走进作者设置的语境、情节、人物、故事之中。而每一节用一件宝物串联，倒金字塔和珠链式结构的推进，使人在接受知识、传承文化的氛围中和小说人物结缘，使人对文化场有了一个轮廓的认识，对小说塑造的金晌、龚老板、成乾韫、赫耀、老季、周良生、湖舟、姨妈、凌丽云等人物有了入木三分的感觉。其中的宝物有很多残损，就是金晌的书斋也名曰：品残斋。而人物的命运，也是残缺不全，金晌与妻子16年没有肌肤之亲，在外遇到了曾经的小妹凌子，两个人就走到了一起。一生的际遇充满着人性的背离和人性的必然，凌子的不幸而亡，自己的不告而辞，世间的爱恨情仇，都在一个残缺的怪圈中找到自己的归宿。残是损，缺是无，残缺的外表，深埋着一个完美的"成全"。那些残损的石像、经幢、书卷、字画，与残损的人生、人格、人性，构成小说无限的空间，使断臂的维纳斯在阳光下找到了存在的美学价值。那么，许海涛的长篇小说《残缺的成全》呢？

这部小说有三个显著特点，值得人思考：一是大胆采用后现实主义的表现手法，揭示小说的内在本质和人物命运的现实存在。现实主义是陕西作家创作的法宝，而推演、裂变、实践后现实主义是许海涛的创新。也就是在现实主义的基础上，大胆吸纳当代现实的存在元素，把正在进行时的地名、文化符号、形势估量、语言出新移植到小说的叙事和演义中，使事件的客观性、人物的真实性和艺术的虚拟性相结合，给人小说非小说的阅读感，体验非体验的接触感。如小说把人物放在西安和咸阳两个城市，以咸阳为核心地域，涉及秦岭、汉陵、三原等地域，使人物在文化沃土和宝物亲密接触，从而使故事和人物命运在现实的滚动中发生了血肉联系，产生了灵魂碰撞，激发了初心和执着之心；二是小说命题的改变和生命个体的凸显使小说给人的空间更为广阔。和《跑家》不同，在《残缺的成全》中，一切存在中生命是最为珍贵的宝藏，值得尊重、珍惜和呵护。而《跑家》则忘记了生命本身，不断追寻。一切的作为都在路上，哪怕是穷途末路，都会不舍而寻。把寻宝当成生命的全部。得而惜之、爱而忧之，使遗失或者散落民间的宝贝成为自己生命的一部分。在长篇小说《残缺的成全》中，人为了爱可以舍弃珍存已久的宝贝，为了自己心性的自由可以全部割舍。人性的光焰在这里尽情燃烧，直到曲终人散，各自奔去。谁是谁的福音，一下子很难看得清楚。正如作品所言，认识一个人比认识一件宝物难啊；三是小说语言的文化内含和哲学思考给了小说很大的张力和丰沛的意象。特别是叙述语言和对话语言，简约、明快、蕴藉、峭拔，如刀剑出鞘，似兰草拔节。小说在写赫耀和姨夫金晡的两句对话中，我们可以窥斑见豹。赫耀问道："古人饭都吃不饱，为什么要建那么多寺院？"姨夫答道："人活的是皮囊，又不是皮囊。皮囊吃不饱，得先把皮囊哄饱了；皮囊饱了，灵魂却饿了。由古到今，儒释道，诸子百家，这个思想，那个经咒，都是用来喂养灵魂的，使灵魂不至于挨饿。"这段文字，容量和载体本身，都叫人拍案叫绝。而在告诉人们石鲁是怎样一个人的时候，饱含激情、才情和诗情。作品从写兰入手，"山石嶙峋，三条兰枝展开。一条霹雳如剑，一条温婉如月，一条弯曲如枝。"进而说到石鲁的落款，"书法如挟华岳壁立千仞之气，不是用笔写，而是刀劈斧凿，山崩地裂。"其中预示着石鲁的气节、命运和人生。接着作者用了三个"来自于"状写石鲁是一位气质独特，富有创造精神和迸发力量的卓越艺术家。小说对待语言的敬畏之心，全在他掌控的语言神性之中。这种小说语言，把小说的楼宇嵌合成一个整体，给小说一种魔幻和神奇。

在阅读《残缺的成全》时，小说对人世风情和文人心性的处理中，喜欢用一物一宝品人心、写人性、成景致。人与人、人与物、人与景，都是天缘呼应对接而有意味，这是小说注重和偏爱的一种变现手法。其中白石唐狮、汉代蜗牛、四神瓦当、蓝田玉枕，哪一个不是金晡生命中的符号。就是《九嵕山雪霁图》和《秋山晚霁图》，哪一个不承载着金晡对残品的美好构想和对文化的格外崇尚。这一思想，贯穿在小说人物的命运中，即使是发生裂变或者出现洪峰，小说人物都能慨然应对。哪怕丢了过去的自己，哪怕失去拥有过的时光，追求自在和归心，这才是生命的最高礼遇。于是乎，残缺不在，成全呈现。二者互为表里，彼此相得益彰。

在这部小说里，珠链式结构决定了小说没有大的波澜、没有大的矛盾冲突、没有峭拔动心的故事。这不是小说的长处，而是长篇小说的"残缺"。整个小说有点扁平，出奇的结构和语言并不能掩盖平而直的表达，这对小说艺术来说，当是一大诟病。虽然峰回路转，豁然明朗显于眼前。没有想到，抬头睁眼一线天，半片蔚蓝半片残。

这些，都不能丧失这部小说的优秀性。反而，给这部小说平添了一些意外的艺术格调。其中之味，咀嚼自知。

# 爱至深处琴无声

诗人浪漫，诗人睿智，诗人多情。

爱情在诗人野蒿的诗句燃烧，在诗人野蒿的灵魂呼叫。诗集《七弦琴》，是诗人野蒿的一部爱情诗集，更是诗人对爱的痴迷、追忆、探寻的高山流水。一个诗人，有着旷世的奇妙情感，有着对爱的不断追寻，他的诗不仅仅有着李清照的孤寂和清幽，更有泰戈尔的澄明和神性；他的诗不仅有着普希金的缠绵和烂漫，更有着拜伦、雪莱的经典和旷达。读野蒿的诗，无疑是在爱情的《七弦琴》上起舞，也是在经历一场陶冶灵魂，沐浴情感的洗礼。

诗在骨子里澎湃，人在爱中煎熬。

不是不可能，而是在爱情这个魔幻的色彩中不知道该如何着色。诗人是激情智慧的，也是孤高放达的，矛盾的、和谐的，碰撞的、交融的，使诗人欲罢不能。他在春风里揽月，也在夜深时摘星。他穿过时空，总想找到自己的另一半，但窗外的风有点冷意，就是在春天，他看到了一场冰的存在。但诗人的心是热的，是透亮的，是飘逸的。

七弦琴，能听到中国古琴弹拨的玄妙之声。也能感受到文人追怀思念的天地之声。知音在心，四海难寻。但在野蒿的诗句中，我们看到了宫、商、角、徵、羽的闪电，也捕捉到文王武王大爱的呼吸。它非钢琴，亦非提琴，但我们在野蒿的诗句里听到了命运交响曲，也在梁祝那"绕梁三日不绝"的悱恻和幽怨中，看到了渴望化蝶的美丽和奇幻。于是，《五百年》，才等到"你"的回眸，在《被爱囚禁》的日子，打开西窗，豁然看到"山前，水上的一棵千年树，蓦然地绽放出一片粉色"。《万年的陈酿，只为你而醉》，在百般离愁别绪中，在千年不倒的胡杨树下，《让爱的光芒，点亮心灯》，而诗人是孤独的，深爱或被爱包围着，他只有手抚瑶琴，在七根弦中弹拨自己至爱的神曲。

野蒿面对内心是坦诚，面对现实中的自己却非常纠结。他释放着自己的情感，毫不掩饰，甚至无所顾忌，因而在表达中似行云流水，随风而舞，使爱深入人心，令人怦然心动。给沉寂的灵魂注入激流，给沉睡的过往投入雷鸣。爱情，在野蒿的笔下，令人神往，叫人渴望。这是野蒿的心灵之声，也是大地律动的春声。野蒿的爱情诗，不仅仅在自己追梦的世界里回响，也在现实人生的动力和憧憬中重塑着人性的理想高地。

野蒿的《七弦琴》，独奏或者与自然合奏，或者与生命交汇，都给人爱至深处琴无声的感觉。无声似有声，天地显真容。读野蒿的爱情诗，醉也罢，醒也罢，都会使人在真纯和如梦的状态中畅想，好一把爱情的七弦琴，在明月和清水相依的至境，给千古爱情不绝于耳的美妙之韵，留在山水自然间，定格在生命闪光处。

# 孤月独照山林空

　　一轮孤月，在山林中行走。一盏明灯，在长夜里闪光。山林因月色诗意顿生，长夜因明灯忽然耀眼。只有心存善念，感怀天地，笔下的风景总会使人难忘。诗人文源就是这样，似孤月、似明灯，给人一个通达的世界，豁亮的世界。这世界在他的诗句里，在对中国文化、汉字的敬畏中延伸，让人难以走出《亲近大自然》的丛林。文源为诗，经年不断。在当下诗人追风造势的潮汐中，他独守宁静，以一份虔诚和执着，在自己的语境中寻找梦中的"情人"，不妄言、不喧哗、不浮世，忠诚自己的内心，在大自然的挚爱中淘洗灵魂。我始终认为，诗是天地碰撞发出的振鸣，激发的焰火，形成的图像。文源触摸到了碰撞之鸣，感受到了绚烂之光，看到了美善之景，他的诗句，就是自然的声息，星月的彩晕，智慧的闪光。在《向日葵》一诗中，诗人只有两句"脑袋被砍掉了/仍振臂高呼太阳万岁"！何其形象，何其壮烈。我曾经想，文源是一个疯子，一个在文学王国独舞的疯子，不管他人怎样看待，他一直走在自己的道路上。就是疯狂，也有自己独到的情致和仪态。"我就是我/太像别人就没有了自己（《麋鹿》）"。他坚持自己的品性，疯的可爱，疯的珍贵。长歌短行，诗赋离骚，要的就是自己心中燃烧的篝火，获得的是大自然无私的馈赠。一个诗人，忘情山水，把人间烟火过滤到山水的语境中，那一定是劈波斩浪、抵达心灵彼岸的。在《亲近大自然》中，他打碎了传统表达中很多世俗的东西，能够用一个字或者一个词洞悉世相就绝不轻易再添加一个字或者一个词，对语言的神性膜拜和对事物的灵性洞悉，使《亲近大自然》简约、精致、美丽，大自然是神奇的、博大的、丰沛的，任何人在大自然的怀抱中都会陶醉，或迷失或疯狂，都是一种常态。何况钟爱大自然的诗人文源，他是写了一系列大自然的诗句，唯有《亲近大自然》是回望中的反思，对视中的哲语，畅想中的赞歌。他抛弃了曾经酣畅淋漓的表达和抒写，拒绝浮华和狂热的抒情，在短歌小诗中提炼灵魂之思，发出理想之声，给世间留下几多芬芳，几多绮丽。在这本诗集中诗人精选了一部分识文解字的诗句，把汉字意象化、诗理化、灵性化。比如一个"渭"字，诗人写道：一条长河穿越我的心田／月西沉号子声远。把汉字结构异化后，使每一点每一笔都有神韵，而诗句本身，不是简单的解字，而是诗性的飞扬，思想的驰骋。这在文源真是一绝，经年累月，日日思悟。如打坐之人，闭目养神的瞬间，诗神就会降临。而降临的神会带着文源，穿越在几千年文明长河中，打捞岁月之光。如果说诗人的探索是举灯踏路之行，是搏击风雨之行，那闪电和响雷就是欢呼和呐喊。诗人文源是举灯的人，也是踏浪而歌的人。祝福在路上的诗人，亲近大自然，拥抱大自然，在大自然的音响中，捕捉真音，讴歌大美。

# 徐霞客

徐霞客，一代奇士，弱冠之年，就行走自然。虽在家园临近之地，笔下已卷起风云雷鸣。一生喜欢行走名山大川，历时三十余载，万里遐征，上攀星月，下蹩逸荒，用自己的一生写下了洋洋洒洒六十余万的千古奇书《徐霞客游记》。

我看的是经过开明出版社精选的二十五篇集书《徐霞客游记》，从中可以感到徐霞客这个伟大的地理学家，一生的挚爱和对大自然的崇尚。按照出版者说，全书据实写景，记事，文笔细腻，气骨峻爽，在古代文化宝库中自成高格。

我看后的感觉是这样的，徐霞客不仅仅文笔隽永，笔下常有惊人之语。他熟练运用汉字的典雅和蕴玉之光，把文字写成了心头可以舞动的音符。他用词造句，非常人所料，如在《游天台山日记》中初五的日记有这样的句子："入寺，饭后云阴溃散，新月在天，人在回崖顶上，对之清光溢壁。使人豁然开窍，月明照山川，清光醉人眼。"他写景，简约、声色连动，应接不暇。在《游雁宕山日记》里，徐霞客在写十三日行成时，有这样的句子："出山门，循麓而右，一路崖壁参差，流霞映采。高而展者，为板嶂岩。岩下危立而尖夹者，为小剪刀峰。更前，重岩之上，一峰亭亭插天，为观音岩。"节奏明快，转换瞬息，给人景叠人心，人醉景中之感。徐霞客在写景中，喜欢文辞跌宕，旋转绕梁。既道出景之生态，也带出景的诗意。行文滴水难入，语势壁连珠合。在《游庐山日记》里，徐霞客这样写道："循岩侧庵右行，崖石两层，突出深坞，上平下仄，访仙台遗址也。台后石上书'竹林寺'三字，竹林为匡庐幻境，可望而不可即；台前风雨中，时时闻钟梵声，故以此当之。时方云雾迷漫，即坞中景亦如海上三山，何论竹林？"短短数字，把庐山景前世后世写透，又使人生出无限感慨。不愧游记高手。

徐霞客的游记，既是地理生态的写真，也是作者心路意境的造设。看似闲适随性，处处紧锣密封。为后世写家带来了很多参照的文本。读徐霞客的游记，必须带着自己的心，凝神静穆，细细品读，方能意会到其中的妙处。

看了这本书，最大的收益是华夏自然的物化竞秀，在徐霞客的笔下跌宕起伏，字字珠玑。不仅是时空方位的变换，更是步步景物的牵挂。读了这本书，谁都想沿着徐霞客走过的历程，亲自感受一下下山的钟灵毓秀，自然的神性回归。人在山川之中，人似乎也和一座山，一条河，或一庵一寺结为邻里，成为挚友，从此隐居修身，在时光中蕴藉，岁月中爆发。在一个适当时刻，走出深山，还人间自然一个和谐美好的景观。

徐霞客，一个执念很重，胸中有五岳，心中有天下的地理学家。一个对星象颇为关注的天文学家，一个开一代先河的文学家。读他的书，眼界大开，古文化的焰火照亮了我们前行的道路。

# 心灵欢呼的声音

　　杜晓辉是一个才情和禀赋都很入境的诗人。过去只看到他的文化散文，字字珠玑，又顺应天地之气，颇有思道和彻悟的感觉。而在读到他诗的时候，我忽然有点熟悉而又陌生的印象。看起来，他达观、通透而又深藏思想，其实他骨子里闪光、热烈而又充满理想。他是一个在生活中打磨过灵魂的人，也是一个在浮沉中能静心远望的诗人。他的诗出自心灵的颤音，发乎天地的仁爱。诗所指都源于内心的呼唤，感召浮世的游走者。有点铁肩担道义，狭路遇故知的气象。

　　在晓辉诗集里，我们看到是诗人对古汉语的敬畏，对民间文化的钟爱。他的诗从不妄言，也不把俚语带入诗境。他不盲从新生代的新诗体，也把把自己囿于音韵平仄之中。完全的修为和对新诗的独到体验，使他的诗读起来爽心，读后余味悠长。在《心酸》一诗中他写道："生命的意义／似乎忽略了它所有的窄／而更看重它的长和宽。"语言平和，而诗理独在。在《五月，走进永寿》一诗中他写道："今夜的风／真是疯了／怒吼地狂叫／搅得天空阴暗／疯了的状态／其声音在空中不断回旋／无端地撕裂／才看清了你的本面。"这首诗完全发自肺腑，没有过多修饰，却把汉语的魅力展现于读者。没有过多的哲思，就是一种相遇一种感慨，却把人间真情撒泼在方寸之间。诗的天地就是如此广阔，道人未言，说心中话。不狂躁、不媚俗、不做作。真诚为诗，乃诗之大道。尊崇自然，发乎灵性，是晓辉诗境的另一通途。在《五月，在九嶷山上》，诗人吟道："这里有别院深深／点点红的石榴／有千种风情／绣锦葵的妩媚／有蔷薇浓抹／写白花的狂意／有春风吹来／杏挂果的希望。"来得没有痕迹，一切都是心灵的互动，情感的交织。诗人有时是入境的，有时是出境的。入境时，诗心已经浸泡在语境中了。出境时，心思已经站在云端之上了。诗人在其内时，人随心动，情随景移。诗人在其外时，知诗境通幽，诗理达天。因而，晓辉的诗以自然为崇尚的话本，以心灵的呼应为诗的通途。这样，使他的诗贴近人心，触及人魂。看似淡然，实则高妙。

触及人文，触摸历史，使诗在道而又有现代情怀，把诗重新推到了文化的高地。杜晓辉是一个有使命感的诗人，他为诗，把握着人文和历史，渗透着忧思和未来。无论是写平利还是写华阴，他都能把当地的人文环境和民间文化带入诗的语境中，给诗歌以厚实、坚韧和挺立的质感。就像印度诗人泰戈尔在《吉檀迦利》中把印度宗教文化和民俗完美糅合一样，晓辉是自觉还是不自觉，我不清楚，但诗歌文本呈现的东西，叫人眼界大开。在《梦中的华阴》中诗人写道："梦中的华阴／是多么的嘹亮／秦代美女罗敷／采桑济贫／被后世颂扬／隋文帝的威名／更是让弘农之地／名震八方／梦中的华阴／是多么的豪放／三圣母洒玉液／助华山生长／苍龙岭上／尽显历史的沧桑／四峰奇险／成为人们膜拜的偶像／长涧河畔则闪耀着新时代的光芒。"诗中的气息和写作客体的气象合一，诗境和文化与历史的延伸相结合，使杜晓辉成为一个难得的有品性、有灵性、有理性的优秀诗人。

在诗中饱含激情和播撒爱情，也是诗人的天职。诗歌因为爱情的存在而永放光芒。爱情不因时代而使诗人失落或者惆怅。因为有爱在，诗歌中的圣火才会永远燃烧，因为有爱在，诗歌抚慰心灵的手掌总是温暖的。在晓辉的诗里，不仅仅是当代或者现代，就历史和现实的交汇点上，依然点亮着爱情的灯盏。在《今夜我在洛阳》一诗中，他固然没有提及爱情，其骨子里隐含的爱情却无不发人深思："今夜，我在洛阳漫游／仿佛看到龙门石窟的灿烂／还有白居易和白龙马的交谈／东周大周／演绎的文明／让后人们咀嚼畅谈／树碑立传。"虽然没有写爱情，而作为历史永不衰老的神话，爱情却随处可遇。诗人是一个有大志向的人，在从事散文写作中，忽发灵思，林林总总，都成诗的枫树，给万千世界以色彩。尽管诗人笔下的爱情诗不算多，但心灵对爱情呼唤始终都流动在他的诗句中。非无爱而爱太深，非无诗，而诗终成灵魂崖缝中旌动的兰之韵味。

对诗人而言，能够把心灵中的呼唤和灵魂深处的颤音捕捉到，并能以诗的形式表现出来，乃人之大幸也。晓辉的诗何尝不是如此，如果能把大义和诗的大语境融为一体，实为诗歌的幸事。祝愿晓辉，独在云端看世界，放眼还须待旭日。是为序。

# 玉兰怀春梦蝶飞

鹤鸣和李寒要出版两个人的诗集，这是一件令人兴奋的事情。在文坛，两个人能以诗的名义和世界对话，与读者进行心灵的沟通，是诗的崇高和大美给予读者一次神性的叩问和享受。

鹤鸣是老树开新花——独放异彩。作为20世纪80年代后期出道的诗人，久负盛名。几十年来，从事字画、古董、编辑等工作，但诗心不改，初心永在。他的诗通透、灵慧、优美。早期有诗集问世，偶尔有诗作惊人。特别喜欢给美女写诗，与自然交融。诗中不乏哲思和妙趣，亦有行吟诗人的格调。他和李寒是诗坛一道风景。这风景的深处，是静谧和舒朗。

而李寒是一个把爱深藏内心的诗人。一个看起来洒脱飘逸的诗人，一个对现实充满悟性和切肤之感的诗人。她身处红尘，沐浴风雨，站在低处，感受轮回。以一种敏思和智者的姿态观瞻世像，以诗人的触角和梦想寻找未来。虽在红尘浸润身心，把自己和大地、山川、自然融在一起，看似无形，而梦蝶高飞。

我很喜欢李寒诗歌中非凡的个性和超然的品性。在《共性》一诗中李寒写道："我与世间植物的共性／是无论怎么挫败／都能从身体的另一个部分冒尖／并若无其事掸去身上的尘土。何其淡然的处世之道，何其达观的诗歌之境。"一个诗人能够放下自我，或者把自己我隐藏在文字之中，那是需要勇气和胆识的。李寒看似温柔，骨子里很有点伟丈夫的气韵，在《旁观者》一诗中她写道："有人曾教我世故／有人曾授我道义／有人说想要活的风生水起／适当的时候露一露狼性。"这狼性，是本真与善良的较劲，也是李寒诗歌中蕴含一种力量。谁在握手，谁在拉钩，每个生命的冒尖和重生，都是非凡的，充满意趣的。诗歌给人如此怀想，那诗歌的空间和维度不是跨越了诗人的心灵之地吗？飞翔和梦想在玉兰怀春的时节破茧成蝶，诗之美，不再言说。

李寒诗歌给我的震撼不仅仅是灵与肉的较量，更多的是对自然、人文的关注，其中不乏崇高的意趣。在《冬日，过麦积山》里，诗人没有着墨于叩拜、诘问和疑惑，她体验的是过往和曾经，并在回忆和现实感中释放焰火，体验生死，从隐藏和遮蔽中突围。"我像那喝醉酒意外被撞的亡灵／每每经过出事的地方／都要重复一次死亡"。在死亡的闪光中，诗人似乎是一个盗墓者，但她又非一般的盗墓者，她能从破败中发现灿烂的花朵，也能在沉寂中打颅被前人包裹的面具。像诗中写道："我是所有盗墓者里唯一一个／不带干粮，不带装备／不懂分金定穴和五行八卦的人／危险来袭时／我也是最后一个冲出洞口的人"。（《盗墓者》）这是诗人过滤了自己，把自己推到历史和现实的交汇点，在阳光普照的瞬间，融入自然，融入尘世，给诗歌云端的高度。无论是在桂林还是在双江河畔，诗人都把自己这种高度化解在自然的折变中，诗随性而又有独特的格调。

在李寒看来，我手写我心。诗歌在意一种潜质，追求一种在心。她不是一个过于看重形式的诗人，一切都和自己的心灵轨迹有关。所谓诗人出本真，缘天性，就是说的李寒。她信手拈来，而非苦吟拼诗，使诗歌天然而成，而绝非孤寂时刻说孤寂。在她的诗中，心绪和情趣随景而生，意象和诗理共存。在《帘卷西风》中她写的很有意思，"没有比西风更瘦的了 / 这么多年 / 它除了在我的指缝间溜来溜去 / 我要的流星雨它从来都没有带下来 / 因此 / 一道纹丝不动的珠帘都能替我做主 / 拒绝王子与诸侯"。但我是谁啊，诗人能被拒绝吗？她笔锋一转，如此写道："我是如此的孤陋寡闻 / 像一道提满了旧词却被深锁庭院的门 / 除了每年墙外的杏花伸进头来 / 告诉我 / 为了等我 / 你与所有能动用的华年与岁月为敌。"诗歌意象万千，别趣横生。这才是诗之门、诗之道。

李寒诗歌给我另一感觉是乡愁和对故土的执念。尽管包含深爱深情，也寄托了很多憧憬，但笔法过于单薄，使得这部分诗歌底气不足，冲力不够，很难叫人产生强烈的呼应。但无论怎么看，李寒都是一个非凡的诗人，一个能够把梦想埋在心里，而能放飞心情的诗人。

对于痴爱和忘情的诗人鹤鸣，能和李寒同台竞技和演义，是诗坛难得的一次精神之约，诗之幸会。

祝福两位诗人，在他们的诗集出版之际，以此序，不知妥否？

# 虔诚之心真诚之文

　　陈益鹏是一个把爱与儒雅和高尚铺垫在心灵沃土的作家，也是一个对理想和梦想非常渴望和痴迷的作家。在一个秋收与播种同在的季节，他推出了三卷本文集，给文坛一道亮丽的风景。一本文论集《天蓝草碧》、一本散文集《远山有情》、一本诗集《花香满径》，洋洋洒洒近六十万言，可谓诗文大观，人间盛事。

　　就文论集和散文集大家说的很多，我不想赘言。在这里仅仅谈谈作为一个诗人的陈益鹏，他新出版的《花香满经》吧。陈益鹏是一个非凡的诗人，在他从事文学创作几十个春秋的过程中，他心中始终燃烧着爱与梦想，不但写散文、小说、评论，更重要的是他还是一个诗人。

　　作为一个诗人，陈益鹏是充满挚爱的。爱得热烈、爱得坦荡、爱得执着。因为爱，他才能挥洒自如，处处为文。诗人是敏锐的。敏锐在于捕捉意象、在于抓住本源、在于入木三分，如此，才能诗意蕴藉而思想飞扬。诗人是富有灵性的。灵性体现在诗意如花，诗境舒雅，如此，才有意象蓬勃，意趣生色、意境盈人的佳作问世。

　　阅读《花香满经》，诗人深深感到，诗人的低吟浅唱给纷纭的世像带来了无限春光，无形中给人以温暖、以力量、以撼动。诗人是虔诚的、执着的、充满真爱的，心灵的沃土丰厚而生机万象。他生于岭南，秦巴山水赋予其才情，故乡人文给其魂魄，人间万象使其感悟生的酸涩、疼痛、喜悦和欢愉，感受生命的绝伦和圣洁、污浊和丑恶，善爱与至美，体悟存在的孤独和繁华、冷落和热望，使其作品在舒缓的语境中总有跌宕的思绪和给人一振的意象，叫人在诗意的蒸腾中感受诗人的爱与梦想。在"故乡情愫"一辑中，诗人抒写故乡的壮美、古朴、幽远，以无华的词语搭建灵魂的高地，构建自己的精神家园。写故乡的山水、清明时节的风物、亲情的牵挂，无不字字珠玑，满含深意。诗人的笔触不动声色、但文字背后的情感如同静海深流，使人在阅读欣赏中不知不觉走进诗人的内心，在感染和浸润中自己的思绪也随之展开，思想在无意中被激活、被洗礼、被纯净。在"边走边唱"中，诗人以行吟的风格，触摸时代的印记，抒写豁达朗阔的情怀，文字中处处是被淘洗过的意象和不断升华的情感，对家国、对时代、对未来，都满怀希望，充满理想主义色彩。诗人始终走在时代的前沿、登上时代的高岗、展望时代的曙光。把自己浸润在生活的深处，把灵魂根植在大地的深处、把触角伸展到时代的深处，以冷静和热望同在的目光，感受、抒写、歌唱。在"说东道西"中，诗人随地随缘，格物怡情，把自己对世界对人生的感悟和思考付诸笔端，以真诚和善爱为基调，以物化人心为初衷，放浪形骸，追求大美，使其诗入心入骨，使人心灵博大，灵魂崇高。在"诗意散章"中，诗人放慢了脚步、以散文诗的形式，抒写生活的大美、自然的崇高、人性的闪光，可谓率真、质朴、润泽。他的散文诗的语言简洁、洗练、凝思、意远。这是陈益鹏体悟与感悟所获得的诗文之道，也是经年累月之后的静思之花，总的看来，陈益鹏是一个很会写诗的人，他不追求短句、画感和诗眼，但他的沉静和幽远、哲思和体悟、激情与梦想，支撑他的诗歌大厦，使其成为一座圣殿，处处闪耀着灼人的光焰。祝贺陈益鹏，诗歌的道路鲜花盛开。

# 简单素朴入诗境

　　李春玲是我看好的一位诗人，一个有着知性、灵性和悟性的诗人。在她的世界，诗是窗前的一轮明月，也是晨曦中的一缕微光。她开朗豁达，美丽大方，给人遐想和舒朗的诗意感。在春玲的笔下，诗是大地破土而出的绿芽，也是森林颇有风姿的枫树，出自自然，天成为趣。最近在我读她的组诗《彻骨的独白》时，这种感觉尤为强烈。

　　"入世，出世／一次撕裂的飞升／像鹰／世界再大／终，抵不过／一颗心。"这是春玲《彻骨的独白》中的一首小诗，题目就叫《醒》。破境和意象的反光，彻悟和大道的逆转，把一种生命状态哲思化，给醒字更大的潜质和高远的气象，使人明白生存在醒的状态中，富有真诚、豁朗、达观的境界。人何时醒何时迷，不在生命本身，而在内心的觉醒和思想的飞扬。

　　在这组诗里，春玲似乎妙化成仙子手中的一支绿橄榄，点化生活的凡尘，洗涤清谷的绿水，把语言的内敛和诗意追寻到极致，这不是夸张，且看看下面这首写《槐花》的诗。"不施胭脂，不涂抹／口红，一袭／彻骨的独白／把春天，扎在／故乡的后山坡上／吐露清新。"简单素朴，凝练清瘦，把满坡的槐花用"一袭"囊括，用"彻骨的独白"把槐花人格化，一个"扎"字透出入骨的爱与痴情。诗人似乎就是一袭槐花，清新自然，独白心语，是整个世界为一个清清爽爽的"白"字所覆盖，这是人世生存所求之止境，活得明白，走得清白，一个白字，看似简单，而要成为一个人品性的符号，成为一生的定语，那是何等之难。

在春玲的思绪里，明月当空，心境似水。她作为一个有追求的诗人，在诗的王国纵向构建自己的殿堂，但现实和诗人自身的阅历和感知所囿，使自己的创作尚在追梦的路上。正如生活，需要亲身经历，慢慢认知，把生命体验和心灵体验融于一点，方能看清生活的本来面目，在生活中学会生存、创造和寻找未来。这种贯彻诗人在《生活》一诗里有所表露："多年来，我一颗／漂泊的心，被／乡愁的千丝万缕织成一张网／随岁月沉浮，以／捕捞为生。"在诗歌里，诗人用了一个"捕捞"，把乡愁和对故乡的怀想写的淋漓尽致。这也是诗人感到生活的本真是心的回归和人的静思。尽管生活斑斓万象，但只要心系故乡，人在途中，生活就是一张"网"，不能逃离、回避、退让，要的是报恩、反思、瞭望。诗人虽然不能在波涛和风浪中挂帆高歌，但在熟稔的日子里能抚慰灵魂，这也许是诗人在路上的感受和期望。在小诗《谷雨》里，也许有这种痕迹："谷雨，从季节的屋檐上／落下，湿了一季春／雨打落花／——伤了谁？"

诗人敏感、多思、多情，富有浪漫情怀。在她从诗的路上，有高人指路，有心灵思悟。诗是她生活的云端远望，也是她田野的漫步情思。诗歌虽然仅仅写了内心的呼应，抚摸了灵魂的闪光，和大视野大格局尚有距离，但诗能触及灵魂，还想渴望什么？

在我看来，春玲是一个很有潜力的一位诗人，她的执着和梦想，给了她温暖和力量。在诗歌的路上，每一个诗人都是探险家，任何尝试和大胆的想法都可以付诸语言的行动。尽管有风险，有马失前蹄的可能，但只要能蜕变、嬗变，也许前路豁然，明月高悬。只是一切都需要心力和智力的支撑，更需要文化和思想的奠基。希望春玲在从诗的路上多读书、多思考、多感悟，以生活作底色，以精神为核心，以诗意为妙笔，勾勒出自己的诗歌世界。

# 倾听使人灵魂撼动

诗人行走在大地，把爱播种在江河山川平原，一种声音牵挂着诗人，诗人的灵魂在蒸腾中感动。江山之美，大地丰盈，物华悠悠，岁月留痕。这是诗人脚步前行，心灵吻合天地，呼唤与倾听的大地之声。诗人发乎真性，源自初心，把眼睛看到的，内心触及的，用一种天籁之声，歌唱给自然、社会、众生，唤醒沉睡的思念、爱恋、悲悯，为自己重构一个大美的世界，一个与自然和创造相依的世界。在这个世界里，诗人真爱在心，感恩如春。以思接千载，神游四极的跨度，把美和善、德与淳、丰与盛渗透在文字里，使诗永恒，使爱长存。这是诗人陈益发诗集《大地行吟》给我传递的一种力量。我在这部诗集中找到了坦荡、素朴、执着的情愫，使人丰沛，难忘，感动。

"此刻，我独坐河东 / 遥望夜晚深处的大河 / 想一路行程 / 恰似东渡放牧 / 劳苦是肉身，收获的是 / 蒹葭苍苍的自由。"诗人在《河津渡》一诗中这样抒写自己的感受，不因为奔波，就搁置了慎独，不因为匆匆的脚步就疏忽了自己心灵的感受。就是一人独坐河东，也会获得思想的自由。而这自由是诗人触摸大地时，诗心飞翔的一种轻松。这轻松来自一路倾听所得，一路独悟所有。陈益发，是一个敏思、达观、智慧的诗人，诗集中涌动的一种爱与不舍的情感，如清流，汩汩而动。

诗人在《再看白马》一诗中写道："秋风突然吹疼了 / 一片

飘零的树叶／那匹无私驮经的白马／怅然若失／我抚摸它的脸颊／如同抚摸，一块冷冻多年的／疼痛的石头"。跳过历史的藩篱，诗人行走在当下，他审视白马，就如同审视飘过的云烟，消散的过往，疼痛的不仅仅是一匹驻足在寺院中的白马，也是诗人不忍舍弃的一种文化。文化是一个民族的瑰宝，谁能无视文化的存在，拯救、继承、弘扬，是诗人的天职，虽然没有形诸笔端，但诗人的眼睛深处，深藏着这种爱与不舍。诗句的背后，彰显着这种力量。这是诗人陈益发的一种情怀，如春雨润物，爱在无声之中。

诗人是平静的，也是激动的。他的热血在奔腾中抚慰时光的手，只要抓住岁月，留下的只有壮美和感动。在《大地行吟》中，诗人不再有年轻时的骚动和随时激发的冲动，他在触摸经历中的山岳，内心平静地爱着嬗变的时代。他在《到吕梁》一诗中写道："多么硬朗的春，轻轻扶掖我／一步步把我从河西长安／带到吕梁／天空湛蓝，悠远／楼房鲜亮，温暖／没有了苦难，也没了苍凉"。多么美好的现实，令人畅享，给人温暖和怀想。

怀想是诗人赤子之心的必然。他留恋故土，挚爱黄土地，概因他生命的原初之心。他在《那片黄土地》中写道："我就是被那股子激情吸引的／回眸，曾经生长激情的黄土地／日子更加朗润／思绪更加闪亮。"不会因为行走而忘记自己从哪里来，也不因为匆匆，而淡忘灵魂深处的声音。诗人有一颗朴素的初心，一种生命的情结，无论身处何地，自己的故土之恋都始终牵挂着远方的目光，即使到敦煌，在飞天舞动的轮回中，他依然看到苍天黄土之间，"有一条遥远的河流汩汩流淌，有一片茂密的森林随风起舞"。

于是，诗人"扒开历史的外衣／问一问那些虚无的肉身／是否呼吸过，清新的空气／即便过客，也要挺直腰身"（《南京啊南京》）。这是诗人另一种爱的延伸和表达，也是诗人素朴的情感和入骨的锋芒交揉而生的一种韧劲和生命的闪光。

诗人初心如莲，就在赏《苏州月》的时候也能静水流深。"日子简单如溪 / 一百年后，谁人还能像我 / 手捧一颗月，轻轻走过苏州"。月色中，诗人感到了独立黑夜的一种神秘和孤独。"孤独是一阵一阵 / 富有节奏的问候 / 惊慌了黑夜 / 也镇静了 / 自己。"（《面对海的厦门》）诗人在匆忙的行走之中，把心留在大地的深处，随时谛听大地波动的声息，回望自己，一个挚爱的灵魂在天空飞舞。诗人是超凡的，也是机智的，他在行吟中把黄河长江揽在怀里，看江河奔腾，时光飞逝，用诗和远方彰显爱的力量。

乾坤星移，诗心依旧。在诗人陈益发的《大地行吟》中，诗是诗人表达爱与畅想的最好形式。诗人处处留心，时时有爱，既表达的是一种亲身体验，也表达的是一种人文关怀。没有刻意寻找自己的句子，但每一句诗都是心灵的歌吟。没有刻意构建自己的缪斯纪念塔，但心灵的灯塔始终照亮着追梦人的眼睛。诗人是大地之子，是神圣的缪斯之子，他的诗无需粉饰，却能撼动心魂。他为人，无需铮铮铁骨，却能给山岳锋芒，大地丰盈。这是一个诗人最大的快乐，也是《大地行吟》最美的收获。

# 爱情是个光明的词

　　黎巴嫩文坛骄子，著名作家纪伯伦说过，爱情是一个光明的字，被一张光明的手，写在光明的纸上。读黄友平的爱情诗，似乎就站在阳光之下，望着碧波岚光，流云在指缝滑过，而心头的琴弦弹拨着一曲婉转的《梁祝》。诗人就是那旋律中的音符，在春光与秋色中跳跃，诗在爱与呼唤中诞生。爱是缠绵的，也是感伤的。呼唤是心底的声音，也是天地的呼吸。诗人内心敏慧，灵巧洞察，对待曾经的爱和陈酿在岁月深处的爱，始终握在掌心，即使托付给秋云，也会拥抱一轮明月。

　　诗人浪漫温情，在现代生活的节奏中，始终在回望心中的原野，抓住瞬间感染自己的日子，在爱与憧憬中寻找自己的快乐。"每一片花瓣／有过阳光七彩的着色／每一串花径的脚步／响过游子的憧憬"（《蔷薇的秘密》），在这憧憬中始终不会忘记那个春天的梦境。看起来不是在写爱情，而爱情就站在文字的背后，遥想，思念，使日子都有了七彩色。于是咫尺之间，彩云飞过，风雨飘来，就有撑起的花布伞。而这一切都弥漫在二十年的时光里，"树林里飘落的叶子／是撑了二十年的花布伞／被秋天撑成了碎片／在今日秋风里扑面"（《花布伞》）。诗人在二十年前发生的故事，一定是和自己生命的密码相吻合的那一个。在很多诗里，始终都有二十年这个意向，"那一天／风吹云烟／风吹二十年"（《那一天，风吹花田》），"一个春天／走过了二十年／二十年后的秋天／存着你的声音和温暖／仿佛在昨天"（《春与秋有多远》）。也许二十年的时光，铭刻着诗人美好的爱的记忆，那个曾经占据，日后依然挥之不去的念想，给了诗人一生的怀恋。诗人透明的心和热烈的爱在沉淀过滤后变得悠长、悱恻、婉转。南国诗人的水韵和柔情自然渗透在文字之中。

诗人艾青说过，我们的诗神是驾着纯金的三轮马车在生活的旷野上驰骋的。那三个轮子，闪射着同等的光芒。以同样庄严的隆隆声震响着的，就是真、善、美。诗人深知其道，更是在践行着自己本真、纯善、大美的诗人之路。他发乎真情，出自真心，把自己对爱的诠释和自己爱的历程全然寄存在他的诗句中，如春雨润物，似月辉如梦。读来怦然而动。心神为之一震。"如果我能用天堂的风景／换你一声爱恋近在眼前／我愿夜泊无眠"（《七夕之枫桥夜泊》），"我的笔握着我的心／在北国传来的花香里／写下这样一句／今日冬至，春暖花开"（《今日冬至，春暖花开》）。诗人坦荡，也很执着。在他的世界，唯美和至善是一生所求。他不追求诗的洞开，而求诗的达观。诗句不在雕琢，而是出自本心。传递的是人世的至爱，也告诉我们，爱是酸涩、需要提纯的海水。

在诗人的爱情诗里，我最喜欢的是那首《如果你是白洋淀的鱼》。诗人睿智的灵思，在举起钓竿的时候，就幻化出一则美丽感伤而又令人回味无穷的爱情故事。读来揪心，引人遐想，使人断肠。"如果你是白洋淀的鱼／我便是淀上垂钓的渔夫／我将安定地执着拉长的鱼竿／静默地待在有你的岸边／如果你愿意上钩／我便会用我预摘的荷叶／把你轻轻打包／以你躲过的芦苇／烧烤或者烹调／然后安静地品尝／那菜熟的温暖和味道／如果菜碟里／最终只剩下清凉的骨／我也会以骨为针／绣一缎渔夫和金鱼的传奇／缀之以莲花／这样便无人想起／鱼的泪与腥"这首诗看起来把爱一个人当成钓一条鱼那样令人神往、执着、难忘，其实诗里暗含爱是粉碎与重构的过程，也是磨合与放弃的纠结，不为一时之快，而为一生揪心。爱是伤情也是温情，爱不仅仅是怀揣在胸，更应是滚雪之役。因为爱而爱，爱是流水，因为爱而纠结，爱是无奈。打开天窗，怀揣岁月，把一颗真心捧给太阳，你必将获得光明的爱。

在诗人看来，世间一切都是纯美的。他走过世界很多地方，所到之处，看到的都的鲜花、绿地、蓝天，行走的人群都面带笑容，面前的高山苍美峻秀，就是风雪之夜，也能感受篝火的温暖。因而诗人对爱的理解和对爱情诗的处理都倾向光明的一面，暗夜的灯火、黎明的背影、烈日的灼痛，在诗人的视野，似乎多被疏忽。诗也潜存着心意在胸，而飞扬不足；小爱撞心，而大爱迷失的问题。当然，这与诗人的性情有关，也与诗人来自南国水乡有关。我记得诗人第一次看到黄土高原惊讶的样子，沉醉的样子。可见诗人是爱生活、爱人生、爱自然的纯粹的诗人。一个纯粹的诗人如果能和大地在一起，能和拔节的万物在一起，和自己在一起，他的爱情诗感染的就不仅仅是你我他，当是天地神。

# 秋水淘洗的心灵之歌

　　非凡的想象和超意念的触角，给了诗人一汪沉静的秋水，一片涌动着秋水的草原和山川。秋水的绵密和厚度，秋水的色彩和蕴意，使诗人笔下洗练出一颗激情和才情涌动的心，流荡着浪花、旋涡和飞絮。诗人站在自己的土地上，发乎真性真情真心，写出了"你听不见风声，只闻到花香 / 你看不见根脉，遍地长满黄金"（摘自诗人诗《寂静之光》）的诗句。诗人是浪漫的，诗意的。

　　她的情感是丰沛而又经过过滤的，她的诗句是源于生活而又能潜入生活，抓住生活脉动的。在诗人看来，像外的世界都是诗的世界，心灵跳跃的那片天空更是诗的故乡。诗是有地气有云端的，更是有魂灵搏动又有心浸秋水般沉静的。诗人出小径看大路，破云曦见光辉。读青山雪儿的诗，就是面对秋水浸染过的世像图、心路图、山水图，感受和感悟，是一件惬意而又丰美的事情。

　　"我害怕，这一辈子 / 不过是一个空荡荡的圆圈"（摘自诗人诗《你只能带走你自己》）。诗人面对空虚或者虚无，面对无妄或者失败，只怕自己是一个"空荡荡的圆圈"，圆内无风无雨，平淡庸常。如果自己囿于其中，生命的存在就是一场冷酷的遭遇，活着的意义就是一株脱了皮而又形将枯萎的树木。那不是诗人所期望的。诗人是要打碎存在，突破自身。她喜欢圆外的世界，彩虹与花朵，更喜欢鲜活亮丽的生活，一束光，一枚硬币。捂脸是像外的生命，都有人性的光泽，感染着人的气象和品性。诗人的圆外，不是自己独有的世界，而是人共有的所愿。走出圆的诗人明白，自己只能带走出自己，以一颗纯净之心，冷静之思，与像外的世界握手，获得一辈子的幸福，而幸福不在别人的手中，全在自己的脚下。短短的诗句，饱含着博大的情怀，给人秋日的暖阳，让人在活的过程中明白自己，懂得自己。

"在那里，复活的不是昨天，而是今天／我将隐去我的声音，隐去我的姓名，隐去／我昔日忧伤的笑容。我的沉默没有界线"（摘自《野蔷薇之歌》）。秋水总是经过春华的漂洗，经过烂漫的时令。来到身边的时候，野蔷薇已经开过。而诗人还在开放，以独有的馨香在原野的深处静静开放。诗人退出自己的花期，在秋水汇入溪流的时候，以自己的方式渗入大地，在大地的深处，倾听人世的喧哗。诗人是真纯善良的，她不求撞击或者轰鸣，也没有给人瞬间的快感和警醒，在平静舒缓的语境中让人渐渐开悟，使一种自然的存在成为生命的昭示，"隐去"只是一种诗境中的意象，而存在才是"复活"之歌。诗人不看过往，只看当下和来日。"隐去"的意义不是消失或者最终的消亡，而是在"沉默"中的一次爆发。这种爆发没有损伤性，只是一种呼应或者唤醒，让沉寂的心复活，给退缩的人勇气。野蔷薇，也在一种静默中独自露放。

诗人是智性的行者，也是灵性的歌者。在她的生命历程中。诗是一种美丽的存在，更是一种理想的生活。在诗人的触角里，梵高的画和卡夫卡的《变形记》都是自己的参照，她面对端坐如初的佛或者巍峨峻秀的山，凡心妙悟，超然如初。"我来了，就像一个隐形的存在／我不能就此停留／当表针指向我的那一瞬间／我会突然碎裂，消失，我空出自己／就像天空空出自己的蓝／"（摘自诗人诗《我不能就此停留》）。诗人灵巧之思在超然的诗境里幻化着色彩，面对时针，诗人感到到了生命匆匆，人生匆匆，而匆匆的过程自己在哪里，那个活着并成长中的自己站在了什么位置？这不仅仅是诗人之思，而是普世情结，悲悯心态。诗人渴望那片蓝，也希望自己会"突然碎裂，消失"而能空出一个全新的，拥有一片蓝的自己，那个自己不再是个体的存在，而是人世的共生共想。因而诗人感叹，"我不是圆的，我不能就此停留／我偏离自己的每一秒钟，都将是新生"，而新生不是诗人所追求的吗？

青山雪儿，一个名字里带山带雪的诗人，心中有一座自己的高山，更有一场属于自己的雪。山的苍劲孤拔，连绵起伏，雪的悄然降临，白了世界，就是诗人心境的写照。诗人喜欢立于天地的那种气象，更喜欢纯净人世自然的那种境界。在她看到的人群或者风景里，一切都是自然的，潜存美感的。诗人爱自己脚下的泥土，更爱心灵捕捉的那种诗意。在她第一次看到黄土塬的时候，她就有一种"我就想把自己埋在这里／像波浪般凝固成沉积层"（摘自《黄土塬》），爱得忘乎所以，爱得只想成为一片厚土，一片神性的黄土塬。因为诗人知道，黄土塬是博大的、雄浑的、丰沛的。更是诗性的、神性的。她似乎看到了沉积层深处的暗河在激荡，看到了地火在燃烧，生命的沉郁和悲怆不是一种惨然的败北，而是蕴藉和新生。因而诗人没有什么话要说，不呐喊，也不歌唱，以一种肃穆和敬畏聆听大地之声。这就是山的暗示，雪的话语。

如果说青山雪儿的诗能够站在山顶俯瞰大地的话，如果她的诗能够在星光与月光碰撞中听到脆响的话，把自己放在地平线的瞭望地，把心与太阳相融，她诗的路将会更明亮更广阔。

不为外在歌唱，心在敲响。雪落北国，凤鸣远山。

# 且把秋意付流水

　　青歌多思，才情蕴藉蓄势而发，青歌多才，诗情在心烂漫春花。这是我读了青歌散文集《真水无香》而产生的感觉。认识青歌已久，只知道她的诗清新唯美，富有心灵的呼应和生命的体验。而很少读她的散文，似乎觉得青歌就是一个怀揣春梦，热爱生活，激情燃烧，向往美好的诗人，没有想到，她的散文给人惊喜。这个常年坚持写作的女子，勤奋创作，不断读书，在思考和进取中寻求自己的创作方向。路艰辛，道阻且长，但她从不放弃，尽管有过徘徊，有过回头的闪念，但岁月不负，友爱不负。在武功这个神奇的地方，她遇到了良师、找到心灵的家园，因为这块沃土，这里的文化氛围，她找到了信心，看到了方向，于是才有了喷薄的才思，有了这本沉甸甸的散文集。

　　青歌曾说，感谢故乡这片热土，感谢这里的师长朋友，没有他们，就没有我的文学之旅、思想之旅、生命之旅。这是一个有着感恩之心的灵魂，在文字里徜徉时发出的真声。也是抱着这样的心思，青歌的散文才多了几分人文关怀和故乡眷恋。在她的散文里，世界是清澄的、透亮的，一切美好都在自然与人文的观照中。且读散文《有一种美丽叫陪你到老》或者《生活自赏》，你都会沉淀在她营造的善爱真美的语境中。这是一个心气如莲的女子，在静坐独悟时的心灵之歌，慧心或者清韵之水，渗透在文字之中，使你读来心随物移，而境界独具。

散文是写目光中的风景，心灵里的声音的。散文是真性情的文字，也是富有哲思意蕴的华章。散文中的我不能仅仅是我，散文中的心不能仅仅是自己肉体包裹的那个心。要物我两忘，把自己融进生活的河流，百姓的生活，人生的旅途。心中有万象峥嵘，苍茫宇宙，山川河流，这样，散文才境高意远，给人慰藉和感召。青歌的散文在此道上，虽然不能涵盖心灵的天空，却能掀开雾遮的天地。在一枝一叶中感知秋天，在一山一水间了知人世冷暖。无论是写山水自然，还是描摹人世风情，都是以一个智者的胸襟泰然处之。同时，在文字中喜欢把文化的内核融入笔端，抒写对过往、当下以及未来的思考。生活还有一些哲思，尽管出自生活的思考，生命的体悟，但毕竟是来自灵魂的闪光。不怕微弱，只怕暗淡。洞开的门扉永远有阳光找照射进来，行进的路上总有不经意的风景使人心醉。这是我读青歌散文的另一种收获。

《真水无香》是一本很值得一读的书，在这本书里，你完全走进了一个女子的真实世界。流水有声，因为它渴望听到大海的涛鸣。真水无香，因为它已经明白了水清则日月同在，无是至境，香在肺腑。在这本散文集里，人是在愉悦中升华自我的，也是在远望中看清脚下道路的。散文的语言因为诗意的垫伏和潜动而富有灵性和动感，散文的意趣因为文化的浸淫和思想的观照而有魅力。一本好的散文集，给人的不仅仅是阅读的快感，更重要的是灵魂的春色。青歌的散文给了我这样的启悟，也给了我打开思维空间，豁然看见蓝天的欣喜。这在《秋天丹凤之写意》《冬日潼关》中都有表现。

当然，青歌还只是在路上，散文的创新与尝试也刚刚开始。文章的深度和广度还需要开掘，生活的厚度和思想的维度还有待洞悉。好在青歌敏学、勤奋、多思，她未来的道路还很广阔。希望在，未来在。渴望在，春与秋的握手在。

有了春与秋的握手，一个烂漫丰收的季节还会远吗？

# 荷花开时心泊岸

诗人在孤独中渴望飞翔，也在繁闹中独守宁静。打开胸腔，滚烫的心在黑夜燃烧着烈焰，执手就能够到星光。就是雨落深秋，诗人的怀中依然揣着月光，清澄明亮，给人向往。如果是冬天，诗人的血奔涌凝结，形成太阳，给大地阳光，给世人温暖。如此诗人，敏感、忧思、孤傲，却能在荷花盛开的子夜，心悄然泊岸，问询月光下的祭坛，袒露内心的珍藏。"梦里，一只飞行的甲虫，沉入雨后的湖底，成为鱼。"异化的物象，在江河的激荡中翻飞成一朵朵荷花，高洁在激流中站立，爱与被爱成为飞舞的蝴蝶，使人世间充满温馨和诗意。这是我阅读李保东诗集《月印心河》的初感。

保东是陇东颇有影响的诗人，冷峻中藏着热烈，锋芒中暗含玄妙。他在自己的心灵中守望，诗在现实的场域中拔节生长。他注重瞬间的感受，并能把这种感受和生命体验糅合在一起，以此体悟人生，面对自然，诗的张力和厚度在思想的延伸中日益丰满。他不看重象的形似，而着力追求神似。诗句在跳跃和飞扬中激荡出彻悟的灵光，让诗入心，给诗翅膀。

我的理想王国头顶有诗行之美脚下有流水之秀

——《我的理想王国》

保东的诗注重品格，注重个体的艺术触角，他在诗歌创作中重构自己的诗句和诗境，敢于破境，敢于创新。诗的理趣和意趣在不经意间闪现在自己的视野，种在自己的诗句中。诗人是冷静的，也是狂热的。外象如风中的白杨，心中根植着常青树。看似随性如旷野的风，着笔却能抓住心中的神。

我的岛屿离天堂很远一只灰冠鹤打开

天堂的门一群丹顶鹤从天堂飞出

——《我的岛屿》

浮云之上心翼飞翔目光在触摸天堂

——《心翼飞翔》

保东是个硬汉子，也是个特立独行的诗人。在大西北，浪漫的质感和怀乡的痛感使诗人有了几分忧郁。就是忧郁，也带有刀刻的痕迹。他生在上海，长在西北。大海的宽广与莽原的壮阔给了诗人放浪的空间，也给他的诗歌精美之境中增添了几分狂野，回望忧思中多了几分豪迈。他收敛着自己的锋芒，约束着自己的脚步，但他无法舍弃自己的真心，改变不了自己的初衷。对缪斯的崇拜，对汉语的敬畏，对土地的挚爱，对天地的叩问，都在他的诗句中潜伏，使人在阅读中忽生月悬高空，清水流云的感念。在这感念的深层，是彻悟的时刻，是禅静的思索，有高山放歌，草原牧马的情怀。即使如此，诗人骨缝里依然蓬勃着春的意象，灵魂里闪爆着电光雷鸣。这是孤独的诗人打破了沉寂和悲伤之后的激越和豪迈，更是独守诗意家园的欢喜和欣慰。就是有跌宕、有悬念、有梦幻，那也是必然。

孤独是夜晚的骨头我的目光把夜戳疼

——《夜的骨头》

诗人是站立的白杨树，孤傲挺拔的质地和头顶蓝天，举首望云的气象，给了《月印心河》不同凡响的格调。就是月光下的废墟，河的两岸，茫茫原野不见鸟鸣，天地间只有石头，也能感到逝去魂灵的翅膀在飞。诗人就像流火的七月，炽烈持续。他看到树上的叶子在麻雀的吵闹声中，变换着色彩，诗人就像一只蜗牛，在雨后的黄昏，以目光的速度穿越时空。浪漫的骨子里，"风吹过苜蓿地，苜蓿地就长出蝴蝶。"浪漫的诗人，就是在麦垛上，在荞麦地，也能看到"黄昏，山梁上的落日 / 是一盏祖先留下 / 照亮炊烟回家的灯"。怀乡和回望，都给了诗人无尽的遐想。他把这遐想酝酿成飘飞的云絮，放飞在大西北的天空。让云絮接近星月，在雾状的早晨，朦胧着世间的眼睛。也许，梦就在这时诞生。

应该说，我是懂得诗人的。我们曾经在北京对酒当歌，凭窗听风。我明白诗人的坚守和理想，也知道诗人的追求和远方。但要实现自己的愿景，得一步一步走出来。尽管诗人在探索的过程中也有败笔，个别诗句的内在逻辑和字句也难免失察，都需要进一步的斟酌。但不影响《月印心河》的格调和品质。坦率地说，这是一部近年来难得的好诗集，一部值得珍藏和品读的诗集。

正所谓荷花开时心泊岸，诗如魂灵梦飞扬。向诗人李保东致敬。

# 在临摹中复活历史

　　一个有历史情怀和家国情怀的画家，一个在临摹和追求中构建自己艺术世界的画家，他必将耐得住寂寞，经得住考验。特别在长年累月的面壁沉思中，在对待墓道两侧沉睡的壁画中，他的热血开始奔涌。他没有急于把自己的感受熔铸笔端，而是走访已经打开的王公贵胄墓道，揣摩、品味、体会，全身心地走进历史隧道，打开心灵的灯盏，在临摹中复合历史，在家国情怀中担当使命。

　　高春鸿就是这样一位年轻而富有才情的画家。她常年在陕西省礼泉县昭陵博物馆唐代墓壁画研究中心工作，从小生活在大唐陵园陪葬区的乡下，自幼酷爱书画，钟情笔墨。幼小的心灵很早就浸淫在唐代开明、大气、华美的历史文化氛围中，对绘画艺术心智初开，对唐代壁画艺术早有所闻。后来走进昭陵博物馆唐代墓壁画研究中心，更是如鱼得水，耳濡目染，心领神会，使他的壁画临摹艺术独树一格，别有洞天。

　　春鸿能够在临摹艺术中走出一条自己的道路，这与他的知识积累和后天努力是分不开的。他早年毕业于陕西师范大学美术系，对中国美术史、西方现代美术史都有独到的见解。他明白学而不思则罔，思而不学则殆的道理。在学习钻研中不断感悟、体会、品味，在绘画实践中不断学习、参悟、类比，使他的临摹绘画艺术在向先贤学习、向历史学习、向存在学习的过程中得到历练和升华。

为了更好临摹唐代壁画，真正把唐代壁画的辉煌大气和传神画技学到手，他走访参观了章怀太子和永泰公主墓道壁画，观摩了他们壁画风格独特的建筑、简约传神的人物、简洁明快的山水和栩栩如生的植物。在其中体会唐代壁画的礼仪规范、生活习俗、服饰特色、娱乐方式等，从中了解唐代的贵族生活和他们的精神追求。特别在看章怀太子墓道壁画《马球图》和《狩猎出行图》的时候，他沉醉在壁画的技法和表现手法上，对古代画家笔下刻画细腻而富有动感的鞍马脚蹬、架鹰牵犬、束腰配箭非常喜爱。

对《马球图》中灰蓝袍服、气宇轩昂的首领和他的随从骑士及他们的穿戴颇有兴趣。看那骑士，都穿着白色或褐色窄袖袍，脚蹬黑靴，头戴蒲帽，左手执缰，右手执偃月型鞠杖，很是英武。再看永泰公主的《宫女图》，画中宫女，风姿卓越，头戴高髻，肩披纱巾，长裙曳地，形体丰盈，婀娜多姿。她们手持方盒、酒杯、拂尘、如意、团扇、蜡烛等，在为首女官的引领下，款款徐行，或低语、或回顾、或凝神，神态细致入微，生动传神。体现了唐代对女子秀丽丰满，华贵娇媚的审美标准，真实地展示出唐代贵族奢靡生活的瞬间。这些，对春鸿后来的创作和临摹都注入了历史文化的养分。也对他先后参与并主持唐韦贵妃墓，长乐公主墓壁画复原及昭陵博物馆唐墓壁画展壁画复制工程给予了精神的感召和灵魂的呼应。

对春鸿而言，艺术的道路刚刚起步。他临摹的唐代壁画以乐师居多，而女性人物则占有更多的篇幅。他笔下的女性娴逸精美而又不乏动感。看起来落落大方，情致盎然，实则风情万种，美感逼人。在她们静美的外表下，蕴含着一个音乐人特有的怀春情愫。春鸿抓住了这一瞬间，准确地用画笔把他们刻画出来，给人心灵的悸动。在他临摹的男性人物身上，神态迥异，神情古怪，给人幽默风趣的既视感。在这些壁画中，春鸿既忠实于历史，又在艺术的空间创造神奇。

春鸿不仅参与临摹唐代壁画的工作，同时非常喜爱中国的书法艺术。他在书法创作中，一是认真临摹先贤大师的作品，从中获得书法艺术之本，求得书法艺术的源流。二是在临帖的基础上，寻求自我的提升与突破。三是在昭陵碑林的碑刻中体悟书法艺术的一捺一撇，在字里行间寻找自己的创作灵感。经过不断地磨炼和实践，春鸿的书法艺术已经到了融个性于传统，显章法于技巧之中。看他的书法作品，豁达与圆润共生，疏朗与节奏同在。追古而不囿于古，创新而又不求奇，扎实寻根，破茧化蝶，使自己书法艺术在创作中化翅而动，一飞冲天。当然期盼是美好的，付出与艰辛是必需的。一切都在脚下，一切都是必然。

在春鸿的努力中，他被专家和世人认可，被大众喜欢。在艺术的道路上，他成为文博馆员、陕西省美术家协会壁画艺术委员会委员、陕西省慈善书画研究会研究员。他的作品及论文分别发表于《美术》《书与画》《文物世界》《美术通讯》《陕西美术五十年》《陕西师范大学美术系学员优秀作品集》《陕西当代书画家作品鉴藏》等刊物、书籍。其复制临摹的壁画被省、市、县各级领导作为珍贵礼品馈赠给海内外各界人士。书画作品被兰州大学、西安大兴善寺、襄樊市图书馆、孔繁森同志纪念馆、于右任纪念馆、陕西历史博物馆等收藏。其书画作品曾获得纪念改革开放三十周年大奖。

春鸿的艺术之路还处在探索追求中。从艺的道路依然有高山、激流、险滩，自身的修为和创作的潜力都需挖掘和丰富，只有沉下心来，面壁而思，在临摹中复活历史，在创作中担当使命，以恒心和定力维系自己的艺术王国，才能有所为，有所大为。最后，希望春鸿好好揣摩古人这两句话：横看成岭侧成峰，远近高低各不同。也许有所悟，有所得。

# 掐断脐带的疼与乐

生命的脆响在瞬间发出，整个世界都是新的。弹拨心灵的弦，山水都有了灵性。诗人站在黎明的潮水边，看到日出时的颤动。诗人回到故里的田野，感受亲情的温馨。读杨生博的诗，是在和一位哲思者对话，也是和一个人的灵魂呼应。诗人是智慧的，也是前卫的。他始终在营造一种生命气象，给人触动和深思。

诗人牧歌的是一种情怀，也是一种精神。无论是《地球的旋转》还是《眼睛》，心存真爱，大道无形。诗中看似写一种象外之象，其实洞悉的是水痕之功。外在的物象，只是装饰，而渗透在文字背后的是一种对世界的解读，对生命的感悟，对生灵的悲悯。在《眼睛》一诗中诗人写道：把眼睛睁得像闭上，把闭上的眼睛睁开个缝，人才是真的，世界才是实的。这样的独悟和感受，是生博诗歌的一种倾向，也是他以诗诠释自己内心的一种表达。

诗人放纵的是自己的诗情，收笔在回峰之间。作为新归来诗人，在返回诗坛的初期，汪洋恣肆，一泄千里。而在放马草原，游猎自然的时候，回眸脚下的路，收住自由的步伐，在天空的云隙里捕捉阳光，于是有了《风筝》和《爱》等诗篇。

诗人是狂放的，也是矜持的。狂放时看不到自己的影子，只在思想的海洋振翅高飞，而没有看到飞过天空后划出的弧线。矜持时是小心的，只怕一个音符影响了整个旋律，一个文字影响了整个诗意。诗歌的世界多了怀想和忧思，而少了开合的境界，豁达的通透。诗歌是美妙的，诗意是高妙的。如《降生》和《口》等诗章，敏思练达的文字背后，有生命颤鸣的震响。

诗人大胆而执着，敢于破象，敢于揉碎，敢于重构。诗人的大胆在于亲自掐断了脐带，让血光和闪电同时发生，于是他的诗出奇而又蕴意，幻象里不乏真谛。在《极光》和《地球的旋转》中，我们可以看出诗人的才华和聪睿，尽管埋在泥土里，依然以小草的意象给世界惊奇。

新诗的格调在自己的顿思和玩味中产生，新诗的别趣在自己的独悟和笔触中闪现。作为新归来诗人，诗心是葱茏的，诗境是新锐的。这一切，来自诗人多年来对生活的过滤，对情感的珍惜，对未来的憧憬。

杨生博之于诗，是一世的情缘，也是前世的约定。无论身在何处，诗心都在。无论人在何为，诗意盎然。

# 后　记

　　一种滋味从心中的山水间漫来，舍而不得，得而不舍。我试图在黑夜来临时候仰望星空，看那闪烁的星斗哪一颗是父亲，哪一颗是母亲。我越看越模糊。似乎很难找到属于自己父母的星斗。我有些惆怅，不知道今夜的梦里会不会看到母亲依然站在村口，望我远行。也不知道，明天黎明醒来，自己会看到什么样的风景。

　　我又回到怀竹山居，独坐竹林下，想想邻村袁家的气象，我的笔不由得伸向袁家村的角角落落，看繁闹和肃静在来往的脚步声中，一个人倾听灵魂的声音。

　　一个时代的光彩，体现在一群奋斗创业的农民身上，他们的智慧、勤劳和敏思，使我为之惊叹。谁说天地之间普通百姓不能拨云见日，谁能明白一代新农民在面对机遇和挑战的时候是多么的迫切和豁达。他们抓住了属于自己的时代，给自己心灵的四周镌刻上了一个灿烂的印记。我不得不掏出自己的一颗炽热的心，在来往的目光中抓住令我们感动的瞬间，给我们鼓舞和温暖的人民群众。

　　于是有了《袁家村笔记》这本书。

　　在这本书里，我把自己回到怀竹山居交往的人事、读书的感受和对我挚爱的黄土塬的思考都撰写成随笔，一并收录在《袁家村笔记》里。这看起来似乎不是很和谐，其实书中所有的文字，都是我内心的触角和灵魂的关照而形成的文字，是一种带有心性、血性、悟性的文字。我不忍割舍或者放弃，就把它们召集在这块用文字构成的土地上，让它们舞蹈、独语、放歌。

　　散文的可贵在于他的真心、真情、真文。一切从事散文写作的人不敢说字字见神性，篇篇有神韵，但只有发乎情、止乎礼，文从己出，思自心来，有思考，有蕴藉，把一切想表达的渗透在字里行间，把想说又不能直说的思想藏在文字背后，聪明智慧的读者，只要静心一看，文意与思绪就会统一，这是散文之妙之趣之雅带给人的最高境界。

　　《袁家村笔记》只是一个在文字上有所探索的文本，没有刻意雕琢，也没有浮华之笔，就是用朴实、真切、诗意的文字记录袁家村在新时代的变化，抒发对故土、友情、爱情的感受，把一个真实的心灵之语、灵魂之思，呈现给日月，奉献给百姓。

　　也许，有人会说，一切都是虚妄的真实和真实的虚妄。但在我看来，给百姓自信，给人心温暖，给未来期望，总是美好的，令人畅想的。一个用文字宣告自己存在的人，只有敬畏文字、热爱文字、研读文字，才能真正懂得文字的美丽和神奇。

　　　　　　　　　　2022 年 3 月 25 日于怀竹山居